作 家 小 书 房

一 切 都 源 自 童 年

野天鹅

翊平 著

作家出版社

图书在版编目（CIP）数据

野天鹅 / 翌平著. -- 北京：作家出版社，2018.8（2019.7重印）
ISBN 978-7-5212-0080-5

Ⅰ.①野… Ⅱ.①翌… Ⅲ.①长篇小说 – 中国 – 当代
Ⅳ.① I247.5

中国版本图书馆 CIP 数据核字（2018）第 126730 号

野天鹅

作　者：翌　平
策划编辑：左　眩
责任编辑：邢宝丹　桑　桑
装帧设计：慢半拍
封面插图：龚雁翎
内文插图：杨　一
出版发行：作家出版社有限公司
社　　址：北京农展馆南里 10 号　　邮　编：100125
电话传真：86-10-65067186（发行中心及邮购部）
　　　　　86-10-65004079（总编室）
E-mail:zuojia@zuojia.net.cn
http://www.zuojiachubanshe.com
印　　刷：中煤（北京）印务有限公司
成品尺寸：148×210
字　　数：230 千
印　　张：10.625
印　　数：16001–21000
版　　次：2018 年 8 月第 1 版
印　　次：2019 年 7 月第 5 次印刷
ISBN　978-7-5212-0080-5
定　　价：35.00 元

目　录

惊起的大鸟

1

天微亮的时候起雾了，冷雾伴着水汽沿着城外的河岸一点点散开。冻了有些天的河面，此时又漂着缓行的冰块，它们相互碰撞着，偶尔发出"咔嚓"的一声。雾乘着寒流，在三岔河口徘徊了好一阵，然后沿着分开的河汊飘散而去。

整个城都浸在雾里。不知城外谁家的公鸡打了一声鸣，像提了个醒，城里、城外的鸡三三两两地都开始叫起来。

灯，星星点点地亮了，对于那些准备上早班的人，该告别一夜的梦和温暖的床了。

三岔河口上，一个人正收拾着家伙。他戴的帽子很厚，上面挂满了莹白的水珠。这个人使劲哈着气，他嘴里呼出的白气同雾混在一起，很快就被一阵更浓的雾淹没了。他不停地跺着脚，两只手使劲伸进怀里，这场倒春寒快把他冻僵了。他费了很大力气，才从那条鼓鼓囊囊的麻袋里抽出一根长条的物件。

天渐渐亮了，雾中能模糊地看见眼前的三岔河。晨曦透过云层和浓雾在河口处留下微弱的光晕。远处，裹挟着碎冰的河水流动着，清晰可闻。

那个人抽出长长的家伙，使劲在上面揉着搓着，然后从棉袄中又取了一个小瓶子，将黑色的粉末一点点倒进那根长长的管子。可能是冰凉的晨雾刺激了他的咽喉，也许是那些黑色的粉末让他有点过敏，他大声打了两个喷嚏，又赶忙用手捂住嘴。他蹲下来，把自己的鞋带系紧，在上面贴上胶布。然后平端起那根长长的家伙，朝着三岔河口里的滩地跑过去。

路上他没遇上什么人，他皮靴的声响格外清晰。跑了一会儿，他停下来，侧耳听听远处的动静，仿佛他要找的东西随时会消失一样。

他踏过碎冰，蹚过浅而冰冷的河水，深一脚浅一脚地登上那块长满荆棘树丛的滩地。

树林里传来了一声长鸣，那是一种鸟儿惊恐不安时发出的警告。那声音来自不远的树丛。

那人走得更加小心翼翼，将手中那根乌黑的家伙平端起来，微光中这东西呈露出它完整的形状，一根长长的管子阴森森的。那人双手把它抱在怀里，微微地哆嗦着。

他循着声音往前跑了几步，然后故意地踏动脚下的荆棘，踩得冻硬的泥土发出"啪啦啪啦"的声响。

远处那个声音变得越来越大。

一只白色的大鸟飞起来，它的翅膀很强壮，几乎要遮蔽住这个人面前的微光。

那只鸟尖声唳叫着，使劲扇动着翅膀，将身边的树枝和沙尘搅动到空中。它在地面上逗留了一下，跑出一段距离，然后"腾"的一下飞上天空。

树林里，"砰"的一声闷闷地响起来，这声响划破了清晨的寂静。

天上的羽毛像雪片一样纷纷扬扬地洒下来。大鸟在河里挣扎着，它拖着鲜红的身体，在河面上滑行了一会儿，速度渐渐地慢了下来。

那人赶过去，费了好大劲再次装好枪，然后，又响了一声。

大鸟升到空中，努力保持着平衡缓缓滑翔。它的翅膀已经不再扇动，温热的血掺杂着冰凉的雾气，在空气中留下一丝丝飘逸的红线。

那人开始拨开荆棘拼命地跑起来，他的皮靴踏在碎石上，发出"嗒嗒"的声响。他几次被绊了个趔趄，又重新站稳。

眼前的雾愈加浓重，他横举着的那支枪几乎让他的速度降低了一半。他的枪不断剐在眼前的树枝上，让他几乎摔倒。他跑到河滩的尽头，望见了那只大鸟。此时他几乎同鸟一样，快没了呼吸。

大鸟在水面平静地飞翔着，一次又一次努力地保持着与水面的距离。它优雅的身姿在水雾中时隐时现。阳光透过云霾，一丝丝地洒在它漂亮的脊背上，又忽然被雾气吞没了。它是一只强壮、优美而灵敏的鸟，在最后的时刻，依然显露着自己健硕美丽的曲线。现在它的身体开始下沉，一点点落入水面，它一次一次地挣扎着腾跃起来，又沉重地栽下去。它最后的降落弄出一大片水花，荆棘丛里不知是什么别的动物，也被这巨大的声音惊吓到，开始四处逃散。

那人已经顾不上脱衣服，他扔掉枪，甩了头上帽子，一个猛子跳进了河里。他很使劲地游向那只漂浮在水面的鸟，他的衣服开始浸满水，这让他的速度有些降下来，可他还是踉踉跄跄地连游带爬，终于抓住了那条长长的脖子……

2

城市在雾退去的时候醒来，上早班的人们开始在三岔河口的公交站拥堵起来。有个人忽然喊了一声："瞧啊，那是一只天鹅!"

人群的目光循着声音仔细寻找着。人们很快发现了那个谢顶的男人：他的身上满是泥泞，下巴和袖口不断滴着水。他不停地哆嗦着，左手提着湿乎乎的大衣，右手抱着一只白色的天鹅。那只大鸟在灰色大衣的人群中显得格外耀眼。那只鸟三分之一的身体已经柔柔地垂落在地上，张开的翅膀占了马路好大一块地方。在它的胸口，开着一朵红艳艳的花，那红色像水墨染上的一样，一层层地在它洁白的羽毛上扩散开来。

那个谢顶的男人显然察觉到了大家的目光。他稍微停下脚步，然后拽紧天鹅的腿，将它抱着扛上了肩。

"他杀了天鹅。"有人愤愤地喊起来。

"是啊，这人怎么这样啊?"人群里嗡嗡地议论着。站在前面的人看见谢顶的男人身上的枪，开始闪在一旁。更多的人把他围起来。后面的人搡着前面的人将这个谢顶的男人包围在中间。一个胖老太太从人们的胳膊中间挤到了最前面。

"谁让你杀死它的，你是干什么的?"胖老太太的喊声似乎鼓励着身边的人们，大家开始七嘴八舌地加入谴责的行列。

"多好的一只鸟。"

"太缺德了！"

"这么多年了，城市都没有天鹅飞来过，他怎么可以杀了它呢？"

人群开始大声喊起来，人们挤住那个谢顶的男人，推他的胳膊，拽他湿漉漉的棉大衣。

那人有点站不住了，他使劲用枪托戳了一下前面拥过来的手，然后尖叫着："你们管得着吗？这只鸟是我的猎物，逮住了就是我的，碍你们屁事！"他举起枪，比画着要朝天开一枪。

这个动作确实起了点作用，人们趔趄着拥作一团，有几个人摔倒了。

这激怒了站在前面的年轻男人。他们叫骂着冲上去，把那个谢顶的人圈在怀里，那支枪被夺了下来，天鹅也被人转移到路边。人们的拳头与鞋子，不停落在刚刚还很嚣张的那张脸上，直到那个人趴在地上大声地求饶。

汽车驶进车站，没有人上车。几个年轻人把这个谢顶的人按倒在地，男人们吸着烟等待警察的到来。人们守着那只白天鹅，谁也不说话。

这座城市里不少人这天都迟到了。派出所的警察赶到的时候，太阳已经老高。警察朝那个谢顶的男人踢了一脚："你咋这么缺德啊，多好的一只鸟，为啥杀了它？"

"有人买啊。野生的又不是公家的。"那个男人见警察来了，恢复了一点气焰，他觉得在警察面前没人敢再打他。

同时到的还有动物园的一位姓王的副园长，他是自愿赶来的。一个好心的市民拨打了动物园的电话，王园长正好值班，听到这个消息就赶来了。他让人帮助他展开那只天鹅的双翼，他一边看一边抚摸着那已经变冷、僵直、染满红色鲜血的躯体，他的眼角沁出了泪珠。他一眼就看出这是一只成年的天鹅，正处在生命力最强的阶段。他很久都没有看到过这么大的野生天鹅了。

人们将天鹅放上一辆车，王园长和几个志愿者要将它运到动物园，这只天鹅会被制成标本，长期存放在那里供游人观赏。

警察让那个男人解下鞋带，并解了他的腰带，让他双手插在裤兜里跟在身后。他的枪插在警察车上。那个男人一瘸一拐地走着，在早上的追捕中他显然崴伤了脚。人们在他的身后指指点点。城里的新闻报道说天鹅从去年夏天，就在三岔河河汊子里落户，有很多人都来这里观看过。对大家来说，这个地方几乎成了孩子们的游乐园。

当天，城市里所有的报纸都刊登了"天鹅之死"这条让人心痛的消息。唯一让大家欣慰的是，据动物园的工作人员事后观察，证明三岔河里有两只天鹅。那只雄性天鹅为了保护同伴，故意暴露自己——它朝着开阔的水面飞翔，给自己的伴侣留出了逃命的机会。

接下来的几天，人们不断听到一只天鹅的鸣叫。那声音长长的，听上去让人伤心，甚至有一些瘆人。在这个忽降大雪的异常春天里，人们的心里也有一角忽然冷冻起来。

天鹅的叫声在一天早上停止了，人们自发地将许多食物放到三岔河的小岛上，可没有发现这些食物有被动过的痕迹。那天早上开始，河面上恢复了平静，就好像这里什么事也没发生过，这座城市里从来就没有什么天鹅。

雨晴的绒线帽

1

天鹅的事情很快在城市里传开了，也传到了红楼。

"那个人真坏！"雨晴怎么也不愿意相信这个传闻。三天前她还去看了天鹅，是和哥哥林栋一起去的。现在妈妈编的儿童剧已经排演过半，雨晴特别想看看天鹅日常的样子，从它的神态和动作里找一点灵感。

小雪、吴桐还有樱子，她们跑到动物园去看，令人伤心的是这个消息被证实了。雨晴叹了口气，她已经学会不再轻易地表露伤心。

林栋和雨晴是一对相依为命的兄妹。

妈妈和爸爸离开家去改造的时候，林栋才十岁。开始姥姥和姥爷过来带过他们一阵，等姥爷去世之后，姥姥也回到原籍，这个家便只剩下了林栋和妹妹，后来爸爸因为心脏病永远留在了那片土地上。他们兄妹俩一边等待着妈妈的归来，一边经历了很多、很多事情……

2

林栋和雨晴站在街口，他们好像等了很久。雨晴中午找到哥哥，她头上那顶小姨编织的绒线帽让厂区大院的大壮抢走了。

事情是这么回事，大壮原本是抢瓷片来的。他每天都站在学校门口，看见过来的男孩就拦住搜瓷片。现在正是瓷片热，所有的男孩放学时都会在回家前玩上一会儿。这些小小的五彩六色的瓷片放在手背上，手腕使劲一抖，瓷片就会跳到空中打旋儿，然后就可以用手去抓，一把两把三把，玩得好的孩子可以在空中抓上四把，最后看谁抓住的多，谁就赢了。玩输的，就必须把瓷片交出来。

大壮是厂区大院里个头最壮的一个，才上初中，看上去却有点像上高中的孩子。不知为什么他对瓷片的热情特别高。每天中午放学他都会跑到二小的门口，劫满一口袋的瓷片再回家。

今天他碰上了爱华，因为爱华穿着一件军大衣，里面也有兜，大壮觉得里面一定有不少货，就让爱华把所有兜都翻出来。不知怎么，爱华竟然同大壮厮打了起来。他很快被大壮按在学校的外墙上，大壮本来想好好揍他一顿，可看见爱华的脸他犹豫了。爱华的头撞在墙上，嘴角和眉毛上蹭了不少墙灰，可他一点害怕的意思都没有，这反倒让大壮有点怕了，于是他索性放开爱华，把他的帽子抢过来，一脚一脚认真踢着，那个帽子很快就沾满了泥，破掉了。

雨晴就是这时从这里经过的，她大叫着冲过去帮爱华讲理。

雨晴看过不少小人书，上面讲过许多同坏人坏事做斗争的故事，她头脑一热就冲上去了。后来，雨晴的小绒线帽也被大壮抢走了。可能是觉得欺负一个小姑娘让人笑话，大壮并没有把她的帽子踢飞，而是找来一根棍子把它挑起来，像陀螺一样不停地转着。等雨晴过来抢，大壮就举着那根棍子跑掉了。雨晴的头上长了癣，上了很多的药，非得拿一顶帽子挡一挡，可大壮跑得比雨晴快，很快就跑回家去了。

雨晴找到了哥哥，林栋自然要去找那个小子算账，可他也不知道究竟是哪个孩子抢了妹妹的帽子。直到下午快上学的时候，雨晴才终于在楼的拐角看见了那个欺负自己的大个儿。

3

"就是他！"雨晴用手指了一下一群孩子里正打哈欠的大壮。林栋大步跑了过去，因为人很多，林栋拦住一个孩子问："是你吗？"

"什么？"

"抢了我妹的帽子？"

"没有，我不认识你。"这个小个子孩子有点生气地说，也斜着这个犯照*的。

"那是你？"

"不是。"

※　犯照：北京方言，指两个人的视线相交，互相注视。

林栋一个挨一个地问，最后才问到人高马大的大壮。

"你谁啊?"大壮斜了他一眼。

"我是她哥。"林栋指了指旁边的雨晴。

"哥，就是他，帮我揍他。"雨晴这时有点怒不可遏，她愤怒地挥动着小小的拳头。厂区大院的孩子"呼啦"一下子围了上来，雨晴的话让林栋一下子陷入了险境。

"就他?"大壮显然被雨晴的话逗蒙了，他用自己肉墩墩的食指指着林栋的头，很气愤地问雨晴，"就凭这小拳头和小身板?"

被人小瞧真是"是可忍孰不可忍"。林栋咬了咬牙，先忍了吧，还是先同他友好交涉一下——林栋的犹豫很实在，这个孩子比他高一头，看看那虎背熊腰，至少比他大四五岁，足比他重二十斤不止，况且大壮的身边站齐了一帮孩子，现在都摩拳擦掌地盯着单枪匹马的他。他咽了口口水，声音打着小颤说："把我妹的帽子还给我。"

"你说给就给? 拿一百片瓷片来换! 你叫它它答应吗? 到我手里的，就是我的!"

"我再说一遍，把帽子还我!"林栋吼起来。

大壮的双掌推过来了，林栋根本没有反应过来，已经双脚离地一屁股坐在了地上。他的屁蹾儿引来厂区大院孩子们的哄笑，大壮斜了他一眼，在人群簇拥中准备离开了。谁想到林栋从地上爬起来，竟直直地冲向这一群孩子。那些人伸出无数条手臂想要把林栋推回去，可没想到，林栋手里藏了把土! 他很迅速地把土撒向空中，那群孩子尖叫着，躲开了，剩下大壮有点不知所措地愣在那儿。林栋像跨栏一样飞跳过来，一头撞在大壮柔软的肚子上。这下力量很大，健硕的大壮一下子摔倒在地。接着，两个人都飞一样地爬起来。大壮欺负别人惯了，哪里受过这个，这面子丢给谁也不能便宜眼前的这个小崽儿啊。

大壮爬起来时正要把林栋压在身下，没料到已经让哥哥陷入困境的雨晴此时不知从哪冒出来，拉了一下大壮的后脖领，让刚站起来的大壮一个趔趄又倒在地上，反被身材瘦小的林栋压在了身下。

大壮在地上和林栋滚着，两人都愤怒地责骂着，可在地上两个人的实力没啥差距，大壮一身板的力气一点也使不上。厂区大院的孩子本想去帮忙，看见雨晴站在一边，脖子上青筋跳着大声助威，一下子也不好意思上去了。大壮那么高的一个身板，也不用大家来拉偏手。厂区大院的孩子围在那儿看，甚至还给大壮支招，可就是没人动手。大壮被扯住领子，给林栋骑在身下面喝问："帽子还不还？"

"不还，你听好了，我命令你下来。"

"做梦，再问你一遍，还不还？"

"你找死是吧，下来！"

"呸，你这头肥……"林栋本来想骂他是《西游记》里的二师兄，因为刚才大壮咬了他一口，现在他不知道该怎么称呼这个在自己屁股下面喘粗气的胖崽儿了。

"就不还，不还！我把那破烂扔垃圾箱里了，哈哈……"大壮的笑声变成了咳嗽声，因为愤怒的林栋觉得快控制不住他了，又从地上抓了把土撒在大壮的脸上。大壮再也不能那么嚣张了，林栋就开始一个挨一个地撕大壮的兜。他的手很快，平时捉鱼和扒车胎修车的时候，他很习惯拆解那些绳头啊螺丝啊。他的手指很有劲也很"贼"，按自行车铺的马师傅的话说，林栋的手指像长了眼的改锥，什么样的车胎都一上手就开膛了。

开始的时候是林栋发现大壮衣兜上的一根线尾巴，顺着一撕兜就裂开了，他觉得挺解气。不一会儿大壮的四个兜就被扯下了三个半，这么拆让大壮心里有点发毛了，他很担心自己的衣服被撕碎。大壮开始告饶，大声地叫喊，起初同伙以为他假装，后来发现他是真的绝望——他被林栋骑在身下，崭新的衣服磨出了几个大洞，林栋的衣服也好不到哪儿去，这件衣服上补丁不少，都很老旧，现在被撕破了一个大口子，他磨破的胳膊都露在了外面。

正在这个大家都不知所措的时候，一个黑影从远处跑了过来，那是一个像半座山一样高大的大人。他拉开这群孩子，一只手薅起地上的林栋，像拎起一个粮食袋一样把林栋扔到两米外的地方。大家闪开了，这个男人拉起地上的大壮，用手拍着他身上的土说："怎么让这个小崽儿骑身上，平常教你的都忘了？就记着吃了！"

"他的招儿都是下三烂，他打不过我的。"大壮似乎恢复了一点威风，他跳着脚不停用手指着林栋。林栋早就爬起来，他的脚扭了，有点不灵便。雨晴还在为他加油："哥，揍倒他。"她兴奋得像是在看一场哥哥成为英雄的大战。

林栋一瘸一拐地走过来，来到那父子俩面前："还我帽子！"

"什么？"

"他抢了我妹的帽子，一个爷们儿丢不丢人！"

"有这事？"

"她欺负我，我才抢的！"大壮的话惹得同伙一阵狂野的大笑，父子俩的脸也变了色，变得发青。

"把帽子还给人家，"壮汉怒责着儿子，"要抢也抢他的啊！"

可大壮觉得丢了面子，就是不给。

"这么着吧，你俩再摔一跤，赢了把帽子还你。"壮汉说。

林栋真没劲儿了，可他不能服软，向前两步，率先走到了空地。

雨晴和人群又开始叫喊起来。壮汉向大壮交代了好几句，告诉他该怎么样，然后大壮就扑上来了。林栋把屁股撅得很高，两只手像螃蟹的两只钳子一样，使劲支撑着大壮的身体。他的手让大壮的内衣紧紧缠住，里三拧外三叠地死死裹在里面，这样大壮想把手摘下来就不容易了，况且大壮的衣服比林栋的新，为了衣服不被扯成布条，大壮一定会心有忌惮的。林栋的脑子快速转着，只要两人抓紧了，借助对方身体的支撑就都不容易倒，如果自己把不住，以大壮的身板，一轮他就得趴下，那样妹妹的帽子就要不回来了。他们一直相互顶着，撕拽着，从街的一头拉扯到另一头。

壮汉站在一旁这个急啊，他不停地喊着给儿子支招，可大壮太累了，他和林栋谁也弄不倒谁，两个人都是一头汗，喘着气。林栋的小眼睛红红的，今天他可不能输，他一定要抢回妹妹的帽子。两个人扭捏了半天，都不想动了，站在马路上僵持着。林栋听到身后传来一阵自行车的车铃声，便忽然对大壮说："你身后来车了。"大壮下意识地回了一下头，林栋使劲向下一拉，把大壮猛地拽倒在地上。

林栋拿着帽子回家了，那个壮汉在后面喊："嘿，小家伙，下次再约，再比一次！"

林栋没这兴趣，他没搭理这父子俩。他得赶紧回家缝衣服，总不能让老师同学以为他刚从废墟里爬出来吧。

厂区大院的这父子俩，远近有名。

他们俩都长得壮，儿子叫张横竖，爹叫张强，爷俩可知道相互稀罕※了。孩子们都只叫他们的外号："大壮""巨壮"。

大壮他爸在这一带有名。他小时候就打架成性，长大当了工人，名气更响。这一片随便一打听，没人不知道那个被孩子们叫作"巨壮"的六级钳工。

林栋没想到，后来他竟和大壮成了好朋友。

※　稀罕：北京方言，喜欢，心疼。

水边的舞蹈

1

林栋不喜欢妹妹雨晴同楼上的小雪玩，对这件事他有点执拗。

雨晴不知道这是为什么，但她并不理会哥哥那怪怪的神情，因为她特别喜欢小雪。

每次小雪走过楼道的时候，她都会主动地同雨晴打个招呼："你好！"

小雪长得很甜美，笑起来就更加甜。雨晴特别喜欢小雪，喜欢她白皙的手和弯弯的眼角，是那样纤细而柔美，站在那儿的时候像一棵挺拔的树。也许是因为雨晴的喜欢，小雪对她也特别友善。这一切都看在林栋的眼里。这个对妹妹特别好的哥哥，在雨晴眼里，不知为什么对小雪十分厌恶。

有一次，雨晴背着哥哥，跑到街道上的活动站看演出，在那儿她看到了小雪。小雪穿着漂亮的舞蹈服，表演红军女战士。在雨晴看来，小雪舞蹈的时候就像是一只鸟。她和几个差不多岁数的姑娘，从场地一边跳到另一边，手里举着的枪一闪一闪的——这是雨晴第一次看到舞剧，她觉得小雪是个舞蹈大师。

雨晴还没有上学，很多时候雨晴会在楼前面玩。这座楼很古老，是用红砖砌起来的，比起对面厂区大院中的新楼房，这座老

野天鹅

楼显得破旧多了，附近的人就叫它红楼。

每天早上，大人们去上班，孩子们去上学。他们和哥哥林栋一样，成群地排着队，向附近的中小学拥去。

而雨晴总是一个人站在窗户后面，望着大大小小的孩子有说有笑地离开，看着楼上的叔叔、阿姨一个个离去，然后她会梳好自己头上的小辫子，一脸红扑扑地跑到楼外。

这时的楼静得很，像是又回到了深夜里，偶尔会有几只麻雀不怕人地落在雨晴的脚边认真找食。

有时候，雨晴站到路灯下，在不长的街道上使劲跑上几个来回，然后喘着气在自己的脸颊上贴上一两张玻璃糖纸；有时候，她还会喃喃自语，自己同自己讲话，说她要上学的事情，想象自己坐在讲台上抱着一大捆纸，一点点描大字。

林栋见过雨晴独自玩耍。他只能叹气，将一根用红头绳拴好的钥匙系在雨晴脖子上，叮嘱她饭在厨房的饭盒子里。林栋每次放学看到街上孤独的妹妹，都不吭声。他总是这样沉默着。楼前有几棵柳树，雨晴就在这儿玩一上午，然后再接着玩一下午。她发明了很多游戏，把这几棵树当成了伙伴，同它们讲话，等待它们搭腔。这些树有许多故事，雨晴把这些故事讲了一遍又一遍，越讲，故事里就越添进了新的人和事。

雨晴同小雪成为朋友，说不清是从什么时候开始的。像很多孩子一样，小雪每天都赶着去上学。她骑一辆绿色的自行车，见到雨晴的时候，就朝这个同楼的小姑娘笑一笑，然后蹬上车离开。

有一次小雪中午就下课了，她骑着车提早回家，在楼前看到飞跑的雨晴。可能是前一天哥哥给雨晴讲了个雷公和电神的故事，雨晴把自己当成了电神，在天上自在地飘。她觉得自己就像是一辆云彩做的火车头，轻飘飘却又直愣愣地要穿越楼前的小马路。

小雪注意到雨晴的时候，她正笔直地冲过来，一下子没收住腿，猛地撞在小雪的车把上。小雪拽起她时，她的膝盖都破了，却还在呵呵地傻笑着。

小雪跑回家，把医务包拿下来，为雨晴一点点清理伤口。这对她来说并不是很难的事，在舞校学习跳舞，受伤是家常便饭。

雨晴觉得有点痛，开始时她的眼泪不停地流出来，还大声尖叫了几声，后来酒精起了作用，她也从刚才的恐惧中缓过来一些。她觉得小雪的手很柔，很轻巧，触到伤口时让她觉得有点痒。

小雪处理好伤口，开始同这个此前从没讲过话的小姑娘聊天。她们讲了许多话。小雪听雨晴讲她的游戏，听得很入神。然后小雪就站在大街中间，用舞蹈表演起雨晴的故事。她演树在雪天的寒冷，夏天的饥渴，还有树枝上舞动的叶子，这些雨晴都看懂了，她觉得小雪真了不起。

楼里所有的孩子几乎都不理小雪，连女孩子也是这样。每当女孩们玩跳皮筋的时候，小雪总是自觉地从大家身边闪过。她一般会从她的自行车上跳下来，小心地推着从大家身边走过。路过的时候会快一些，走过去后又会慢下来。雨晴是唯一会停下来望望小雪的人，有时小雪也会回望一下，两个人的目光就会正好遇到一块儿。雨晴会咧开嘴，眼神里露出打招呼的意思。小雪的眼睛就有点慌，她会匆匆地朝雨晴笑一笑，然后转过身

野天鹅

走掉。

实际上，红楼里有两个孤单的女孩，一个是雨晴，她的孤单是在大家上学的时候，还有一个就是小雪，她会在女孩子凑齐的时候形只影单。这让两个女孩感到很亲近。

后来有一次，小雪偷偷对雨晴说："跟我去看演出吧，这事除了你以外，谁也不要说。"

"嗯！"雨晴点点头，她心里明白小雪的意思。

小雪骑着车，把雨晴放在后座上。她俩笑了一路，去看了一次雨晴从未看过的演出。

可这件事让林栋知道了，为此他把雨晴关在厕所里，还用鸡毛掸子狠狠打了几下妹妹的手心。雨晴的手肿了好几天，她不想理哥哥，也不想见小雪，她不想让所有人看到她肿肿的手。雨晴始终无法明白，一向对她很好的哥哥，为什么一看见她同小雪玩就变得这么暴躁呢？同楼的孩子也好像都赞同和默许哥哥的做法。

林栋这一天突然对雨晴说："我们要去三岔河看桃花，你愿不愿意去？"

雨晴有点呆，哥哥去河边一般是找学军和学农哥俩，从来不带着她，可能是嫌女孩子碍事吧。可这次哥哥挺热情的。

看见雨晴发呆，林栋又补了两句："三单元的吴桐和樱子也去，她们会带着你。另外，六楼的那个小雪你可以叫上。上次人家带你去看演出，这回大家一起去看桃花，以后我们也不欠她什么！"

林栋讲话的时候一本正经，这让雨晴有点不舒服。她怎么也不明白哥哥还有楼里的孩子对小雪的那种距离感。

三岔河有很漂亮的桃花田，是野生野长的。每年春天，大人孩子们都会成群结队地去。因为离得远，女孩子很少自己跑到那片荒郊野外。小雪听雨晴讲过这个地方，她很羡慕雨晴有个哥哥能带她去那里看桃花，这些事儿雨晴在哭的时候对哥哥讲过，当时哥哥并没有说什么。

当雨晴把这个消息告诉小雪的时候，她有点惊讶，开始还有点犹豫，可在雨晴的反复劝说下，她动心了。在雨晴看来，她俩可以结伴，即使不同大家聊天，她们也会在路上找到很多有趣的事做，而且同大家一起去会很安全。

2

小雪看呆了。

桃花那硕大的花蕾挤在一起，低垂下来轻轻地摇曳着，夭夭且艳。

三岔河这里有一大片洼地，那松软的土一直绵延到更低洼的水塘边。在水土交界的地方长满了各式植物，大片的桃林就一直延伸到这里，甚至步入水塘的浅水中。

小雪站在那儿，静静地听着桃花在微风中发出细碎的声音，那是桃花们的悄悄话。那些挂在或者说坠在细枝上的花朵，在微风中显得沉甸甸的，明艳得像随时要落下来一样。小雪闻到一阵阵飘过来的花香，那是风和阳光一起吹过来的。三岔河的风忽东忽西，却很柔和，就像这春寒乍暖的阳光，一下子让人感觉到很舒适。小雪拾起一朵桃花，又轻轻地放下。她爱看它们的样子。

花瓣从她的指间撒下去，羞涩地散落在松软的土地上。

小雪渐渐走进桃花林深处，她完全迷路了。

仿佛就在刹那间——刚才雨晴还在，还有一路上不怎么说话的女孩吴桐与樱子，有点怕人的林栋与男孩们——所有的人，都一下子消失了。

起先，小雪还听到雨晴说话，听到男孩子们在水边发现一窝鱼苗时兴奋的呼喊，可在她走进那片桃花林，看见一片片桃花瓣布满湿漉漉的河滩之后，那些声音一下子都消失了。

小雪只看到一群群鸟从芦苇与桃花林的深处，呼啦啦地成片飞起来，看到桃花林上空蔚蓝的天和行走的白云。她听到自己的呼吸和远处野鸟的鸣叫声，而同伴的声音她却再也听不到了。

雨晴在桃花林里疯跑了一会儿，被林栋扭住胳膊抓了回来。她玩得有点不尽兴。男孩子爱华抓了两只蜻蜓，让雨晴用手指夹住，可她并不喜欢。吴桐和樱子用桃花做了个花环，戴在她们的脖子上，雨晴想要那个，可吴桐她们却没有时间编。她们跟着男孩子们跑到水边看浅水里游着的东西去了。

林栋仿佛有心事似的，站在大家中间犹豫了好一阵，然后大声呼喊着男孩和女孩，让他们朝与来时相反的方向走——的确，那边的桃花更艳，一直长到有些陡峭的土坡上去了。孩子们被林栋喊着、赶着、拉拽着，一步步走到河汊的另一边去。

雨晴走了一阵，忽然想起什么似的，大声问："哎，看见小雪了没？"

孩子们手里拿着花，兴奋地相互追逐着，都没心思回答她。

"看见小雪了没?"

"看见小雪了没!"

雨晴拉住一只只胳膊,晃着问,然后开始大声喊小雪的名字:"梁筱雪!"

"没有。谁知道她瞎跑到哪里去了。"被问急了,吴桐回了雨晴一句。然后大家都不作声,也停止了脚步,不约而同地沉默下来。

雨晴从这边跑到那边,开始啜泣起来,然后她跑到林栋面前,使劲拽着他。

"喊什么?"林栋用了点力,甩开雨晴的手,"找不到就让她一个人待在这儿吧,谁愿意她跟着。"林栋阴沉地说,语调狠狠的。其他人默契地站在一边,林栋的话好像也是大家心里想的。

3

小雪在桃花林里找累了,索性坐了下来。她试着喊雨晴的名字,喊了两声就不再喊了。她的嗓子有点干。她觉得喊也不会找到一起来的孩子。

她又想喊林栋,可不知该喊什么,她只知道那是雨晴的哥哥,却从来没有同那张总是阴郁的脸说过什么。她现在停下来,望着太阳一点点向西斜下去,只好无力地坐在松柔的土地上。

小雪明白,大家离开她了。从以往大家的态度上来看,她总感觉到这次野游有点凄凉。她望了望近处远处的桃花,忽然又站起来,将手臂伸向天空。在练功房里,严格的李老师总是会修正

野天鹅

她每一个细小的舞蹈动作。现在，她眼前有一片松软的沙土地，她的耳边响起了那段动听的舞曲，于是她踮起脚尖，任由沙土钻进她的布鞋里。这里的地面并不够硬挺，可她还是倔强地用脚尖站定在那儿。

另一边林栋拽着雨晴，已经走出去大约一里路。雨晴不断哭着，使劲捶打着哥哥的背。

大家都沉默着，看得出没有一个人会比林栋好受。雨晴大声哭起来，她的声音时而沙哑，时而尖厉，那叫声让人有点发毛。首先是爱华停下自行车，有点犹豫地望着林栋："要不，咱们回去找找她？"

"不行！"林栋的声音里没有一丝商量的余地。

大家又走了一会儿，雨晴坐在地上，怎么拉也不起来了。

"我们是不是有点过分了？"吴桐和樱子小声地说。

"去找找她吧。"同行的男孩阿明说。

可这么做是大家表决过的，林栋心里非常恼火，现在罪人好像只是他一个人。

"她活该！"林栋说，"她爸写大字报检举你们爹妈时，考虑过别人感受吗？"

"也是，"吴桐小声应和，"可我们，我们还是回去找找她吧！"

"对，把她一个人丢在那儿，会被狼吃掉的。"爱华想出了个很有说服力的理由。可谁都知道三岔河那边没有狼，连野狗也没有，那边每年都会淹死几个游野泳的人——三岔河的黑夜远比野狼更可怕。

28

"谁都别说了。"林栋狠狠地嘬着嘴唇，看得出他在说服自己。他是个固执的人，有时越有人劝，反而越激发他做一件事的决心。

4

小雪试着在沙地上转了一圈，她感觉到西斜的阳光在她自在的旋转中，从手臂的一边流动到另一边，觉得在这样的转动中，那一缕缕的金色把她包裹起来，一下子就把那些想要打还打不出来的冷战赶跑了。旋转让她进入了温暖之中，让所有未知的可怕的事情离开了她。在桃花的海洋中，小雪跳起舞来。比起刚才，她已经有点适应这片宽大、自然的舞台了，她感觉自己是一只天鹅。

小雪的手臂高高地举起，在空中圈成一个美丽的弧。她的头静静地昂着，向着太阳西落的方向微微旋转。她那双纤丽的腿不停地旋转着，在平整的沙地上留下了一个又一个圈。

那是舞蹈着的天鹅。那舞蹈中伴着淡淡的忧伤和无限的依恋，还有一种对自己的欣赏。那美丽的身体和伸展的四肢，在这片寂静空间里描述着、倾诉着。天鹅的美丽和柔弱，都在只有小雪才能听到的音乐里，被她的肢体一点点表现出来。她真的很想哭，刚开始的时候是因为害怕，怕自己再也回不了家，而现在她真的哭出来了，这是没有眼泪的哭泣——在舞蹈里，她用自己的身体宣泄着这样的伤感，这种想哭的感觉——在别的孩子面前她是哭不出来的，而现在，从她的脚趾和膝盖传来的微微疼痛，让她感到很痛快。这样的感觉好像是一场倾盆大雨式的恸哭，让她的内心得到了很大的安慰。

林栋他们找到小雪的时候，她还在跳着，她的脸上带着骄傲的微笑，那张微微红润的脸上映着夕阳，显得格外活泼。男孩女孩围成个圈，自觉地坐到了地上。

雨晴大喊着跑过来，冲到小雪面前。

"小雪！"她喊着，试着抓住她。小雪闪开了，她像一只停不下来的陀螺，在沙地上不停地转。她从河边的芦苇地转到另一边茂密的桃花林里，又从大家中间，从林栋眼前转到离大家越来越远的地方。她有点松散的裤腿鼓着风，在一阵阵漾起来的轻风里打着旋儿，那样子真像一朵幸福而快乐的桃花，是那样饱满，那样带着这个季节独有的一种朝气。

小雪的头发散开了，那是一头让所有女孩子羡慕的长发，也是每个男孩都会留意的长发。在这个年代，留这样头发的女孩很少见。她的头发扬起来，飘动着，像一片亮亮的丝绸，被它拂过的地方好像都被风梳过一遍，变得更加细密、更有舞蹈的样子。

小雪就这样不停地转着圈，一直到太阳马上就要落山了，她还不停下。

大家傻了一样地站在那儿，谁也不知道怎么办。

"你停下来！"林栋有点怕了，当太阳落到山那边时，三岔河就会漆黑一片了。可小雪依然没有停下来。她也许一辈子都要这样转下去了。

这是在场的人第一次看到这样的舞蹈，一个女孩子在用自己的所有心血在跳。

小雪的速度开始慢了下来，也许是累了，也许她自己已经头昏了。她脚上的速度开始时快时慢，她的身子也越来越没有根。林栋喊了一声，大家围拢过来。先是女孩子跑上去，拉住小雪的手，她挣扎着变成了一个"大"字。随后，男孩们封住了她所有的路，小雪挣扎着，她的力气很大，好几次都从吴桐和雨晴的手里逃脱了。大家更坚决地一次又一次抓紧她的手，直到所有的人都没有了力气。

"回去吧。"林栋望着一脸执拗的小雪，她刚才柔美的肢体现在变得格外僵直，似乎是用这样的体态表达着她的某种情绪。

女孩们围过来不停地劝，后来男孩子也加入进来，就连平时从未同小雪讲过话的爱华和阿明也试着找几句话来安慰她。天已经黑了，头顶上的月亮很圆也很大，孩子们的肚子开始"咕咕"叫起来，是回家的时候了。

小雪并没有让别人劝，她蹬上车，头也不回地向前骑。她的身后是一群无声的孩子，更像是一群黑夜的俘虏，大家有意同前面的小雪保持着距离，就连雨晴也是。

"林栋哥。"吴桐小声地说。

"嗯。"

"我们是不是过分了？"

"一点也不。"林栋朝地上吐了口口水，听得出他的内心一点也不像他讲出的话这样坚定，"冲她爸爸，她活该。"

大家又都沉默下来。

林栋说的不对吗？

野天鹅

　　阿明觉得，林栋说的有点道理，他想起在远方的弟弟阿亮，还有爸爸。

　　现在每个人肚子里都开始有点痛了，心里也越来越沉重。小雪的舞蹈和舞蹈中的小雪，都让大家觉得，其实她可以待在大家中间，同大家一起玩，就像其他人一样。

林栋的自行车

1

林栋有辆自行车，是他自己挣出来的。

那时一放学，小男孩林栋就会跑到大院外边的一家修车店去转悠。这个店里有五个工人，他们不仅修车，还自己组装一些车辆。开始的时候，林栋总在人家店门口转，店组长就有点警惕了。这个小孩鬼鬼祟祟地干啥呢？把他逮过来一问，林栋什么也不说。这让车店里的人有点恼了，他们把他轰得挺远，再见到他就会自觉地看紧了手里的修车工具。

林栋没恼，他还是经常跑到这里看。有时有人来打气，林栋会主动伸把手帮着递个气筒，卖力地把车胎打满了气，或者在师傅修车的时候帮递一下工具。时间一长，几个工人开始喜欢这个孩子了。每次他放学后跑到这儿，几个工人都会把剩下的水果糖递给这个又勤快又懂礼貌的孩子，后来他们就开始教林栋修车。

林栋的手很巧，脑子也很灵。比如说补车胎这个活儿吧，最常见也最烦琐，可林栋跟着师傅学了两三遍，就有了自己的一套方法。他补车胎的方法同别人不一样。每当推着瘪车胎的人愁眉苦脸走到他身边时，他会先搬个小木凳放在人面前，找份报纸让客人读读。然后他麻利地把那个车轮子拆下来——别小看这个小小的动

野天鹅

作，这可是他的发明。因为手小没力气，他无法像师傅那样隔着前
叉或后叉看出扎洞的位置，可把车胎拆下来就好找扎破的地方了。
他用手转一圈车轮子，然后用小钢坯一划，内胎就从外胎中露了出
来，再用一盆水，就能很快找出有洞眼的地方了。

　　他喜欢用粉笔把扎的地方标出来。把车轮子摘下来还有个好
处，可以轻松地把外胎里扎的异物排除干净，不然的话，内胎可
能就白补了。因为心细，他往往能发现洞周围可能有的其他洞。
车胎被扎的时候尖锐的物件往往会在车胎上留下连串的洞眼。熟
悉的补胎手会首先看一看破胎的前前后后，避免补上一个却漏掉
旁边的，等充上气后又发现遗漏，还要重新来。因为心细和上
心，林栋补胎又快又好，因此他很少返工。更重要的是他的手很
灵巧，像补胎这样的硬活儿，别人弄不好就叫客人换外胎了，这
样既赚钱也省事，可林栋不这样，他会多为客人着想，每次找到
洞眼后，他会用胶一点一点地封上，再把内胎放进水盆里，打满
气等它冒泡，然后他会用师傅送的那把小锉，在洞眼旁磨开一小
块，再剪下一小片废胎磨糙了粘上胶，小心地贴在洞眼上面，等
晾一会儿，他就用手捏住粘上的补丁，使劲扯拽一下，再用小皮
锤在上面均匀地敲打一阵，洞就补结实了。上内胎的时候要特别
细心，有的师傅上急了，内胎就可能打结拧成一团，如果用小
撬棒，也有可能伤到内胎。林栋有自己的方法：他两手从气门
的两侧均匀地将外胎就位，等到最后一部分了，也是最难上的
部分，他会把内胎的气放掉一半，这样内外车胎都不会太紧，
他将外胎向车轮钢架圈内捏一下，这样最后一段的外胎就能很
靠近钢架圈了，然后双手再同时一捏一扣，一个寸劲就把外胎

36

上到钢圈槽里去了。这个动作要求手指有力量，也要求有巧劲。林栋手小，骨头越长越硬，干这活儿后来比师傅都麻利。他的手法很细腻，补得不大不小，粘得很牢，他知道怎样使粘的补丁同旧胶融为一体，在随后与外胎的摩擦中也不会掉。车胎补好客人都很满意，这个孩子这么小又这么周到，自然讨大人喜欢。后来不少人点名让林栋来补胎了。师傅们很喜欢林栋。有一次店组长问："林栋，你干这么久了，给你点工钱吧，要不别人觉得我们欺负小孩。"

林栋说："不用，师傅，能在您这儿学修车就行。"

几个师傅觉得话不能这么讲，一个孩子照顾妹妹挺不容易的，学手艺一定得好好教，可这工钱不能不给。后来林栋成了这里最小的学徒，也是最小的能挣到钱的小学生。几个师傅把自己拿手的技术都教给林栋，又教他组装自行车。大概过了半年的时间，林栋便学会了修车的大部分手艺。

2

放学后，林栋总来修车铺。干了一年，林栋跟店组长马晓刚说，自己不要工钱了，希望装一辆自行车，他要跟着学军一起去捞鱼。店组长答应了他的请求，林栋便开始留意组装车的配件，师傅们也特别帮他。每当来了一批配件，师傅都会用卡尺仔细地检查，从一批又一批的零件中找到质量最好、最匀称的零件留给他。师傅还和他一起小心地拆开车的前轴和后轴，用机床磨钢芯，然后用卡尺一点点测量滚珠的圆度，从一桶滚珠中挑出合适的几十粒。再有就是大梁，师傅说林栋的车以后要载重物，单凭原有的车梁很难负载这么重的东西，于是又在大梁中焊了一根副梁。林栋的车子整整制造了一个月，几个师傅都参与了，大家只要一闲下手就都来帮忙。但干得最多的还是林栋，他从制造这辆自行车的过程中学到了很多绝活儿，像车的重心配比，链条与缝盘的间距，怎么调整前叉和后叉，还有就是各个部位的连接方法、松紧调试，这些很细微的地方都会决定车子的速度和强度。最后师傅把自己收藏的一个车轮磨电灯和汽喇叭送给了他："有了这两样，这辆车就真的可以算是一辆好车了。"

林栋骑上车，轮子转起来像飞一样，启动的时候一点动静都没有。林栋觉得这车子像故事片里那些在朝鲜战场上飞行的银鹰一样快。他骑着车跑了半座城，跑出一身汗。他追着别人的自行车骑。

城里的男人有个不成文的规矩，如果有人在你身后飞骑，那就意味着他想同你赛车。多数人都会应战，也不把他当回事。可比了一会儿，都被他甩在身后了，人们这才发现小孩的车确实与众不同。林栋超过那么多自行车，又开始同公共汽车比试。他一路追着公交车跑了有十几里，速度一点不输给大车。倒不是林栋的自行车真的那么快，公交车开出一段就会到站停车，这给了林栋追上它们的时间。林栋就这样一路从东城骑到西城，又从西城出了市区，直到在郊区的一个交通岗楼被一位年老的交通警察给拦下了。

"这小孩，下来，骑这么快，我还以为是谁偷了风火轮呢，不怕你爸揍你啊？"交警拉住车把半真半假地说。

"没事，警察叔叔，我就想试试我能骑多快。"林栋说。

"够快的，我看插双翅膀，你都要飞起来了。"警察骑了两下，啧啧地称赞了一番，"这车真的不错。"

警察放了他，告诉林栋不能在机动车道上飞骑，那样不安全。

林栋很感激，他很满意自己的车，也是师傅们送给他的车。有了它，林栋就可以跟着学军一起去捞鱼，妹妹雨晴就能经常喝到新鲜的鱼汤了。

妹妹的脸蛋

　　林栋凭着爸妈留下的那点积蓄，还有妈妈每个月寄来的钱，照顾着妹妹。他们很想去看看妈妈，还有爸爸的坟，可都让妈妈制止了。平时林栋偶尔给妈妈写信，妈妈离开这么久，他都有些生疏了。他总是讲：一切都很好。他不愿让妈妈太担心，家里这些事他能够应付。

　　妈妈说，要照顾好妹妹，因为林栋是妹妹身边唯一的亲人和家长。林栋的内心有点愧疚，可能是因为营养不良，雨晴从小就脸色发黄，皮肤像个小老头一样。林栋想了很多方法，可雨晴的身体总是病恹恹的，个子比同龄的孩子都要矮一头。

　　林栋带她去看过中医，老大夫说雨晴先天不足，缺少从娘胎里带来的元气，应该后天多补充营养。这让年纪不大的林栋十分为难。那时爸妈留下的钱和粮票只够两兄妹最基本的生活，妈妈还不知道什么时候才能回来。他不知道该用什么方法让这个瘦小的妹妹长得健壮一些。

　　后来林栋在学校里结识了一个解放军的孩子叫学农，他俩像天生的兄弟一样很快就玩成了好朋友。学农有个哥哥叫学军，身板很壮，常带着他俩去钓鱼。在这座城的三岔河口有不少的鱼，钓的和撒网的人都很多。不过这里的鱼是国家财产，常有巡逻队突击抓人。这种游戏让林栋和学农感到很刺激，更重要的是林栋可以把鲜鱼做成鱼汤，给妹妹补充营养。林栋很快跟学军学会了游泳，学会了在寒冷的水中潜到下面去挂网，还可以到河底去摸一些河蚌。

林栋的车子不是什么名牌，不像班上有几个干部家庭的子弟，骑的是飞鸽或者永久牌的。这辆车是攒的。说到它还得扯到学农的哥哥学军。林栋和雨晴两人很像，都喜欢自己动手做个小玩意儿，这可能是从爸爸那儿遗传的。平时两人的钱不多，除了生活费之外，几乎没有钱玩别的东西。后来林栋和学军学会了网鱼和钓鱼，那些鱼钩都是学军教林栋做的，他们还买来尼龙线编了一张大网。

学军的有些技巧是他从书上看到的，有些则是王大夫教的——王大夫最喜欢做的就是钓鱼。学军亲眼看到过，王大夫在三岔河找了根树杈子，折巴了几下，然后找了一套缝纫用的针线，在线头上拴了条蚯蚓——就凭这个，王大夫钓了一盆鱼。他从河里钓鱼就像是变戏法一样，一拉一串一串的。

学军有个习惯，就是从各地搜寻自己觉得有用的书，他把那些讲述生活家用技巧的书一直珍藏着。林栋同他去网鱼的时候，学会了不少的制作技巧，两个人的装备也可以说是网鱼的人中最齐全最精良的了，唯一欠缺的就是一辆自行车。学军自己有一辆车，是他爸给他买的，可两人一起去河边的时候，一定需要再有一辆车——有许多的工具还有盛鱼的袋子，这些学军一个人的车是不够用的。他们一直凑合着，赶周末的时候去捕鱼，可这毕竟不方便。

两人就开始琢磨，怎么再去找一辆车。本来两人打算去买的，到了旧货店又放弃了这个念头，一辆旧车需要大人半个月的工资，对他俩来说这一点都不可能。为了这件事，林栋愁了很久，他觉得自己应该去攒一辆自行车。

而现在，他终于有一辆自己造的自行车了。

林栋是个细心的孩子，每次出手去弄鱼几乎都不会空手而归。这样一来，喝多了鱼汤的雨晴状态越来越好，脸上也带上了一丝血色。再后来，雨晴长壮了，胖嘟嘟的脸上总带着一种讨人喜欢的微笑，她还有两个酒窝，看上去就像个有人疼、爹妈宠的孩子了。

大雨，大鱼

1

三岔河每年春季的时候会迎来一个很好的渔季。春天里上游的水冲到这里分岔，然后流进两条不同的河。水也渐渐暖和了，河道里来自远方的各种鱼群汇集到这九转七折的河汊里，成为它们的一个很好的休整和繁殖的地方。

林栋跟着学军和学农学游泳，开始的时候可怕水了。军队大院里有个游泳池，那个池子很大，两边深度差得很多，听学军的爸爸李贵田团长说，这个地方原来是训练侦察兵的，所以挖得又深又大。刚到水边的时候，林栋很怕。学军就给他套上救生衣，然后让他站在水边。林栋还是怕，死活不敢下水。学军就朝他身后一指说："我爸。"林栋一回头，学军朝着他屁股就是一脚，把他踹下水了。

虽然穿着救生衣，林栋还是呛了两口水，他吓得想跟学军翻脸，但还是被学军拖着往深水里拉。林栋吓坏了，苦苦地哀求着，学军也不理，把他拉到了深水区。后来林栋穿着救生衣适应了在水里游泳，学军就开始教他。林栋在水里很笨，为此学军两兄弟想了很多办法，终于让林栋可以游水了。他们后来就跟着林栋游，三个人在泳池里不停地游。学军又找来警卫班训练用的背包，让林栋和他一起练习带着行李和木枪的武装泅渡。他们在泳池里一游就是一两个小时，林栋的游泳技术大大地长进了——这种介乎于狗刨和蛙泳的姿势，如果参加比赛登不了大雅之堂，可在环境复杂的小水沟里，这种姿势最方便也最安全。

王大夫有一套很好的渔具，平时没事的时候，总带着学军兄弟去捕鱼。后来因为卫生所的人手不够，王大夫很难脱身，就把渔具交给学军让他好好保管着。

学军就喊来林栋，一起到三岔河去捕鱼。

第一次回来，林栋分到一条大鱼，他和雨晴吃了两天。林栋觉得，瘦得皮包骨头而且有点鸡胸的妹妹，特别爱喝鱼汤，也特别需要补充营养。林栋这之后就一直磨着学军，缠着同他们一起去捕鱼。每次回来，他都能分到一两条。

后来学农和林栋去得比较多，两个人积累了不少捕鱼的经验。

王大夫说，捕鱼也讲人品，那种撒刺网把大小鱼一网打尽的人很缺德，这样水里的鱼就绝了。

王大夫的网编织得比较松，网面也不是特别长，这样大鱼会留下，小鱼会溜走，网旁边鱼可以自由通行。

每次下网的时候，学农和林栋，都会在岸上把网先展开。这捕鱼的网很有讲究，平时浮漂和坠的重物件要及时收拾好。网要按照一定的大小叠起来，浮漂不能纠缠在一起，不然网就半废了。每次收上网，都要把挂在上面的河里漂浮的废物清理干净，这东西很容易臭，而且容易挂网，让网面缠在一起。

一般来讲，学农会和林栋一起，在岸上齐声大喊一声，这是学军独创的捕鱼仪式，喊一嗓子就开始干活儿了，因为下水凉，这么一喊精神就提起来了。对河里的鱼来说，它们是听不到的，可对捕鱼的人来说，可以把精神都提振起来。

学农和林栋两个人各拉着渔网的一端，然后从河的两边下水。他们会在网的两头拴好坠重的物品，两个人游得很慢，那姿势就像是武装泅渡。三岔河里的水流很怪也很危险，所以他们每次下网的时候会格外的小心，一定要找到某段水流缓慢，阳光比较多的平坦水底的河段才下网——这里的鱼最多。

2

这天，学农和林栋在一个从没有去过的河汊子里，把网下了。不知道为什么他们这次的手气不是太好，等了一个小时，只有几条不大的鱼挂在网边上了。

天开始暗下来，河汊子里的芦苇开始来回荡着，树上的蝉叫得很响。

学农站起身子，用鼻子嗅了嗅，对林栋说："我感觉要变天，咱们早点收了，回吧。"

林栋白了他一眼："你是狗啊，用鼻子闻闻就知道下不下雨？要回你回，我再待会儿。"林栋不愿意走，他想至少弄两条鱼，让雨晴能多喝点鱼汤。

学农不好说什么，可他有一点不积极。起风了，风打着旋在芦苇塘里叫起来，河水中的野鸭和野鸟也叫起来，那声音好像是在迎接雨的到来。

这时候，网一动。林栋朝着学农喊："快点。"说着就一个猛子扎到水里了。

网里撞上了一条大青鱼，足有四斤多重。那家伙的尾巴缠住了，身体不停地挣扎，越摆动就被网缠得越紧。

天空出现了第一道闪电，还没等学农从懒散中回过神，雨点就劈头盖脸砸下来了。三岔河的河水和雨水很快连在了一起。

林栋似乎并没有感到什么不同，他现在已经游到网的边缘，那条大鱼不停地跳着，河水的急促让它更加兴奋。那张网开始在水面上漂浮起来，让大鱼觉得自己好像已经挣脱了一半的束缚。林栋费了不少劲才把一端的坠物解开，他把渔网的这一端自己握着，拴在学农握在手里的那根拉绳上。正当他准备解开另一端的时候，第一波聚集的河水洪流涌了过来。林栋在水里闪了一下，瞬间头淹没在了水浪下面。

这让学农吓坏了，他把拉绳拴在树上，跑到河边大声地呼喊林栋的名字。

林栋的头又冒出水面，看来他并没有意识到水的威胁，他朝着学农挥了挥手，现在他说不了话，因为雷声和雨声，还有洪水呛得他张不开嘴，可学农看见他还是朝着网的另一端游了过去。

学农抬起头，脸色惨白，他从来没有见过这样的场景：远处的河水泛着浪花，带着巨大的声音朝河这边涌来了。学农尖叫了一声，朝着自己刚才待着的地方跑——那里有两个汽车的内胎，上面拴着绳子，现在他必须把这东西拖过来。

这个时候，浪潮已经到了林栋的身边，第一层浪将他冲到了岸边，还好没有将他裹在渔网里。他试着爬上岸的时候，第二波浪开始将他冲向前方。他的身边有一根巨大的枯木，应该是从河汉子上面冲下来的，这根木头差一点撞到他的头。它转了个个儿，一头扎进一个小河湾里，卡在烂泥和树根之间了。林栋赶紧游了两下，抓住了这根树干。学农跑过来，他身上带着那个汽车内胎，现在他把内胎扔在一旁，将钓鱼的竹竿伸过来，让林栋抓住。河水瞬间暴涨了，学农看见内胎已经漂到了河的中央，转着圈随着其他漂浮物流走了。林栋抓紧了竹竿，学农大喊："快，站起来，跑过来啊！"

林栋爬起来，很小心不再滑倒，他站的位置离河面太近，稍微不小心就会再次掉下去，刚才那个大木头已经被涌来的河流再次冲进了河里。学农终于把林栋拉到了地势高的地方。

在短短的五分钟里，林栋和学农失去了大部分渔具。现在河水涨起来了，他俩根本回不去。他们刚才站着的沙洲现在变成了孤零零的小岛，而且水位还在涨，谁也不知道水会不会淹没这最后的一点土地。

"上树吧！"学农说。

两个人爬上一棵矮树，然后爬上一根比较粗的树枝。学农用绳子把两人拴在上面。

河水从"小岛"的四周流过，河流越来越急，这场雨来得太突然了，刚才发生的一切就像是一眨眼的幻觉一样。两个少年真的有点怕了，林栋想起了妹妹，他有点后悔自己这么莽撞。

他们在树上过夜的时候，河汊子里的水还在涨。林栋和学农可以听到远处滚滚而来的巨大声响，说不清是天上连串的响雷，还是上游暴雨形成的洪流裹挟着沿岸的物品。天漆黑一片，偶尔迸发的闪电将压抑而又寒冷的黑幕忽然撕裂开，接着就是炸雷，好像就在他们耳边响起。他俩使劲把耳朵捂住，借着瞬间的光亮，查看树下的情况。他们所在的"岛"已经不存在了，刚才挂网的矮树，现在已经淹没在湍急的河水中。巨大的洪流已经分不清来自哪一条河汊，它们汪洋一片地奔流着，发出类似风的"呼呼"声音，偶尔河中漂浮的物件会撞在下半部浸没在水中的树丛上，然后发出断裂的声音。天空下的雨随着不断改变方向的狂风，左右前后地泼洒着，林栋和学农很担心河水会淹到他们脚下，或者将他们栖居的树冲倒。将自己绑在树上是学军教给学农的，作为侦察兵教程里的一节，学军无意中讲过这个细节。现在，哥俩又往树上爬了爬，学军开始将绳子系在两人的腰上，然后换了个位置，将两人的手臂固定在粗壮的树枝上。这样的捆绑不能时间太长，否则会影响血液循环，造成肢体的坏死。他们试着将绳子套扔到旁边的另一棵树上，以备不测，可是没有成功。两人只能在黑暗中一点点等待着天亮。

天空发白的时候，雨停了。

可水并没有退，他们还被水流包围着，水位现在依然居高不下。林栋和学农谁也不说话，他们看看对方，觉得这次真的很幸运。

水是第二天早上退的，学农和林栋爬下树的时候骨头都快散架了。在河边上，他们找到了网，那条大鱼还在，只是现在只剩下半条，水中的漂浮物将它的身体切开了。林栋和学农把鱼摘下，把网拉回来。这条网已经废了，上面挂满了废物，要想收拾干净几乎是不可能了。

学军是在三岔河公共汽车站，遇到学农的。

　　后来学军把弟弟揍了一顿，毕竟林栋岁数小，这次冒险的责任显然都在学农身上。王大夫并没有太多怪罪两个孩子。人回来了就好，在他眼里，这两个孩子真敢作死，能回来就是个奇迹。他有点喜欢上这两个呆头愣脑的孩子了。

　　可从此后，无论是学军还是王大夫都再也不让他们下网捕鱼了，三岔河河道管理部门也开始禁止人们使用渔网。林栋他们可以钓鱼，这种捕鱼方式相对安全一些。

上学的渴望

1

雨晴长到了六岁，除了画画和弹一点钢琴外，她几乎什么也不会。别的孩子在幼儿园里就学会了识字和音乐，还学会了做手工和舞蹈，而让林栋最为担心的是小学会不收雨晴。

林栋当初上小学的时候费了不少周折。那时爸爸、妈妈还在，托了好几个朋友，才勉强把林栋塞进了这里的小学。现在到了妹妹雨晴该上学的时候，没有人会帮他。随着上学时间的临近，林栋感觉心底也越发沉重起来。雨晴的心也并不比哥哥轻松，随着年龄的增长，她开始明白哥哥的难，对她来说上学特让人羡慕，可她也不想让哥哥为此忧心忡忡。

雨晴从没上过幼儿园，在她的记忆中姥姥曾经把她装在小车里，拉着她在楼群里散步。雨晴最先对小伙伴的记忆是街道上一个女子手中的红气球，那个女人是幼儿园的老师。她出现的时候身后就会有一大队小朋友，他们手牵着手一个挨一个地从楼前那条街走过。那时雨晴还说不了多少话，她就指着红气球咿咿呀呀不停地喊。姥姥就说："对，那就是红气球，红气球。"

雨晴在小木车里也就喊："气球，气球。"她要姥姥推着车去追赶走过的孩子们，姥姥没有动，雨晴就开始跺着脚大声尖叫哭喊起来。姥姥只好迈着小脚推着车，去赶那些远走的孩子。雨晴追上以后看到那个举着红气球的阿姨带着小朋友围在一起做游戏，她就趴在车子上看，一动也不动。那只红气球在雨晴的记忆里总是鲜艳的，是她一丁点大时最深刻的记忆。后来长大了一点，她知道自己没法子走进那群孩子，她就变得特别乖，总是特别安静地待着。

雨晴会在家里一个人玩，听到楼下幼儿园小孩子们做游戏，她就跑到阳台上踮起脚尖仔细地张望，然后自言自语，好像她在同那些陌生的孩子一起玩。

哥哥上学的时候有时会把她反锁在房间里，连厨房也锁起来。那时雨晴太小，哥哥怕一个小孩子玩火或者把煤气打开，那样的话可就惨了。后来雨晴习惯了，她会同自己的几个洋娃娃玩——都是哥哥从几个同学那儿，比如学农的表妹那儿找来的——这里面有布老虎和断了腿的马，还有小猪存钱罐。

雨晴的游戏很多，多得玩不完。她总是望着窗外的那些小朋友，想象着邀请他们到这里玩，他们每天玩的都不一样，都让雨晴遇到不同的新鲜事，比如救助那匹断腿的小马，帮助它走出楼后的那片树林；还有就是一起找小猪借钱，一直寻找跑掉的小猪……

雨晴对这样的游戏从来没有玩腻过。现在雨晴到了上学的年龄，林栋从学农表妹那要来她的旧书包，然后请王奶奶帮忙洗干净，在里面缝上衬布，重新钉上扣子，想给妹妹一个很好的准备。

他们第一次去学校报名的时候就被人退了回来。上小学是需要父母的单位开证明的，还要派出所在介绍信上盖章。这些两兄妹都没有。

妈妈在很远的地方，没法为两兄妹出具需要的文件。就这样，雨晴错过了第一次入学的机会。看着大她三两岁的女孩像吴桐、樱子背着书包，兴高采烈上学的样子，雨晴的眼睛很暗淡。她有点失神地望着校门。每天哥哥上学的时候，她会比哥哥还早爬起来，然后看着哥哥收拾好自己的书包。现在的雨晴学会了自己热东西吃，也从楼上的王奶奶那学会了缝衣服和用彩线在棉布上绣出一点点难看的图案。

林栋早晨出门的时候，总是能感受到妹妹的目光。他消失在大街上的时候，知道妹妹还站在阳台上，很久望着通往小学校的那条路，就好像能够看见学校的大门一样。林栋很着急，他觉得妹妹很快就会落在其他孩子后面，像那些刚到城市里的农村孩子一样没有学上。

为此他想过很多办法，也找过很多大人，可没有人能够帮到他。邻居王奶奶是个热心的人，她为这件事跑了很多次，也找过不少人，结果还是一样——这里的小学几乎都满了，无法去安排她这样的小孩，这让林栋很绝望。

2

为了妹妹上学的事，林栋曾动了不少脑筋。听说一小开始招收新一届的小学生，林栋起了个大早就去排队领表。

他到学校大门的时候，铁门铜锁上还挂着霜呢。林栋穿着棉衣带着板凳在那里待了很久，直到上班时间人们才三三两两地来

野天鹅

到这儿。排队的都是大人，为自己的或是亲戚家的小孩子来领表的。林栋很快就被几个强壮的汉子挤到后面去了，他大声抗议着，没有人理会他。挤到前面的人聊着天，好像根本没注意到有一个孩子在那儿叫叫嚷嚷。

门开了，人们一拥而入，林栋被夹在中间，掉了一只鞋。等他把鞋拎起来的时候，大人们已经在办公室内重新排好队了。林栋站在十几个大人的后面，这次他下了决心，再有任何插队的人他都要把他拉出来。

办入学的是个谢顶的中年人。他走进办公室的时候，不少家长殷勤地跟他打招呼。队伍慢慢地向前移，时不时会有人从校外跑进来，打开门直接钻进办公室。人群愤怒地诅咒着，可大家并没有阻拦的意思，谁都知道这些插进来的人是有关系的，说不清是多近的关系，可如果真得罪了，自己可能也没机会了。林栋就这样充满希望和失落地等着。等轮到他的时候，他手中的钢笔已经捏出了汗。这钢笔是爸爸留下的，爸爸用它写了不少的书。林栋觉得用它也许能给自己和妹妹带来好运。现在办公室里只剩下林栋和那个中年人，一个小孩子忽然冒出来，让这个中年人有点吃惊。他有点懒散地向垫着棉垫的椅背上靠了靠："你有什么事？小孩儿。"

"我来报名，上小学。"林栋有点激动，他的眼睛亮亮的。

"哦。"中年人用食指和中指间的笔敲了敲桌面，"你多大？"

"不是我，老师。"林栋的嘴都有点不听使唤了。

"是我妹妹，她叫林雨晴，下雨的雨，晴空万里的晴，她是在一个晴天出生的，所以我爸爸妈妈给她起了这个名字。"

　　林栋凭着爸妈留下的那点积蓄，还有妈妈每个月寄来的钱，一直照顾着妹妹。他有辆自行车，是他自己挣出来的。

"好，好，"中年人打断了林栋的话，他伸出一只手，递过一张表，"你把这个填写一下，还有就是你的介绍信，你得交给我。"

林栋把王奶奶托派出所开的介绍信递给这位叔叔，自己高兴地在那张表上仔细地填写着。他的笔有点颤，林栋使劲控制住自己，一笔一画地写上妹妹的名字和自己家的地址。那位老师拆开信封，看了一眼，腾的一下跳了起来，那速度就像是被针扎到屁股一样。他一把抢过林栋手里的表格，使劲揉成一个团，扔到了废纸篓里。林栋的钢笔都被他碰掉了，他顾不上去捡，只想夺回那张被弄成皱巴巴的表格，却被中年人有力的胳膊拦住了。

"你妹妹不符合条件！"中年人说。

"为什么？"

"没有为什么。不符合就是不符合。你回去吧。"中年人挥挥手，去拉办公室的门，"下一个。"

林栋没有动，他有点执拗地站在中年人的办公桌前。

"你走不走？"中年人厉色道。

"我的妹妹要上学。"林栋已经抢过了那个纸团，也捡回了那支笔。他固执地在桌面上试着把那个纸团铺开，想继续把那些自己还不能全明白的栏目填满。可他的举动似乎引来了中年人更大的愤怒："你再不出去，我叫保卫科了。"

"您让我填写表格的。"

"你妹妹条件不符。"

"求求您老师，我妹妹可聪明了，她能自己补衣服，能在枕罩上绣花，她特别听话，学得可快了，您能不能……"

野天鹅

"你这个孩子简直无法无天了，现在你马上给我离开！"中年人真的发怒了，他的声音很大，立刻引起了外面人的围观。大人们把他们圆圆瘦瘦的脸都挤在玻璃上朝里面看。新进来的那个大人也来帮腔："让你走就走吧，这么点年纪这样没礼貌。学校又不是公园，想进就进。"

两个大人不由分说，将林栋连拉带提地搡出门。林栋开始叫着，外面的人把他堵在更外面，大家像商量好的一样，齐心合力不让这个喊叫的孩子靠近那扇门，似乎这么做里面的中年人可以看到。

林栋开始哭了，天很冷，眼泪有点凝住了，在皮肤上划过去很痛。他大声地嘶喊起来，大声怪叫着，一次次冲向那个门。人们呵斥着，到后来竟有点被林栋的气势镇住了。他们望着这个孩子像头野兽一般一次次地冲过来，只能排紧了队伍，把他挡在人群之外，谁也不允许这个孩子再插到队里来。对大人们来说，为自己的孩子报上名是今天唯一该做的事，不能再让这个小插曲导致某种意外。林栋不停地叫着，直到学校的保卫跑过来。这个人是个老头，平时喜欢下棋，在街上常见到林栋和雨晴。

老头是个温和的人，他费了好大劲才把林栋拽到了保卫室。他给林栋倒了杯热水，"你别闹了，冲进去又怎样？人家老师是不会让你的妹妹注册的。收一个孩子学校有自己的规定，再闹下去就会把你送到派出所。"

林栋离开一小的时候，很沉默。他不知道该怎样对妹妹讲这件事，也不知道自己可以再做什么。他的手里捏着那张表，还有那封被拆开的信，路边没有人注意他，他把这些东西全部撕成了碎片，然后扬起手，抛到了空中。

雨晴今天起得特别早，她在整理自己的衣物。在杨老师那儿学琴时，杨老师破例教了她一首新的钢琴曲。杨老师说，学校的音乐教室有钢琴，方便的时候一定要弹给新同学听。雨晴在家里把这首乐曲练得很熟，熟到闭上眼睛都可以模仿杨老师弹奏下来，她憧憬着自己遇到各式各样的新朋友，就像自己从窗户看到那些梳着小辫背着书包的各式各样的面孔。雨晴将自己的衣服一件件洗好，特意挑出一件红色的毛衣。那是小姨给她织的，虽然是用表哥穿过的毛衣线重新织成的，可雨晴觉得它特别好看。她在上面绣了朵花，还有金黄色的太阳和汪汪叫的狗。雨晴把这件毛衣和自己的裤子放在桌面上，用装满开水的大瓷缸反复地烫平——这是王奶奶教给她的。

王奶奶说："小孩不能动火，真正的烙铁太危险，用开水缸效果也挺好。"雨晴把这些都准备好了，就安下心来等哥哥。这次和平时不一样，她不是等哥哥回家，而是等他带来好消息。她没有很着急，可心里充满了期待。

中午的时候，雨晴看见小学生在街上跑，一个挨一个的。他们的吵闹让雨晴隐约中觉得哥哥就要回来了，可过了许久还是没见哥哥。时间让雨晴的心情越来越暗淡，她不停地看着窗外，又不停地小声对自己说："哥哥就要回来了，就会回来了，说不定哥哥现在正在哪里弄一件让我高兴的东西，比如向同学要一只小鸟，或者用罐头盒装一条金鱼。哥哥有个习惯，喜欢在重要的时候弄点礼物，搞个仪式什么的，就像在我过生日时给我挂了一盏大红灯那样。现在他一定跑到很远的地方，去做这样一件很重要的事情去了……"

    雨晴在小凳子上坐了整整一天。小学校里的孩子中午放学又上课了，上完课又放学了，雨晴一直坐在那儿望着窗外，哥哥是在天黑的时候回来的，他那清脆而有斗性的车铃没有响，门只是默默打开了，林栋站在黑影里，没有进来的意思。雨晴没有看清哥哥的脸。桌子上的饭早就凉了，一直放在那儿。雨晴低下头看见毛衣上自己绣上去的那枚小太阳，还有有点像小猪的狗。她默默地把它脱了下来，小心地放回箱子。

    "哥哥。"

    "哥哥。"

    "嗯……"

    "我去热饭吃吧，我好饿。"

    雨晴拉着哥哥的胳膊，费了好大的劲儿把他拽到床边坐下。

    "没事儿，我不想上学了，真的，一点也不想。"雨晴喃喃地说。

3

    一天，学农兴高采烈地来找林栋："雨晴上学的事有希望了！"学农刚说到这里就打住了。

    林栋丢下正在喝粥的碗，一把抓住了学农的前领，腿一软就给学农跪下了。这个下意识的意外让学农得意了好一阵，他觉得林栋太客气了，为这么丁点大的事就给他下跪。

    学军、学农兄弟可以说是林栋最好的朋友了。林栋每次到他们家玩，学农的妈妈从来不会让他空着肚子离开。学农的大哥学军，跟侦察兵练过几招擒拿格斗，每次见面的时候还会教林栋几下。这让林栋有时很怕见到他，因为一见面，学军就会逼着他把上次学习的拳脚演练一遍。如果被发现偷懒，那林栋就惨了。

林栋会被罚：引体向上、俯卧撑、爬大绳，还有就是穿上铠甲和学军用木枪对刺。这时的林栋会很后悔——一旦被学军的木枪刺中，他整个人都会飞出去。

王大夫教了学军不少解放军的杀招，学军便毫无保留也毫不留情地传授给弟弟，还有弟弟的这个小兄弟。在他眼里，林栋就是另一个学农，管他叫"学习"比较合适。林栋的力气比较小，个子瘦高得像根竹竿，在学军的调教下，却也渐渐有了点功夫。这次听到学农讲为妹妹找熟人入学的事，林栋觉得学农他们真是费了不少的心思。

"你别高兴太早。"学农故意让林栋多跪了一会儿，才把他半真半假地扶起来。

"我妈吧，也就是你妈，忽然在马路上见到一个老同学，你猜猜是谁？"

"谁？"

"二小的教导主任。两人很多年没见面了，一见面挺激动的。后来我妈，也就是你妈，想起雨晴的事了，你说这件事巧不巧。"

林栋光剩下乐了。

"不过这事成与不成还要看机会，我妈说那叫命。等找个机会她带你去主任家里一趟，你看怎样？"

林栋不住地点头，这么好的事情怎么一下子让自己碰上了呢。

"还有一件事得告诉你，你知道主任是谁吗？"

"谁？"

学农脸上露出一种神秘莫测的表情，对着林栋眨了眨眼，却没有马上回答他。

"你以后就知道了。"学农略有些得意地说。

红楼学琴的孩子

1

红楼的孩子基本上都学钢琴，小雪学琴还很费了一番周折。

小雪从雨晴和吴桐那里听到，杨阿姨家多了一台新的钢琴，是那种三角式的钢琴。

听学过琴的爱华讲，他的爸爸对这台琴唠叨了一晚上，说那是一台演出用琴，二十年前一个苏联的钢琴大师访华，就用这台琴演奏了成套的《肖邦协奏曲》。

别看那台琴老，那是用捷克的木料、奥地利的琴键和德国的钢琴弦制成的，琴的音色在几百台琴里都能辨认出来，凝重而沉稳，轻灵明亮，音色纯净……这些都是爱华的爸爸陆文鼎讲的。

有了这台琴，杨老师把家里的许多旧家具都卖掉了，在客厅挪出空地来，叫了五六个搬家工才把这台琴弄进家里。

有人说杨老师已经接到音乐学校的通知，准备回校复职教课去了。这事得到了天鹤的证实，他是杨老师的独生子。他见过那台传说中的钢琴，还在那琴上弹过一曲。按他的话说没看出那琴有什么稀罕的地方来，就是琴键很重，弹起来手指有点费劲。

杨老师在招学生。这个消息在孩子们中间传开了。很多人想

野天鹅

去找杨老师学琴。在此之前多数人都是在自己家里练琴，凭爸爸妈妈指点。可大家都知道杨老师是最好的琴师，她教过不少学生，有的在国内已成了演奏家呢。

杨老师可不是轻易收学生的，她会精挑细选。雨晴和林栋头两年去"面试"的时候，杨老师就直言相告，他们学不出个名堂，但因为雨晴的执着让杨老师有点不好意思，就让她年龄大一点再来试试——她的手太小，小指又太短，伏在琴键上容易落下毛病。

那次爱华唱了一首歌而被选中，他妈妈能歌善舞，教他唱了很多首民歌。爱华家特殊的遭遇让杨老师一家很心疼，他见到杨老师的时候，有声有色地一连唱了好几首歌。杨老师很满意，说爱华有表现力，就把他收下了。

现在，小雪想去试试，她和吴桐约好，找了个晚上带上自己练了很多天的那几首练习曲，去敲杨家的门。

杨老师刚刚吃完饭，打开门的时候，看见了吴桐和怯生生的小雪。她俩走进房间的时候，看见里面站着几个孩子，有的还是父母陪着来的。

杨老师摸摸吴桐的头，说："你可以了，下星期来上课吧！"

然后杨老师转过身来望着小雪这个陌生的孩子，"你也想学琴？"

"想！"

"练过吗？"

"练过。"

"那来试试。"杨老师把琴椅上的垫子挪了挪，朝小雪报以温和的微笑。小雪轻轻地走过来，展开了琴谱。

那段练习曲她不知练了多少遍，就像她的脚尖在地面上不知划了多少圈一样。

小雪觉得乐曲是可以用肢体表现的，也同样可以用琴弹奏出来。她纤长的十个手指在键盘上跳动着，像她那起落顿扬的四肢一样，小雪弹到后来有点乱，因为一起待在房里的孩子和家长开始窃窃私语，他们开始评论小雪。杨老师温和地摆了一下手，示意大家安静，可小雪觉得杨老师在让她停下来，最后几个小节，小雪是胡乱地弹奏下去的。

"你练了几年？"

"两年了。"

"你是哪家的孩子？"杨老师抚摸着小雪的辫子，那样子好像认识她很久了。

"我妈妈叫夏丽。"

"你是梁胄的孩子？"

"嗯，梁胄是我爸爸。"

杨老师摸着小雪的手从她脖子上拿了下来，她回过头去招呼客厅里所有的孩子和家长，那些收到纸条的孩子被收下了，他们下个星期就会来上课。

小雪与吴桐走出门的时候，她朝杨老师喊了一声再见。

杨老师也朝她笑了笑，说了一声："再见。"

小雪心里像悬着一块石头，她不知道杨老师到底收不收她这个学生。

"你说杨老师收下我了没？"路上小雪不停地问吴桐。

"你刚才怎么不问问她。"

吴桐显然还陶醉在喜悦中，对小雪的问题没怎么在意。全楼的孩子中，谁若能够成为杨老师的学生，那可是件很让人羡慕的事情。

小雪将这件事告诉了爸爸。梁胄细心地听着，直到小雪把一肚子的疑惑都讲完。

"别担心，我会去找杨老师。"梁胄放下手里的烟卷，拍着女儿的肩，有点忧心忡忡。

"您认识她？"

"嗯，当然……"梁胄低声嘀咕着。

2

学琴成了小雪的一件心事。吴桐已经去上课了，小雪可以从她家的窗口听到练琴的声音。

梁胄并没有忘记女儿的请求，他只是得找个恰当的时机。这天杨老师从楼前走过去，梁胄忽然从楼边的树丛中站起来，扔掉手上的烟头，用脚踩灭，然后微笑着朝杨老师打招呼。

从半明半暗中忽然冒出一个人来，着实让杨老师吓了一跳，她很快反应过来这个人是谁。杨老师有些诧异地站在那儿，一时不知道该说什么，也不知道是该走还是该留下来。

"杨老师好，我等您很久了。"梁胄显得很兴奋，那样子就像久别的朋友再次见面一样。

杨老师有点惊慌，开始是因为黑暗中突然冒出个人影，带来了本能的恐惧，接下来就是不知所措了。她眼前这张熟悉面孔上的微笑是陌生的。见到梁胄，杨老师的脑海里首先反映出的是另一种面孔，那是面对她和丈夫极度抽搐和变形的样子，是声嘶力竭的呵斥的表情。现在这张面孔圆润了很多，带着柔美的笑意，和让人无法回绝的谦卑讨好的样子。

"听说您回学校了，我本想找个机会去学校向您祝贺一下，后来觉得还是到您家里更方便。"梁胄说着接过了杨老师手中拿着的菜篮子。杨老师支吾着，好不容易来到了自己的房门前，她接过菜篮子说了声谢谢，然后像要躲开什么似的一下子钻进了房门。

她把门轻轻关上，却好像有什么东西塞住了似的，就差一个门缝合不上。那是梁胄的一只脚，他的皮鞋是加了钢头的工厂劳动鞋，现在死死卡在门和门框之间的狭窄缝隙里。等了这么久，他还没有转到正题上来，他想抓住这次机会，同杨老师聊一聊。

"没有夹痛你吧。"杨老师叫了一声，好像夹住的是自己的脚。

"没有，没有。"梁胄的微笑更自然了，那笑容就像舞台上合唱队的孩子一样，此时他的半个身子已经挤进了门框，戳在一脸不知所措的杨老师面前。

"我女儿，梁筱雪，"梁胄说，"您见过的，练琴快两年了。自从上次来您这里看人家练琴之后，就哭着喊着想拜您为师。杨老师您看，这个孩子特别喜欢您，她回来后一直在讲您家里其他小朋友弹琴的情况……"

"这个我知道了。"杨老师打断了梁胄的话，"我现在学生太多了，也许要等一等。你的女儿很不错，我会考虑一下怎么安排。"

杨老师好不容易把梁胄送出门，梁胄的手却一直扶着杨老师家的门框，两个人都是有点坚持的人，比较起来梁胄的耐心更大一些。

关上门，杨老师叹了口气。她感觉身上出汗了，如果这样的交谈再继续下去，她的汗会把衣服湿透的。这时，杨老师在门洞里看到了一个箱子，她想不起来这个箱子是从哪里来的。杨老师和爱人刘老师一起把箱子挪到了明亮的地方，发现里面装满了江南的特产，大大小小的盒子罐子，从食品到用品很整齐地码放在小小的箱子里，那些东西拿出来铺满了一地。

"我都不知道他什么时候留在这里的，你说奇怪不，我真的没有看见。"杨老师有点委屈地望着丈夫，两个人苦笑着，一脸的无奈。

3

小雪在回家的路上遇见雨晴，两人说说笑笑走了好一阵，后来吴桐心急火燎地跑过来了。

"小雪，"吴桐很认真地说，"你跟我来一下，有人要见见你。"小雪有点奇怪地跟着她跑到楼的另一侧。刘老师站在那儿，笑眯眯地望着喘着气的孩子们。

小雪一眼认出了刘老师，上次去找杨老师学琴，刘老师就待在客厅里，还为她们倒水呢。

刘老师朝她招招手，很友善地说："你是小雪吧，来，帮叔叔一个忙。这个箱子是你爸爸的，我要交给他。你帮叔叔带个路好吗?"

小雪很愿意这么做，毕竟这是在帮杨老师的忙。他们一起往小雪家走，看起来箱子不轻，两个楼洞之间有一百多米，刘老师在自家的楼道里停了几次，才把箱子搬到楼下，然后带到小雪家门口。

"你父亲在吗?"

"他还没有下班。"小雪看见刘老师头上挂满了汗珠，有些不忍心。她用脖子上的钥匙打开门，然后拿出一条毛巾，请刘老师擦汗。

"他不在，就这样吧。回来告诉你爸爸就是了。"刘老师拍了拍小雪的头，转身走了。

梁胄回家的时候，望着箱子沉默了一会儿。

小雪过来问爸爸那箱子里装的是什么，她感觉到爸爸同杨老师家很熟也很客气，这样的客气却又显得很陌生。梁胄并没有说话，他把箱子小心翼翼收好，让女儿去做作业，而他整个晚上就一个人待在凉台上吸烟。

小雪是在一个星期后，接到杨老师的通知的。吴桐带着曲谱来找她，她俩在小雪家的钢琴上弹了一阵。小雪觉得吴桐这个月练琴长进很快，完全不像以前那么软绵绵的了。

杨老师让小雪坐在那台钢琴前，开始听她弹奏，小雪自己觉得很满意，可杨老师还是发现了几个小细节，特别是在几个十六分音符连奏时小雪弹得有点含糊。杨老师要求小雪用三种速度练习这段谱子，在一些弹奏得有毛病的地方，放慢练习，还教了她几种反复练习手指技巧跳指的训练小方法。杨老师觉得小雪的手指纤细，力量不足，但敏感度很好，所以必须强化无名指的灵活性和力度，这样才可能让手指演奏时找到平衡的乐感。

小雪的领悟能力很强，她基本上能按老师的指点做到位。这让杨老师和刘老师都很高兴。临走的时候，杨老师为学生们各冲了一杯果汁，也给小雪冲了一大杯。当所有人离开的时候，刘老师喊住了小雪："小雪，还要麻烦你同我一起去一趟你家。"刘老师和杨老师对视了一下，笑了起来。

"告诉你爸爸，你这个学生我收下。"杨老师说，"有不少叔叔阿姨帮你爸爸找过我，你爸爸还通过邮局把这个箱子又寄给了我们，哈哈，好重的箱子。告诉他，我们谢谢他的好意。现在我收下你这个学生，不只是因为那么多叔叔阿姨来讲情，也不是因为这个箱子，是因为你的乐感不错，能够练得很好。我和你刘老师觉得，可以收你做个学生，只希望你能认真学琴，别让我们失望。"

小雪站在那儿，有点脸红，虽然没有弄清事情的经过，可直觉告诉她这一定是件很窘的事情。对杨老师的话她似乎明白了什么，又不是全部明白，只好认真地点点头，算是对老师的答应吧。

楼道里很黑，小雪举着小手电，听着刘老师喘着粗气，在台阶上走走停停，然后来到了小雪家。爸爸热情地冲出来，紧紧握住了刘老师的手，他很想请客人到家里坐坐，但刘老师还是婉言拒绝了。

小雪很高兴，爸爸似乎更高兴。那只箱子被放在客厅里，让小雪有点怪怪的感觉。再过了一会儿，这只箱子像长了翅膀，一眨眼就不知跑到哪里去了。

爸爸后来在夜深的时候打开了这只箱子，那时小雪并没有睡着，她只是假装睡熟了。她听见爸爸仔细翻动着箱子里的东西——那是在清点吗？小雪猜想，有时候她对爸爸的仔细感到有点羞愧。

小雪怎么知道，爸爸曾在黑暗中那么多次等待过杨老师的出现，他有很多话想对杨老师解释，那些陈年往事让他特别想表达一下对杨老师的歉意，他讲话充满了感情，说得声泪俱下的，弄得过路的行人投来好奇的目光。杨老师几乎每次都是想方设法才离开的。

现在小雪很高兴，她可以同吴桐一起去上课，也可以看见雨晴，因为刘老师教雨晴学画画，偶尔她也向杨老师学点钢琴。雨晴那双胖乎乎的粗短小手弹琴不理想，可拿起画笔来就完全不一样，可以说是得心应手。她们总是一起去上课，杨老师的家成了最快活的学校。

形单影只的指挥家

1

梁冑是音乐学校里唯一留下的教师，因为别的老师要么去了"干校"，要么去了别的地方。虽然说这些人的离开不由他决定，可多多少少跟他有关。

当初运动开始的时候，他第一个站出来揭发别人的隐私。传说，梁冑有个笔记本，每天同别人聊天，听到的和揣测到的，都记录在上面。运动一开始，他把这些日记誊抄成另一种字体，用毛笔写成豪放的楷体大字报，抢先贴在学校的白墙上。他对自己说：有什么法子呢，那个时候人人自危，人人都在揭发，相互地彻底揭发，自己动作快一点，至少不至于被动。没过多久，梁冑便发现在学校里自己成了最孤立的一个人。

无论从远处看，还是从近处瞧，梁冑都很像艺术学校的老师。他头发很长，最长的时候曾经披到肩上。

在一段特殊的年代，有人曾质疑他的长发，他先是被别人剃了光头，运动风头过去后，他就给自己留了个寸头，现在他又开始蓄上了长发。那时候的他同现在大不一样。现在梁冑，也就是很多人尊称的梁指挥，留着一头长发，头发里已经布满了灰色的发丝，那样子从远处望去，多了一份艺术家的惆怅和岁月的沧桑。梁指挥讲起话来声音很柔，但激动的时候嗓音就变得洪亮，特别激昂。

每当谈起艺术时，梁指挥就变了一个人，他白皙的脸会变得红润起来，纤细的手会不自觉地抖动着。话题渐入佳境，梁指挥的身体会参与到对音乐的描述和赞美中，他的语调轻重、呼吸，甚至叹气，都会成为对艺术描述的一部分。

梁指挥很喜欢让他的长发在微风中飘起来，这种飘动给他带来很多艺术的灵感，他是个一开口就停不下来的人，许多音乐爱好者都很喜欢他，听他滔滔不绝又富有激情地讲述艺术。这是他的魅力。

梁指挥很热衷群众音乐活动，对于专业教师搞群众音乐普及，梁指挥的热情是炽烈的。他喜欢指挥合唱，从街道的"红五月"歌咏比赛，到公园里的合唱队，都能看到梁指挥的身影。

他骑的自行车很特别，上面会插一杆小旗，风一吹就呼啦啦地飘起来。这根小旗杆就是他的指挥棒。梁指挥出现的地方，爱好合唱的大人小孩会立刻肃静起来。有人会提来开水壶，有人会主动让出自己的木马扎。梁指挥会微笑着谢过大家，捻着他那根略粗的指挥棒，若有心事地沉思一下。

这时刚才叽叽喳喳的人们就会主动安静下来，很奇特，即使几百人的场子，都会被一股特殊的气氛笼罩住。梁指挥会来回踱几步，手里的指挥棒轻轻敲打着厚实的五线谱本，嘴里不停地小声哼唱着。唱到自己特别激情四溢的地方，他会放下指挥棒抽出一支笔在乐谱上略微画上几个符号。等这一切完成了，梁指挥就会朝大家昂起头来说："准备开始吧。"然后移步站到大家为他空出的那个地方，举起指挥棒。

梁指挥很会讲音乐，他细心地告诉大家应该在前奏结束后的哪一拍齐声高唱，不能拖，更不能抢，声音的爆破应该在同一个位置上。

他张开嘴，用柔和而又甜美的假声先给大家做个示范，然后就开始了真正的合唱。参加过的人都觉得，一群闲散的人只要站在梁指挥的指挥棒下，就能变成挺专业的合唱队，那嗓音一点也不次于真正的合唱团。

梁指挥指挥起来是渐入佳境的，他每个细小的肢体动作，都有着明确的暗示，手指的跷与落，手臂挥动的路线和节奏都带着很强的感染力，甚至他的眉毛和大张开的口型都会带动合唱者的情绪。

梁指挥可以一遍又一遍不厌其烦地强调某个细节，举出各种各样的例子让大家明白音乐的含义，他有一套特别有效果的方法，纠正野唱时大家落下的毛病，更重要的是他可以鼓励大家，调动起大家的演唱激情。

梁指挥很快成为热爱音乐的人们热议的人物。在这样的人群中，他会感受到一种被崇拜被敬仰的感觉。梁指挥指挥过各式各样的合唱团，演唱过各式各样的歌曲，他特别擅长的是将一些耳熟能详的歌曲，改写成几个声部的合唱曲，虽然对于普通人来说，加入一些节奏错开的重唱比多声部合唱容易得多。

在那首《黄河大合唱》里，梁指挥将合唱的部分发挥到极致。他指挥的合唱团在乐曲最高潮的时候，以多重重唱的方法将华丽的乐段推上了高潮。因为这样热情的演出，梁指挥的知名度一天比一天高涨起来。终于有一天，梁指挥上了电视。

2

梁胄，这个名字在红楼以外一直广为人知，他成了名人。无论大人还是小孩都熟悉这位公众人物，有时候街上的小孩会看到楼下来了一辆小轿车，梁胄则穿上崭新的中山装，兴冲冲地从楼上跑下来。很多人看着他急匆匆的样子，会站在一旁给他让路，可很少有人问他去哪里，对大家来说梁胄有一点神秘，可并不在人们议论当中。大家并不太在意他，也不太愿意谈论到他。

只是有一天，人们看着那一辆小车把他又送回来的时候，梁胄的手臂下多了一根塑料拐棍儿，有人调侃那是特别有想法的梁指挥最新款的指挥棒。他习惯地朝面前的大家笑一笑，然后步子沉重地拖着脚从大家眼前走过。微风吹拂着他那几缕灰白的头发，梁胄在门洞前稍停了一下，让风把头发从眼前吹开，然后抬起拐杖很缓慢地一个台阶一个台阶地向上攀登。楼道里回荡着他的手杖生硬地砸在水泥地上的声响，那种声音让人听着很刺耳，同时也激起了大家的好奇心。人们忍不住朝楼道里多看了几眼，猜想着梁胄到底发生了什么事。

3

梁指挥站在指挥台上，这个剧场的舞台很高，梁指挥记得上一次来这里是十几年前，那次他曾观看一名外国著名指挥家在这里指挥演出。

乐池比他想象的要大，他站在指挥台上，一半身子可以露在台上，也能将乐池里的乐队看清。梁胄指挥的手有点抖，他努力控制着自己的喜悦，将那本几天里他翻了许多遍的总谱打开。

这是他第一次指挥这么大的交响乐队。他举起指挥棒的时候，看到乐池里黑压压的乐手，看见所有的乐器都已经处在等待他的状态。梁胄轻轻敲了一下指挥台的边缘，然后以最具力度的一挥，开始了这场指挥。

他合作的乐队是娴熟的，在首席琴手的引领下，乐队平衡地演奏着乐曲，梁胄感觉自己的激情似乎同乐队的平衡保持着距离。那些气定神闲的乐手对谙熟于心的乐曲按照自己习惯的平缓的方式展开，似乎并没有太跟随他的指挥。

乐曲的开头很抒情，这给了梁胄一个与乐队相互认识的机会，凭借他指挥合唱队的经验，他现在努力嗅着这支庞大乐队演奏的味道。

是的，梁胄在许多场合唱队指挥时，练就了敏锐的感觉力，这种感觉像一条条蚕丝一样，在情绪上牵连着那些演奏者。梁胄希望通过这细小的丝，连通他们的心里最细微的变化，也把自己的指令传递给对方。

这首交响乐对梁胄来说太熟悉了，十来年间他听过许多指挥家的演出，有许多次他都曾凑到跟前，或者用望远镜死盯住指挥台。

他特别注意指挥家的面部表情，用他自己的理论讲，一个优秀指挥的表情是他指挥艺术表达的65.4%。梁胄曾有很多次在家

野天鹅

里模仿这些指挥家，他甚至能模仿到几乎乱真的水准，可他并不满意，他总是揣摩着如何加入一点梁式风格，创造出那样一种可能被大众一眼就能辨识出来的动作和表情。

梁冑很佩服日本指挥小泽征尔，他家里藏着这个人的照片，还有简报。他觉得指挥是一种激情的演出，那些略有过度，稍显夸张的动作，会激发演奏乐手的情绪，也可以让平平的乐曲充满活力。

台下乐团四平八稳地演奏着，和梁冑的指挥保持客气交好的间距，梁冑感觉到这个乐团原来的指挥那种平衡沉静风格，被很好地保留着。

那些首席乐手，实际上是上届指挥的影子替代者。所有的乐手都在按部就班地跟着他演奏下去。这种各行其是的感觉让梁冑有点不舒服，可他很快就适应下来。他知道眼前的乐手不是普通的合唱爱好者，要想同他们心有灵犀需要很长一段时间的沟通，甚至需要更多一点的感情投入。这种接触、混熟、有交情，也许不能只限于音乐。

面对这样一副有板有眼成型的演奏，梁冑很快表现出某种友好的妥协，甚至是有些讨好。在重复乐段的地方，他会按照他发觉的乐队现有的演奏风格，故意配合地做出某种肯定，比如顺从地甚至坚决拥护地把指挥动作提前做出来。

在不同于前面的乐段，他则谨慎加入一点自己的想法。他融入自己的指挥时意图并不激烈，好像带着恳求和商量的味道，这让一些乐手逐渐愿意接受他的指挥，梁冑的手臂也越来越自如了。

88

据后来一个专访他的记者报道，也就是在这个时候，梁胄有了幻影，那是一种复调的影像，这种场面用文字形容是非常困难的。简单地说，梁胄的脑海里浮现出一队经典的乐队，与他在不同的时空，一起演奏。

那些戴着假发手握古老典雅乐器的人们演奏着一曲，与他正在演奏的乐曲完全复调的乐曲。梁胄感觉他的指挥被平行于他的那个人引领着。音乐的激昂、舒缓、热烈、静寂，都深深地打动了他。那个人是贝多芬，也可能是莫扎特，无论怎样是纯粹的音乐化身的指引，总之是让他的指挥完全进入了一种痴醉的跟随状态。在这种状态下他的耳朵忽然失聪，眼睛不能外视。音乐的声音封闭在他的大脑中回旋，宛如天籁，时而渐近，时而缥缈。他的手臂、身躯、头上竖起的银发，都随着这美妙的声响、节奏和气氛，情不自禁地抖动着，他的情绪像燃起的火焰，随着乐曲的进程冉冉升腾。梁胄觉得短暂的视力和听觉的丧失，让他感受到自己对音乐神圣的接近，就像贝多芬那样在沉寂的黑暗中，心头涌出的激情与灵感，汇集成最壮阔的音乐洪流。他的热情在舞池中扩散着，乐手多少受到了感染。一些老的乐手有些谨慎，如此抒情的一段乐曲是否该演奏得那么渲染呢？不管怎样，乐手们逐渐认识了这个指挥，感受到他的激情，开始礼貌地回应他的指令。

梁胄沉浸在自己的指挥里，他挥汗如雨将指挥棒舞动着，在黑暗中夹带着轻微的声音，在空间中划出一道道有力的轨迹，那充满了个人激情的音符在封闭的空间里泠泠作响。

指挥快到尾声的时候，梁胄突然一脚踩空了。他不太重的身

野天鹅

体砸坏了两个谱架，撞伤了第三小提琴手。事情发生得太突然，大家多没有反应过来，乐队也许是受了指挥的感染，仍在继续演奏。当梁胄艰难地爬回指挥台上时，大家报以热情鼓励的掌声。他挥了挥手，一脸疼痛地微笑，示意大家重新操起乐器，将最后一个乐段完整地重复演奏一遍，这次大家演奏得很整齐，算是对这个新来的指挥表达一种敬意吧。

这次演出成了新闻，梁胄再次成了大师。

梁胄的名字很快被许多人记住。首先注意他的是邻楼的孩子，在电视还没有普及的那个时候，厂区大院的孩子要比红楼的孩子幸福多了，因为他们楼里拥有一台公共的黑白电视机。

傍晚，人们都会拥堵在楼前看电视。最先看到那则新闻的孩子觉得那个被采访的人很眼熟。面对镜头，他用细细的声音介绍着音乐，让人聆听协奏曲表达的意思，然后他谈起自己对音乐的热爱，讲述自己在指挥过程中看到的那些影像。他投入的指挥和不小心的跌倒，都被他细声细气地讲着。

这个一头银发的音乐家，面对屏幕微笑着介绍音乐，介绍他的乐队，还有那些世界的名曲，他的嗓音很柔和，将宏大的协奏曲拆卸成零件然后一点点地讲述，每讲到一段，他都会邀请乐队的某位独奏演员演奏其中的片断，自己则充当一个解说员，更确切地说是音乐的翻译。

经过这样的普及介绍，一首听起来很难理解的音乐作品，对大家来说显得亲切，甚至让人感觉到以前从来没有听到的一种新奇感。

梁胄被称为梁指挥，在一系列的音乐节目中，他成了主角。

也正是这个不起眼的人，挂着拐从厂区大院前走过的时候，被看电视的大壮一眼认了出来，他有点惊讶，说不出话来。望着正从大家身后走过去的这个中年人，大壮呆了足足有几秒钟。

梁指挥走得很缓慢，他仿佛用后脑洞悉到这个孩子望着他时眼神的异样。他慢慢转过身子，当他们目光相遇的时候，梁指挥表现得非常友善，他微笑地朝大壮点点头，那样子就像是两人很熟。

梁指挥拄着拐缓慢地走进看电视的人群，他走得很有自信。他的腿脚并不十分方便，每移动一小步都可以看出他的艰难。大壮就这样在身后注视着梁指挥一步步走过去，然后把他的这个发现告诉了在场的大人和孩子。

随后的几天里，梁指挥的路过变成了一件重大的事。那些举着大扇子，捧着茶杯，高声叫喊的大人和追跑打闹的小孩，一听到木杖碰击柏油路的声音，会情不自禁地注视着身后的那条路。梁指挥的莅临是很准时的，每天傍晚他都会在新闻联播以后，出现在楼前小路和连接楼群的林荫路上。

他走过厂区大院的时候，会有人不自觉地小声私语起来，然后会有人和气地打起招呼："梁指挥！"接着大家也跟在后面向他问好。

梁指挥露出微笑，笑得让大家都感觉见到了亲人一样。他很友善地点点头，对每一个从他面前经过的人。这时的人们纷纷离开自己的马扎，簇拥在他身后，梁指挥的到来更像是大家自发的一次夹道欢迎。他们很喜欢这个柔弱的中年人，他并不像红楼其他人那样孤傲、一副拒人千里的样子。很多人发现梁指挥长得并没有在电视里那么高，可他显得比电视里更像一名大师，他讲述的音乐谁都能听懂。

梁指挥走到红楼尽头的时候，有一个小姑娘从楼上跑下来，她接过拐杖，将梁指挥扶过来，一步又一步地挪进单元门。每次看到这里，大家才会有点不舍地离去，回到自己看电视的位子上。

有一天，大壮的爸爸喊住了梁指挥，他对交响乐很好奇，很想同这个知名的指挥聊会儿天。让他感到意外的是这个艺术家一点架子也没有。谈到音乐，他的话滔滔不绝，从民歌一直谈到了大型舞剧，又从西北小调讲到江南歌舞。谈到兴奋的地方，梁指挥手舞足蹈地比画着介绍他演奏过的音乐。梁指挥的言谈深深感染了大壮的爸爸，没过两天，这位六级钳工师傅就送给梁指挥一副金属拐棍。那是用一种复合铝制成的，这种材料据说是军用的。梁指挥换上这副拐以后显得精神了许多。后来，梁指挥在厂区大院的朋友越来越多，有的电工为他家安装了新的灯，也有人送给他一个巨大的金鱼缸。大家都很喜欢这个很爱讲音乐的老师，谁让他是名人呢。

月亮和松香

1

同楼的阿明跟林栋关系不错，阿明有个弟弟，叫阿亮，他们是双胞胎。

阿明最近要和妈妈去看爸爸和弟弟，这一天他等了很久了。也是在这一天，他想起弟弟的很多事。

一次，阿明同阿亮打得很厉害。都是因为一块松香。

阿明以为是阿亮把那块松香藏了起来。

那是胡伯伯在爸爸生日的时候送给他的，爸爸把这块带着北方千年松树味道的松香转送给了两兄弟。

"你们俩都是我的宝贝。"爸爸抚摸着双胞胎兄弟光光的脑袋说，"你们俩都要好好给我练琴，谁偷懒了，就去厕所站着。练好的就可以擦一下这块松香。"

阿明与阿亮各有一把提琴，阿明是左撇子，他的琴比阿亮的短一寸。他们的琴同爸爸的很像，都是虎背的，上面带着自然的老虎般的花纹。每次爸爸教他们俩的时候，两个兄弟都会情不自禁比起来。可阿明总也比不过弟弟。爸爸只要拉一遍，阿亮便记住了，然后就可以惟妙惟肖地拉出来。阿明就不行，他需要练好多遍，让爸爸一次又一次地教。他拉得很认真，爸爸怎么做他就怎么拉，一板一眼。

这时的阿亮会提着琴，有点不耐烦地等着。阿明这时会觉得有点泄气，没有信心。他俩都喜欢那块松香，让那块磨出两条细沟的松块在马尾弓弦上擦一下，弓就带上了神气，再拉起来的时候，琴音就亮了许多。有时阿明特别在意这个，他觉得自己的琴没有弟弟的好听，是因为没有涂那块松香的缘故。

阿亮并没有听爸爸的话，多数时间他在玩：他自己下跳棋；用弹弓打对面树杈上的毛毛虫；把脏脏的食指含在嘴里吹口哨……直到同树上的麻雀玩够了，他才会操起琴来，把没练的都练一遍。

这时的阿明已经练得满头大汗，他已经把爸爸拉琴的神态、节奏，甚至皱眉陶醉的表情都练会了。他的跳弓、震弓，还有切分音时的碎弓都已经很熟练，唯一差的是他拉琴的气。阿明拉起来软绵绵的，这同他的病有关系，医生说他的心脏天生就有点缺陷，不能长时间地干一件事。

弟弟阿亮可不是这样，他举起琴的时候会风卷残云一样，把该练的都练几十遍，然后反复演练那些最难练的部分，直到自己可以掌握。

琴在阿亮肩上会奏出很明亮的声音，他和哥哥有很大的不同。同楼的叔叔阿姨，从他家门口走过，都会很清晰地分辨出是阿明还是阿亮拉出的琴声。阿亮拉琴的时候，阿明就会停下来，他太容易受弟弟琴声的干扰，自己不知不觉偏离了爸爸教授的风格，被阿亮不知带到什么地方去了。

但这一次阿明真的有点生气了，他准备擦一下松香时，发现那个漂亮的小绒线盒里空空的。

"阿亮！"阿明没好气地说。

"干啥？"

"松香呢？"

"不知道。"阿亮正在用狗尾草的毛挑逗阳台上的蚂蚁。

"你把它藏起来了？"阿明有点生气。

阿亮抬头看看阿明："我没有。"

阿明开始翻箱倒柜，还故意把声音弄得很大。他寻找的范围越来越缩小，开始深入到阿亮收藏品当中。他打开阿亮那一个又一个放得很整齐的小罐子和小盒子，那里面有阿亮收集的漂亮石头、火柴还有弹球。他的动作越来越鲁莽，这叫还在玩蚂蚁的阿亮一点也不淡定了。当阿亮看见哥哥拿出自己最心爱的一根鸡毛时，他开始尖叫起来。那是姥爷把乡下大公鸡杀了的时候，留给阿亮做毛毽用的。阿亮冲过来抢鸡毛，狠狠推了哥哥一把。

阿明几乎是飞出去撞在橱柜上的，他瘦弱的身体开始抖了起来，喘了好一会儿，才跑过来抓住脸色紫青的弟弟。

两兄弟从家的一头推搡到另一头，互相揪着对方的衣服。他们经过的地方，盆给摔了，爸爸的茶壶也倒了。他们最后一起靠在了门上，让老旧的木门"咚"地响了一声，身后的玻璃也碎了。两兄弟蹲在地上，都开始哭起来。阿明的声音在啜泣后变成了伤心的号哭，阿亮的声音也大起来，他有点害怕哥哥会因为他的软弱哭得更响。阿亮一边哭一边数落着哥哥，责怪他弄坏了自己收藏的小玩具。他们哭了一会儿，觉得没什么意思，于是，又停下来一起收拾。

　　他们在橱柜下面，发现了那块松香，不知道是谁把它掉在这个角落了。阿亮现在有点害怕，爸爸总是偷偷地告诫他，让他让着点哥哥，因为哥哥有病。爸爸和妈妈说，哥哥的心脏发育得不好，大夫说，如果长过十二岁哥哥就会同正常的孩子一样，健康地生活了。想到这些，阿亮会小心地哄一下阿明，帮助他多做一点事。他们用扫帚和簸箕把碎玻璃一点点收拾起来，然后装进垃圾袋。两兄弟想了很久，想让屋子恢复原来的样子，可这对他们有点难。那些碎掉的碗和破掉的窗玻璃，会让爸爸感到很生气，也很为难。要知道修好窗户和门可是个额外的花销。阿明和阿亮都不想看到一脸怒容的父亲，他会在房间里不停地走，那样子就像关在动物园里的老虎一样，特别烦又特别无奈。

　　"阿亮。"哥哥说。

　　"呃。"

　　"我们就说我俩摔跤时把东西打坏了，别讲我们打架了。"

　　"嗯，不讲。"

　　两兄弟有点紧张，他们不知道爸爸会不会相信这样的理由。

　　爸爸进门的时候就一脸怒气。他挂好帽子，朝两个孩子走过来。

　　"谁先惹的事？"

　　"我们玩摔跤，不小心……"

　　"闭嘴，还在骗人，楼下的王奶奶早听见了，我一进楼就告诉了我。"

　　阿明与阿亮并肩站在厕所里，他们听到父亲在做饭，听到铁铲撞到锅上的声音，听到爸爸边做饭边自言自语地讲话，他好像在生自己的气。阿明与阿亮，谁也不敢吭声，他们静等着妈妈回来解围，可妈妈今天偏偏很晚还没有回来。

没过一会儿，爸爸打开了门，把阿明放了出去，然后又关上门，把阿亮丢在黑暗里。直到吃完饭，爸爸才放出阿亮。阿亮看见爸爸他们已经将窗子糊好了，他们用白纸蘸着糨糊糊了一层又一层。阿亮吃饭的时候，哥哥跑过来，将一块糖放到他的碗里，这也许是阿明上次在爷爷家省下来存的。阿亮知道，哥哥有点内疚，他情愿阿明不给他这块糖，让他内疚一点阿亮觉得心里挺解气的。可他也不太想气哥哥，就像爸爸说的，哥哥同其他孩子不一样，所以大家都该让着他。

晚上睡觉的时候，阿亮假装睡着了。他听到爸爸妈妈在另一间屋子商量事情，听到妈妈对爸爸的责怪。他看见爸爸妈妈蹑手蹑脚走进来，在他俩身边注视了很久。阿亮闭住眼睛，假装睡着了，他不想让爸爸妈妈看到自己的伤心，他知道自己比哥哥学琴学得好，这让父母既高兴又担心，他们希望身体差一些的哥哥不会因为练琴的事感到自卑。

阿亮觉得自己可以照顾一下哥哥，可以同他玩得很开心。他是个敏感的孩子，每次看到爸爸妈妈为哥哥担心的时候，他的心里也很难受。提琴是他们家的另一个成员，他们喜欢用乐曲交流，有时他会用琴声同哥哥交谈。他们谈了很多，只有他们可以懂，哥哥会在琴弓来回的拉动中，感到一丝平静。这时两兄弟就不打闹了，可以很平静地交往——就像外楼的大孩子在广场上吸烟，相互追逐打闹，叫对方的小名，挤对对方那样交往——然后得到一点点快乐。

2

妈妈与爸爸商量了好几天，这让阿亮感到有点不安。

他知道，爸爸很快就要走了，听说那个叫"干校"的地方，离这座城很远。

这天晚上，爸爸带着阿亮来到城里最有名的一条街，带他走进一家漂亮的蛋糕房。

"你吃吧。"爸爸说，"你最爱吃巧克力味道的。"

阿亮没有吃过巧克力，但他知道巧克力蛋糕是什么样，上次过生日的时候，爷爷送给他和哥哥这样一块小圆蛋糕，阿亮没吃到几口，全让哥哥抢跑了。

此时，他望着碟子，头也不抬，也不想说话。他手里的小叉子攥出了汗，胡乱戳着盘子下的蓝白格的长餐布。

"阿亮，"爸爸的声音有点哽咽，"爸爸要去个很远的地方，你要不要同我一起去？"

阿亮知道爸爸要说什么，晚上他静静听了好多次，他的耳朵很灵，就连树林里不同的蝉鸣都可以分辨出它们趴在树上的位置。阿亮咬着嘴唇，想把脸藏在那块不大的蛋糕后面，可他发现藏不住，眼泪一连串地挂在脸颊上。他不想说话，可能是因为今天的蛋糕味道太差了。

"好吧，"爸爸的眼睛有点红，"爸爸要去干校，必须带着一个孩子。你哥哥有病，城里的医院可以让他长得强壮一点，过两年你回来，会见到很强壮的哥哥，那时爸爸就再也不用为他提心吊胆了。"阿亮咬着牙，他觉得泪水从眼眶向外面流着，自己好像要被泪水淹没了一样。爸爸伸过一只手，把阿亮搂在怀里，用他粗糙的衣服，粗暴地擦着他的脸。

阿亮和爸爸要走了，阿明很高兴，因为弟弟告诉他他们要坐火车了。阿明很羡慕弟弟，他觉得那台冒着蒸汽挂着绿皮车厢的钢铁长龙，可以把人带到很神奇的地方。

"阿明，"弟弟说，"这是那块松香，装在绒线盒里，你要好好使用它。"

阿明很高兴地接过来那个盒子，他第一次感到有点得意和快慰，甚至有些如释重负，再没有人同他争这块松香了，平时他总也抢不过弟弟，弟弟总比他眼疾手快。

妈妈为弟弟准备了一大沓衣服，里面有一条红花间绿的围脖，本来妈妈是打算为两兄弟各织一条，因为毛线不够，所以只织了一条半。现在那条完整的被放进了阿亮的小皮箱，同爸爸的大皮箱堆在一起。晚上的时候，阿亮把自己珍藏的小玩意儿，全都交给了哥哥，特别叮嘱他要保管好那些漂亮的玻璃球——他想了很多办法，才从邻楼大孩子那里换来这些五彩的弹球，到现在只少一个梅花和一个方块花芯的了，他希望哥哥把剩下的凑齐，这样他们兄弟在同伴面前就拥有一整套弹子球了。

阿明和阿亮并肩躺在床上，他们讲了很多话。两人平时在一起总是吵吵闹闹，可今天两个人都很安静，阿明觉得今天要同弟弟多讲一点，明天他就没法子同他聊了。在他的眼里弟弟好像变成另一个人，不像平时那样爱说，他变得很爱睡觉，总是不断地打着哈欠，应付他的话头。

阿明就像一台停不下来的机器一样，不停地讲着。直到他看见窗口悬停着一轮硕大的月亮，这可是一年中最大、最圆、最亮的月亮啊……

3

月亮散发出银色的光，不知不觉地停在窗外了。

起先阿明还没有注意它的到来，可他的头发和阿亮的头发一下子竖起来了，他们觉得月亮在把他们向上吸引，就像有人在把他俩向天空拉一样。

"阿亮！"阿明很大声地喊弟弟，因为他听到了海浪的声音，望见远处的海浪像山一样站在那儿，海浪不停地叠加着，那些浪花没有落下来，而是一层又一层地变成了透明的墙。

阿明的声音大多被月亮吸走了，就像他竖起的头发和身体向月亮飞过去。阿亮收集的那些小玩意儿也一起悬在空中。阿明使劲摇晃起弟弟来，可弟弟还没有醒，他可能是太困了，也许太喜欢躺在家里的那张旧木床上，他没有睁开眼睛。

阿明望着月亮飘到楼的正上方，月亮上面的环形山还有很深的沟壑，都能看得很清楚。他使劲拽了弟弟一把，弟弟就站了起来，即使这样，弟弟还是没有睡醒，可能是因为月球的引力吧，阿亮站在那里没有倒下去的意思，他身上的衣服也被引力吸引着向上飘动。

不知道谁喊了一声，可能是厂区大院的小孩，也可能是同楼的孩子，阿明看见了许许多多的孩子悬在空中，月亮现在正飘过头顶，一些孩子开始使劲地从地上向头顶的月亮跳，他们每一次落地后会比上一次蹦得更高，很快他们就高过房子了。

阿明很想加入这些孩子当中，可他却不能丢下弟弟。为什么舍不得呢？因为这个瞌睡虫有可能被月球的引力吸到不知道什么角落去了，就像龙卷风会把人扔到一个陌生的地方，月球的移动也是难测的，谁知道它会不会发脾气，会不会把熟睡中的阿亮带到黑漆漆的宇宙中去，还有那些汹涌的海浪，如果阿亮被月球甩到那里边去，他不会游泳，一定会有危险的。

可阿明也不想错过这么好玩的时刻。他一只手拉着弟弟的腰带，一只手抓住身边小孩的衣角，在月亮下面开心地蹦。他们升得越来越高，几乎超过了其他所有的孩子，他们开始感觉到地球的引力和月球的引力都在拉拽他们。现在他们既飞不上去，也落不下来，像是挂在空中。阿明拉着弟弟在空中奔跑，转圈，翻跟头，他俩可以头朝下，脚挂在月亮的一边。阿亮的一只袜子上有个小孔，那只袜子就被吸到月亮上去了。他们在这里玩了好一阵，看到地球上竖起的浪花一点点地退下去，海浪退过的地方，有很多鱼和虾，还有五颜六色的水母与海马，可能是它们太轻的缘故，它们被月球吸引着，成群地飞向月球了。

这些生物形成一片又一片的雾，甚至变成了成群的云朵，开始遮掩着月球的表面。阿明想，地球上的人现在一定以为是弦月、弯月，也许有的地方的人看见了类似月食一样的景象，就像他和弟弟一样，为月球带来的奇怪的事情感到惊讶。兄弟俩没有阻挡住那些空中的鱼,它们一定以为月亮上有海,那些明亮的地方一定是很温暖的水域,它们有些等不及了想投向那里的怀抱。阿明拖着弟弟,被这些鱼群虾群冲撞着一起飞向月亮,他们开始感到月亮的引力,感觉自己渐渐无法控制正在向月亮加速飞过去。也就是这时,阿亮醒了,他揉了揉有点红肿的眼问:"干吗啊你?"

"我们正飞向月球。"阿明大声喊。还好阿亮离月球更近,阿明的声音可以没有阻力地传到弟弟的耳朵里去。

"我们不能这样飞过去,会摔死的。"弟弟说。

"绝对没错,会摔死的,至少会摔断你的腿。"阿明说。

"那我们游回地球吧!"

"嗯,趁现在还来得及。"

两兄弟用力划动胳膊,就像是游泳一样。他们感觉有点吃力,因为又圆又大的月亮好像正朝他俩身后移过来,那些飞驰的鱼群和水族不停打在他们身上,有的会迎面阻在他俩返回地球的路径上。他俩只能很使劲地向地面上游。

幸好地上的许多人发现了那些飞向月球的鱼群,他们开始用气球撒开的网在空中形成一条条的屏障,阿明抓住这样的一条线同阿亮一起小心地爬了回来。他们在落地的时候,掉进了很大的鱼群里,身上顿时沾满了各种各样的味道……

爸爸在家门口喊着阿亮的名字,看起来他和妈妈很着急,谁能想到自己的儿子差一点就跑到月亮上去了呢。爸爸同阿明和妈妈告别了一下,他使劲拥抱了阿明,又拉了拉妈妈的手,然后急切地对小儿子说:"我们可要快一点了,不然就会错过火车了。"

　　阿明站在硕大的月亮下，他很想让爸爸再等一会儿，很想再让爸爸抱自己一下，可爸爸忙得很，他似乎喜欢离开这里，只想着同小儿子一起去赶火车，好像火车比阿明本人更重要似的。爸爸左肩扛起两个皮箱，右手提起阿亮的手，然后回过头对妈妈和大儿子说："我们走了，再见。"

　　阿明看见爸爸和许多人一起有说有笑地奔向前面。火车开过来了，驶进楼前的街道，穿过王奶奶种满葡萄的小院，把她的菜全压扁了。爸爸就这样哼着小调，与阿亮一起爬上了火车。可能是人太多的缘故，爸爸和阿亮坐在了车顶上，他们和一群爱跳舞的叔叔阿姨一起不停地又唱又跳。

　　火车开动的时候，白烟吹过了整个街道，阿明和其他孩子追着，看着火车一点点地离开，也许是因为离月球太近的缘故，阿明发现，那些铁轨从地面一点点弯向天空，一直通向正向这边靠近的月球。爸爸他们好像并没有察觉到——至少阿明这么想——他想大声喊叫告诉爸爸，可他们玩得太开心，这时爸爸和阿亮已经拿起了提琴，一起演奏他们最喜欢的《吉普赛舞曲》。那是一首欢快的曲子，连火车司机都被感染了。那翠绿色的火车就这样一点点地升到天空上，当它开到车轨尽头的时候，可能离月球已经很近了。这时，火车开足了马力，脱开车轨在空中飞了好一阵子，才降落到了月球表面上。

　　阿明惊讶地发现，爸爸和弟弟并没有受伤，他们依然拉着琴，只是月球的表面很崎岖，上面的泥坑时常阻慢他们行走的步伐。这队人马在月球上刚举行了仪式，就拐到另一边的环形山里面，一下子不见了。

野天鹅

阿明很想再看看弟弟和爸爸，他开始使劲跑起来，他开始大口喘气大声咳嗽起来，他发现自己的腿没有月亮跑得快。说也奇怪，月亮似乎看到了阿明，对于这个在地球上小得不能再小的孩子，月亮会围着地球转动一下，然后停下来等等这个脸色让月光映得惨白的孩子。

即使这样，阿明还是想追一下火车，却仍一点点被落在后面。后来阿明赶上了一辆车，就是家门口那种漆着红顶子的13路公共汽车，车上挤满了孩子和穿着睡衣的大人，他们同阿明一样，是去追月亮的，他们想看一看，月亮会跑到哪里。

阿明被人挤在中间，心中不断喊着爸爸、弟弟的名字。他有些累了，有些疲倦了，可他还是无法接受爸爸和弟弟被月亮带走这件事。车子开到大海边，确切地说是开到了大海的墙的下边。

人们跳下车，开始往回跑。很多大人和小孩子知道，追赶月亮是一件很好玩的事，可要是遇到海就一定该回家睡觉。站着的海，睡着了的海，谁知道它什么时候醒，谁知道它会不会塌下来。因为月亮引力的缘故，大海现在安静地站在那儿，可一旦月球走开，或者地球旋转的角度变化一下，大海就会从天而落，把几十公里内的城市埋在身下。

阿明顾不上这些了，他在海边找到了一个船长，他的样子好像厂区大院的巨壮。还有一些打算继续追月亮的厂区大院的孩子，其中有一个大一点长着一张大壮脸的孩子，他穿着大号的短裤，和一件不属于他的黑色大号跨栏背心。

"只要我们走得快，就可以赶上月亮。你们可以不相信，可我确实是跑着到这里来的。因为我每天跑两个马拉松，所以我跑得比汽车还要快。"

没有人相信这个短裤男孩的话，可大家需要帮手，这条船除去有一张灰色的帆外，还有十二个划船的木桨。阿明个子最小，没有人让他去划桨，所以他站在船头，为大家击鼓喊号子，小船就这样出发了。它沿着海面，不，确切地说是在垂直于地面的大海上飞快地行驶，那条船离地面越来越远了，它需要穿过不断悬落到地面的浪花。划到一半的时候，那个短裤男孩"哇哇"哭起来，接着又"哇哇"吐起来，因为他没听船长的话，船长说不可以回头看，他却出于好奇回头望了一眼，看见身后的城市已经像火柴盒那么小了。于是他开始泄气，大声地哭。这个男孩的走神让整条船开始打转。因为两边的不平衡，船一会儿向前又一会儿转后，这让大家都很生气。那个船长只好把自己睡觉的眼罩拿出来，戴在这个孩子的脸上，这才让船可以顺利地航行。

船越过浪顶的时候，大家都惊呼起来，因为人们再次看到了月亮。"你说什么，孩子，你爸爸在上面？"那个样子很凶的船长，也就是长得很像厂区大院大壮的爸爸——巨壮的那个人，抓住了阿明的手。

"是的，还有我的弟弟，他俩在月亮上拉小提琴，我确实看到了。"阿明断断续续地说，他不相信别人会信他的话。

那个船长沉默了一下，从身后抽出一个望远镜，对，就是海盗用的那种，可以伸缩、单筒的那种，他瞪大那只唯一的眼，仔细调整了很久，看样子是扫视了很久。阿明确实有些担心，这个样子很凶、脸上有刀疤的人，如果找不到跑到月亮上狂欢的爸爸，也许会发火把自己赶下船去呢。

野天鹅

可那个船长笑了。是啊，看来事情没那么糟糕。他朝阿明走过来，那张严肃得让人有点害怕的脸上带着钦佩的笑："孩子，你可以看看这个，你一点也没有讲假话。"

阿明接过望远镜，他的眼睛需要调整一会儿才能看清晰：在月亮的山谷里，有一群狂欢的人群，那列火车正悬在高峻的山谷上，可能是因为着陆太猛的缘故，火车头的前半部，已经嵌在了月亮松软的泥土里面，而它的车尾悬挂在两座山峰之间。月球上的人似乎还没有尽兴，他们把月球上的土，撒在别人的脸上、身上，就像傣族泼水节那样，然后手拉着手，围着巨大的陨石坑跳舞。人们可以成群地从月球上跳起来，在空中有足够的时间做出各种杂技动作，也可以做出鬼脸。

那个跳得最高的是爸爸，第二个是个胖肚子的叔叔，而第三个就是阿亮。从这个地方可以看出爸爸和弟弟在拉什么乐曲——这是那首他们仨常在一起演奏的《诙谐曲》。这是爸爸改编的一首曲子，他把一首内蒙古民歌改成了这个样子，爸爸最爱同他俩演奏它。虽然爸爸是一流的提琴独奏演员，他还是喜欢把两个儿子叫到跟前同他们一起拉。爸爸让阿明、阿亮练这首曲子，他俩觉得这太简单了，可爸爸总是乐此不疲地让他们练习。他说："这首曲子有许多跳跃的音符和切分的节奏，也就是像门口醉酒老头那样一瘸一拐的，还有情绪的变化，特别需要演奏时提琴师之间彼此的照应。"现在阿明看见他们，他们已经兴奋得有点疯掉了，从他们拉弓的样子，阿明都能读出他们拉到哪个小节了。

狂欢中的阿亮头上沾满了月球上的尘土，看得出他很受同火车的叔叔阿姨喜欢，所以他那灰色外套现在是最脏的。他那么兴奋地跳，一点没有了刚才困倦的样子，因为跳得太猛烈，他几次绊在不同的东西上，有一次是石头，有十二次是其他大人的腿。他几乎就摔倒了，可因为月亮上的引力不如地球，阿亮在快倒到地上的时候，又努力地一点点站了起来，所以他拉错了音符，这让阿明看得一清二楚。可这有什么关系呢，月球上的人都那么欢乐，他们一点也不会察觉这点小错误，况且还有爸爸。他会用琴声掩盖阿亮的错音，就像他在家里经常对阿明做的那个样子。

阿明就这样用望远镜追踪着爸爸他们，望着他们从山谷的顶部快活地冲向月球上陨石坑的底部，然后在那里聚集起来。同船的人都很羡慕阿明，可没有人敢在没经过船长同意前，抢过那个长长的望远镜，他们只是关切地听着阿明的讲述，想象月球上发生的事情。

海现在很平静，月亮走远了，它的引力并没有带来太大的海潮，只是在海面上形成一些平缓的水涡。小船开始在这些圈圈中慢慢地行驶着。船长开始喜欢上这个瘦弱的孩子，因为他不吹牛，告诉大家所有的事情都可以看到。船长身边有太多吹牛的人，分不清大家平时讲的哪句是真的，哪句是假的，而且这个小孩子的父亲是第一批坐着火车登上月亮的人，怎么会不让人羡慕呢！

于是大家学着月亮上的人那样唱歌，可地球上的人张了许多次嘴，还是不知道演唱什么歌曲好——什么是正确的歌曲，什么样的歌曲唱了不是错误的，什么样的歌曲不允许唱？所以他们只好闭紧牙齿，用眼神相互交流。

他们也玩得很开心，直到大海的墙一点点陷落了，那条小船在海里颠簸了好久，才一点点驶回了海岸……

阿明醒来的时候，发现身边的床位空了。木鞋架上没有了弟弟那双鞋。妈妈没有睡，她很早起来做早饭，然后把粥碗放在桌子上。

"妈妈。"

"唉！"

"爸爸和弟弟走了？"

"走了。"

"月亮升起的时候走的。"

"是的，月亮很亮。"

"他们走得那么早？"

"要赶火车。"

"他们去的地方很远吗？"

"是的，很远。"

妈妈停了一口气，然后露出一个微笑，抚摸着阿明的头。

"比月亮还远吗？"

"是的，很远，那个地方月亮也是圆圆的。"妈妈叹了口气。

"他们是坐火车去的，我看见了，他们的火车一直向天空上开。"

阿明用手比画着，讲述火车飞向月球时，车上人的尖叫还有许多人的帽子和围巾一起飞出去，留在了地球与月球之间。妈妈认真听着他的故事，时不时地点点头，这让阿明有了一点身临其境的感觉，可没过一会儿，阿明不讲了，他觉得鼻子有点酸，心里很伤心。

阿明来到了火车站，这里没有开往月亮的火车。人群熙熙攘攘的，很乱。

他沿着火车道一直向前面跑，两条钢轨伸向很远的地方。他是中午跑到火车站的，这个地方离家并不太远。他穿过火车站的篱笆，然后跟着一列开走的火车的方向走，直走到自己再也没力气的时候，太阳快落山了，钢轨被映得油亮亮的。

阿明手里举着装松香的小绒线盒子，大声对着月亮升起的地方喊："阿亮，我好好练琴，等你回来，我们一起拉啊——"

跳房子

爱华的故事有很多，大家都知道，其中一个是这样的：

爱华直起身，比大家高很多。

他伸了伸胳膊向后弓起腰，瘦小的身体像一只鱼钩上的虾。现在全楼都在他的脚下了，因为他站的地方是顶楼平台的石栏杆。

只有几个红楼和外楼的大孩子敢站在这儿，在四层楼顶的晒台上看风景是大家的乐子。这个位置也只有已经不在的黄雀站过。顶楼是用来看节日礼花的，国庆的时候全楼的大人小孩都来这儿。石栏杆外边有一条二尺来宽的排水沟，再外面就是楼底下了。

黄雀和他几个同学在这里玩过，他们曾在石栏杆上飞奔相互追逐，那样子就像是平房顶上厮打的猫，后来黄雀不来了，因为几辆自行车他被警察带走了。

爱华爬上栏杆的时候，大家谁也没吭声，既没人帮他，也没人阻止他。他爬得很艰难，样子像雨后的蜗牛，在潮湿的墙上失败地爬上去又滑下来。也许因为害怕，他爬爬停停的，很顽强才登上去。他站起身的时候，大家的汗毛都竖起来了，每个人都明

115

野天鹅

白爱华的脊背也在发冷，从他站在那儿僵直的体态，就能感觉到这种冰冷的紧张。

"嘿，我说那谁，爱华，你下来，咱们一起玩。"

胖崽讲得貌似很镇定，声调却有点颤。

"是啊，是啊。"

"嗯，下来吧！"大家应和着，似乎一向特别能算计、调侃、挤对别人的一群人，此刻脑仁都被开水冲干净了。

爱华没有听大家的话，他朝前面看了看，又朝楼底下瞅了瞅，然后脸色就惨白了。他弱小的身板显得更瘦小。怎么会不怕呢？爱华下面足足有十多米吧，除了鸟，什么动物掉下去都会像掉在地上的西瓜。

大家不吭声，觉得再蹦出一个字，爱华就会做出更意外的举动。

果不其然，他开始伸开双臂，想学小鸟的样子。大家都记得他妈妈最喜欢的一只八哥，就是这样展开双翅对客人说："你好。"

可爱华的动作有点不像，他瘦长的胳膊展开时，显然影响了他的平衡，他晃了一晃，让身体重新站稳，然后伸展着双臂在石栏杆上小跑了起来。

爱华的动作从很慢到越来越快，他的衣服鼓起了风，从那个刚才磨破的裤腿裸露出带伤的膝盖，他从石栏杆的一头跑到了另一头，突然停下来，然后掉过头又跑了回来。

他开始疯狂地来来回回奔跑，嘴里发出"啾啾"的声音，那响动像是小鸟的，也像秋风扑打窗户发出的，就是不像他自己的。

他越跑越自在，好像那个石栏杆是楼下花园里的石子小路，他也成了一只特别矫健的小瘦鸟。

大家一直望着他，觉得有点累，注意力便逐渐散开了。

是啊，爱华怪可怜的，大家都知道。可老看他这样疯跑，大家觉得没劲，觉得他的动作给大家带来了恐惧。他让人提心吊胆。没人敢上去同他一起玩逮人。大家开始闲聊，不再注意那个飞奔的孩子。

大家聊得很开心，没一会儿爱华就不再是焦点。大家喜欢互相调侃，那种挤对人时冒出的俏皮话，一句接一句，你来我往的，谁的嘴上也不吃亏，还时不时地冒出一点智慧的小火花，让旁听的人赞许。这斗嘴多好玩啊，干吗非要看一个忧愁的孩子玩命，这事想想都没劲，在一起玩最重要的是开心，别让一个人扫了大家的兴。

谁也不想再理爱华，孩子嘛都是人来疯，不理他他一会儿就老实了，谁也不想把爱华的作死同大家的开心搅和到一块。

爱华停下来，汗从头皮上浸出来，一滴滴流进他的外衣，他咬了咬嘴唇，开始在夕阳下散步。这时有的孩子听到家长的喊声回去吃饭了，有的觉得没趣也离开了平台，有的在讲故事。只有林栋一个人，眼睛有点直，时不时地望爱华一眼。林栋可能是真害怕了，今天反常的爱华让他很紧张，他的紧张似乎鼓励了爱华，他很知道林栋的目光跟着他，就像林栋夜里的手电筒一直跟踪着又蹦又跳的蛐蛐一样。

楼下响过一阵鞭炮，先是一串串的脆鞭，然后就是响声很闷的礼花。有几个炮打到楼顶上空开了花，那呛人的火药味和在空中凝住的小小云朵，让大家受了惊吓。不知谁尖叫了一声："看烟花去!"又自觉地闭上嘴,和大家一起不作声地跑到平台的边缘,伸出脑袋向底下看。

爱华的鞋带刚系好,他像一只燕子一样冲到大家眼前,从大家的手臂前跑了过去,然后又飞掠回来。尽管这样,大家的心思已经不在他身上,有人开始怨他,无趣的人们聚起来,有意仰起身躲开爱华的腿,和他含着泪水略带乞求的目光。现在爱华明显让大家很扫兴。有人高喊了一声:"下去看看,有炮仗就肯定有喜糖!"

喊声被楼下的炮声淹没了,那些鞭炮在大家的头上炸开,破碎的纸屑雨丝一样飘着,大家叫喊着冲下楼去,像风一样,领头的小孩还在楼道里大声地招呼着其他的孩子。

楼顶上只剩下了爱华和林栋。

一个木讷地站在那儿看,一个呆呆地站在那儿被看。他们站了很久,直等到天上的烟火味散去,其他孩子的声音远了。

林栋的眼睛小,他不太习惯也不喜欢,那样直挺挺地让目光盯在别人脸上。爱华也一样。两个人木呆呆地对视,不知为什么这样,可又觉得非这样较量不可。

林栋并没有太较真,而是努力把自己的眼瞪得大一点。

平台上静下来又突然闹了一下,楼下的礼炮看来已接近尾声,几乎把剩下的炮仗都点燃了炸碎到空气里。那些烟从两个孩子的头顶和眼前飘了过去,那些响儿在他们脑顶上开花,爱华于是眨了一下眼,林栋就得意了,脸上露出了鄙视的神色。

林栋想起爱华的妈,那个叫柳芸的阿姨。可能是因为她和善的样子,楼里很多孩子都很喜欢她。柳芸每一次走过街道,都会同见到的人打招呼，无论是大人还是孩子。她喜欢把特小的孩子抱起来亲一下，然后很亲热地抱着哄一会儿。林栋同柳芸阿姨接触不多。记得自己不大的时候，只有一次他看见爱华玩的弹子球很漂亮，恶作剧抢了一个，拿给妹妹雨晴玩。第二天，林栋便被领着爱华的柳芸阿姨堵住了。他开始很紧张，像这样让大人堵在门洞里，后果不会太舒服。可柳芸阿姨没怎么样，她从买菜的袋里掏出一把五光十色的玻璃球倒在林栋的衣袋里："爱华是弟弟，你大，是哥哥，以后要带弟弟玩，有谁欺负他了，你可要护着点弟弟。"

这话弄得林栋一个大红脸，也是从那时起，他感觉自己有点欠爱华的。这孩子是独子，没有兄弟姐妹，只能找其他的孩子玩，他很懂爱华的心思。

柳芸阿姨是跳舞的，也弹得一手好钢琴。听家长们说，她原来是团里的"台柱子"，跳过很多大型舞剧的主角，所以楼里的很多女孩子都喜欢她，家长也会送小姑娘到爱华家去玩。柳芸阿姨很喜欢小孩，她的家时常会挤满各式各样的孩子。这个时刻对爱华来说是幸福的，他可以离开钢琴，跑到外面的男孩子群里，手弄得像爪子一样，任由裤腿也沾满土大玩弹球，直到他妈妈喊他回家吃饭。

除此之外，柳芸阿姨很喜欢同小女孩一起跳房子，她婀娜轻灵的舞步总能在女孩们当中激起欢笑。可能因为是大人的缘故，柳芸阿姨只会趁没有别的大人的时候，偷跳一两下，有一两次让林栋看到了。柳芸阿姨跳房子的样子真像是一只蝴蝶，身体能在半空中轻盈地掠过，然后飘落在指定的格子里，在一群叽叽喳喳的女孩子中，柳芸阿姨就像是一个大一号的女孩。

胖崽手里捧着一把糖，神气活现地跑回来："爱华，你爸喊你回家呢，就差你了，全家要照相。"

爱华没转过头，好像没听到。

"嘿，我说，你爸……"

林栋的手推了胖崽一把，他开始大叫了一声，很愤怒。然后去捡撒在地上的糖，一块两块揣进衣服里。胖崽离开的时候很快，嘴里不知念叨着什么，他可不想再待在这儿，多一秒也不想。

爱华又开始跑起来，这次他没有上次那么拘谨，他的身材很像他的妈妈，四肢的协调性很好，林栋在平台上跟着他，看着他近乎虔诚的表演。爱华天生是会跳舞的，也许是每天看那么多孩子练基本功，他自己也有点无师自通。

擦地，打开，亮相。他开始踮起脚在石栏杆上做了个小跳，然后开始做着各种脚位的动作。他一会儿冲到石栏杆的尽头，突然90度拐弯到另一侧的石栏杆上，一会儿又举起一条腿做出一个造型。他的腿开始时有点颤，做过两三次就稳定了，稳得足有舞校学员一二年级的水准。他在石栏杆上转了一小圈，然后像陀螺一样，一个又一个地转下去。爱华看起来并不害怕，他转得很机械也很精确，就像男孩平时用鞭子抽的"汉奸"陀螺一样稳，直到转到了石栏杆的尽头。可能是因为他跳太久的缘故，他被鞋带绊了一下，整个身体失去了重心，渐渐地向栏外歪出去。

看得出，爱华拼命地想保持住身体的平衡，努力把身体重新往石栏杆里面掰，可总是就差那么一点，他的身体摇摇晃晃越来越向外边倾斜。

这个时候一个女孩子走上楼顶，尖声大叫起来。她的叫声让爱华的身体更加倾斜了。

小雪是独自爬到楼顶玩的，当她发现这里不只她一个人时有点吃惊——她看见栏杆上的爱华更是吓坏了。

林栋一步冲上去，手攥住了爱华的裤腿，然后另一只手抓住了他的腰带。他像足球守门员扑球那样，向一旁扑倒了爱华。爱华的身体重重砸在他胳膊和脖子上，两个人同时摔倒在石栏杆里面的边缘。

疼痛让林栋像触电一样跳起来，爱华的体重砸在他两个臂肘上，现在他的臂肘开始流血了。他抡起巴掌打在爱华的脸上，这一巴掌打得很重。

爱华觉得天在转，嘴里的牙齿开始松动，好像要重新排好队。

他俩并排倒在平台上，谁也不说一句话。

楼下的女孩子又在跳房子了。她们轻快地唱着"一二一，一二一，一二三四五六七"。那声音的节奏很轻快，让林栋想起柳芸阿姨同样轻巧的舞步，女孩们吃完喜糖，正快乐地做着游戏。

"你总得回家，你爸今天结婚，你有了个新妈。"林栋说。

"她不是我妈。那人总想卖了我妈的钢琴。"爱华从牙缝中挤出几个字。

两个人再次陷入了沉默，是啊，要不是那场车祸，爱华现在早坐在家里吃饭了。

阳光褪去之前，停留了好一会儿。那些高过楼的槐树被染得很明亮，最后的光线洒在平台上，洒在寂静而平坦的沥青楼顶上，洒在平台上躺着的两人的腿上。清风吹过去，又吹回来，那些树影也在微风和即将褪去的阳光下面跳跃着。

"正月十五黑咕隆咚，树枝不动刮大风，刮得面包吃牛奶，刮得火车上天空……"楼下女孩子们欢快地唱着，她们当中像还有个大人在一起玩耍着。

爱华坐起来，脚开始踩着楼顶上的树影，一点点舞动起来。他的脚很快触到了林栋的脚，友好地碰了碰，然后两个人都笑了。接着，四只伸向天空的脚开始落下来踩着树的影子，追逐着夕阳的斑点一起跳起来：

左一跳，右一跳，荷花旁的青蛙呱呱叫。

你也跳，我也跳，太阳落下西山了……

大壮，我们可以做朋友吗

1

自从上回冲突以后，大壮不再招惹林栋，有时在学校外看见放学的林栋，他还会悄悄地躲开。他依旧拦街上的小孩，向他们要瓷片、火柴盒，夺走他们手里的洋画，可见到雨晴或者远远地望见林栋时都会避开。林栋也不去主动招惹他。厂区大院和红楼是邻居，说起来两个楼很有渊源。红楼的孩子瘦，在特殊的年代吃不上也穿不好，还要不停地练琴，个个一副弱不禁风的样子。厂区大院的孩子就不一样了。这群孩子的爹和妈在工厂里都是干活儿的骨干，基本上都是个几级工，星期天，常看见大人大包小包从厂子里往回带东西，有吃的也有用的。然后这些东西就变成了他们餐桌上的佳肴、阳台上的钢窗、院子里的栏杆了。这让红楼的孩子很嫉妒。另一方面，艺校的老师本来就是改造对象，就该改掉头脑中不正确的思想，这种改造他人的风气又变成了厂区大院大人、小孩的一种理直气壮。

也是啊，音乐这东西看不见也听不懂，不禁饿也不解馋，更不能遮风挡雨，比起钳工手里的锤子，木工包里的凿锯，电工玩弄的电机，都没什么实际意思。能吃饱穿暖就是幸福，那些不实用的东西一点用也没有。厂区大院的孩子渐渐就从一种优越感变

125

成了一种傲气凌人，后来变成了一种天经地义的理所应当，挤对挤对红楼的小孩只能算是一种小娱乐。

每年春节放鞭炮的时候，厂区大院的孩子会把无数的二踢脚指向红楼，然后在电光石火间将烟火陆续射向这个目标。这种感觉让他们觉得自己很像英雄，像那些电影里面让敌人土崩瓦解的战士。

厂区大院的孩子很抱团。楼里一个孩子挨打，其他人无论大人小孩都会冲出来拉偏架，所以红楼的孩子、别楼的孩子多不敢惹他们。

林栋知道上一次红楼扬眉吐气，还是一个叫黄雀的大孩子在的时候。那个黄雀身手特别好，任何一棵树他三蹿两跳就能爬到顶，传说他的动作比猫还快。有个经典的故事是关于他的：黄雀有一次看到野猫跑到垃圾箱里，他三两步就蹿过去，一下子把垃圾箱的门堵上了。他站在那儿等了几分钟，等里面狂躁的野猫闹得有点累了，他就抽了自己的军腰带，打开门放它出来，野猫像闪电一样蹿出的时候，挨了他一腰带，然后他就像打陀螺一样，把那只常吓唬家猫的野猫打得在地上乱滚。他没有用太大的力气，手却很快，他的腕子不停地抖着，腰带甩出的鞭梢在空中发出脆响，那只猫在原地翻了几个滚，在逃跑的方向又挨了几次鞭梢的阻击，反复挣扎了很久才逃走。

厂区大院的孩子看他不惯就主动找茬儿，几次想打架，都让黄雀跑掉了。他的武器是自行车和腰带，没有人敢靠近他。后来厂区大院的孩子用鞭炮炸他家的窗户，差一点引起了大火。这把黄雀彻底激怒了。在正月十五那天，厂区大院孩子家的阳台都收

阿明和阿亮

阿明和阿亮是双胞胎兄弟，而提琴是他们家的另一个成员，他们喜欢用乐曲交流。有时，阿亮会用琴声同哥哥交谈。

到了一只倒挂着的老鼠，那东西还没死，用绳子系着倒挂在那儿。从此以后，厂区大院的孩子就再也不惹黄雀这个怪胎了。

林栋这次可不一样。他是为了妹妹把帽子抢回来，他的故事让大家都很称道，这颇有一点劫富济贫、替天行道的味道。所以孩子们，特别是总让大壮欺负的孩子们都挺佩服林栋的，他为孩子们出了口气。

2

这次，林栋和学农在大街上把大壮拦下了，他们等他足足有一个小时。大壮戴着一个皮帽子，骑着一辆破旧的女车从学校里冲出来，他本来已经看到林栋和学农了，还明显犹豫了一下是换一条路，还是迎着这两个不期而遇的人走，但他还是没有改道。大壮觉得如果自己像逃走一样溜开太丢面子，况且这两个孩子并不像要对他做什么。他骑过两个人的时候警惕地用眼睛扫了一下，发现那两人正站在路旁特别热情地望着他，那眼神就像是被检阅的士兵望着首长的汽车从眼前驶过一样。大壮有点毛，他使劲蹬起车，链子"哗啦哗啦"地响，可车子的速度并没有太快，他真的很厌恶老妈的这辆破车，在危机来临的时候，这辆车不给力，跑起来像拖拉机，响动很大，却没有拖拉机厚实的外壳，显得挺不安全的。大壮想拉开一段距离，没想到很快就被两个人追上了。

学农率先把着车头超过了大壮，他喊着大壮的名字，那样子就像在喊他哥一样。大壮被两人夹在路中间几乎失去了平衡。他

野天鹅

有些恼怒地跳下车，大声吼起来："你俩找死是吧？"喊归喊，他的声音很平和，有点征求答案的意思，气焰一点也没敢嚣张，不像上次见到林栋那么跋扈。

"大哥——"学农一把拉住大壮的那双手，握得紧紧的，激动的样子就像是电影里两个生死战友多年未见面后的重逢，"你不记得我了？"

"你谁啊，不认识你。"大壮有心把手抽出去，可看见对方这么真诚，心里又有点犹豫，他努力在脑海里搜索着，想找到这个人到底在哪里见过。

"我妈妈同你妈妈是中学同学，我家里有张照片，你两岁的时候同我妈在公园里照的。你不记得我了吗？"学农努力想让大壮回想起一点能真正拉近彼此的东西，可看上去大壮真的忘了。不过这没关系，大壮被学农这么有鼻子有眼儿地当哥喊着，戒备少多了，牛哄哄的神态也恢复了一些。

林栋在旁边笨拙地帮腔，他们把大壮拉到马路牙子上，一个劲儿地没话找话。林栋嘴笨，大壮脑瓜子也不灵通，听他讲了半天，大壮才听明白，原来林栋特佩服他，上次两人"切磋"的时候，大壮占了不少便宜，这让林栋心里可堵了。林栋至今腿脚好一阵不灵便，手臂上留下的伤痕至今深一道浅一道的，他还把袜子撸起来，让大壮看。这叫大壮嘴上表示歉意，心里挺得意，可他又有点警惕起来，这两个太不熟的孩子在半路上把自己截下来，不会就为夸自己吧。想到这儿，大壮有点谨慎地问："你俩还有事儿吗？我得回家吃饭了，我妈烧好肉了。"

学农并没有执意拦着大壮，两人客气地送大壮走，还把学农

128

的一只手电筒送给了他。学农说林栋是他的朋友，也是兄弟，以后还要让大壮多多关照一下，以前的冒犯现在大家都一笔勾销，更重要的是以后大家都是朋友了。大壮很大度地接过那只手电，也很大度地同意不再为难林栋了。

双方要分手的时候，学农拍了拍大壮的那辆破车："你这车都快散架了，为什么不换一辆？"

"你管呢？"大壮让人说到短处有点不乐意听了。也是，这辆车是老妈的，现在他骑着上学总让人觉得窝囊，同楼的孩子一起去野游，见到他骑得慢，总说：你这老母车啥时换啊？

学农指了指林栋的自行车，问大壮："想同他那辆换一下吗？"林栋和大壮都愣了一下。大壮的眼睛一眨不眨地盯着林栋的车子看，这么好的事有点让他不敢相信了，他没有接话，转身推着他的老破车走了。

林栋和学农望着大壮的背影。"你妹妹上学得靠他，咱们还得加把油。"学农说。林栋点点头，这事确实有点难，谁也保不齐能办好。

雨晴上学了

1

大壮妈是二小的教导主任，也是负责招生的老师，这个学农和林栋早就知道了。虽然没见过这位阿姨，可听学农的妈妈说，这个阿姨脾气可暴了，她的性子很急，对自己不喜欢的人或事，都会表现出一种近似固执的反感。

这让林栋、学农有点犯嘀咕。上次林栋同大壮打架，把他的四个衣服兜撕下来三个半，大壮的爸爸一定把林栋记得很瓷实。现在有事去求人家，让人一眼就看出来了怎么说也蒙不过去的。林栋和学农就想了个主意，找到大壮很热情地套近乎，他们知道大壮这种人同他爹一样，有好处就把过节儿忘了，如果把他哄好了，说不定能同他爸妈好好说一说呢。

后来林栋又托学农带话给大壮，只要他把林栋妹妹的事帮成了，就把自己的那辆自行车送给大壮。这话显然对大壮起了作用，他没犯犹豫，一口就答应下来。

2

天气暖和的时候，人们就开始钓鱼了。林栋他们每次去都会

野天鹅

划着那两个巨大的汽车内胎,他和学农配合得很好,他们跳上这个汽胎筏子,一直能深入到沙洲和小岛的里面。

开始的时候,两人钓上的鱼比较杂,而且收获也没个准儿。后来技术提高了,兄弟俩就专门钓自己喜欢的鱼。林栋很喜欢钓黑鱼,那家伙没什么杂刺,熬出的汤像牛奶,林栋就用这种汤给雨晴补身体。

别人野钓很难钓到黑鱼,林栋和学农不同,他们有自己的窍门。黑鱼这种东西比别的鱼贼,稍有惊动就炸了窝跑掉,如果钓鱼的人不小心,鱼钩鱼饵不是垂直地掉落到水面,黑鱼就会发现其中有诈,再也不上钩。

三岔河里的鱼被人钓贼了,它们特别能识别人的钓鱼动作,所以每次两人下网的时候,都会很谨慎,也会精心选择地点,那次惊心动魄的冒险之后,林栋和学农更是特别小心。

三岔河的河岔里有很多水洞,那是水草最密的地方,听王大夫讲水草多的地方氧分也多,是鱼容易聚集的地方。而黑鱼是吃鱼的鱼,所以把竿下在这种地方往往能有很好的收获,特别是那些漂浮萍的地方下面最容易藏黑鱼,林栋和学农能发现黑鱼的窝,鱼窝中还会有另一条。所以两人开钓的时候,会用饵好好逗一下窝边,一旦咬钩,他们会立刻把鱼竿提起来把第一条黑鱼捕上来。这动作越麻利越好,鱼竿抽出时如果拖泥带水就会惊动窝里的另一条。

有的时候,黑鱼很警惕,它们轻易不上钩。学农和林栋就使用王式抽竿法,他们会在鱼窝附近的水域,拖着竿来回走。这钓竿有许多讲究,有点点竿、跳竿和半拖式,这时最需要比的是耐心和伪装的精致。比起人来说，黑鱼的脑袋差远了。几次逼真的引诱，会唤起它本能的捕食欲望，一旦它咬钩，哪怕是很轻微的一下，林栋、学农都会感觉到，就会把腕子一抖将黑鱼提竿拎上岸。

有时下小雨，林栋和学农就特别高兴，这时河汊水草洞边的黑鱼特别多。他们划着皮筏子，能看见水里的鱼群，这时河水涨起来，这些鱼也不跑。林栋和学农把竿下到鱼群前面二三米，一抖一逗，许多大鱼就上钩了。经过一段练习，两人的抛竿动作很独特，高甩垂落的饵，就像树下掉下的虫子，黑鱼对直接抛入的竿很敏感，对从天而落的活虫却很垂涎。学农和林栋会在岸上挖出一些虫子，还有青蛙、蚯蚓做饵，然后在水面上慢拖、停顿、快拽，挣扎的活虫很快能吸引埋伏着等待时机的杀手黑鱼。黑鱼这种家伙比较贪，不像其他的鱼，第一次咬钩失败，它多不会跑远，有可能就近潜到水的深处，闲游一会儿，记吃不记钓。如果钓者稍微换个位置，把小鱼儿，特别像这种挂上钩的青蛙放下去，青蛙挣扎不了多久，又会引来黑鱼的咬钩。林栋和学农选了最好的竹竿当鱼竿，他们将两节竹竿接起来用胶布裹好，鱼竿就有五六米长了，落下去的时候，要静静等一会儿，让竿子逗一会儿，黑鱼就过来咬钩了。经过多次的试验，林栋发现多大的钩和鱼饵，会决定多大的鱼。他俩能站在岸边判断出水里的鱼大概的斤两，然后按鱼下饵，钓上的鱼会比别人多不少。

这些天林栋和学农特别连续去了几次三岔河，除了自用外，他们得给大壮准备一份厚礼。现在的季节很适合垂钓，上流的河水冲下来不少鱼，在这片曲折的河湾子里鱼群正好停下来休养。

野天鹅

学农和林栋花了大概一个上午，钓了两大盆鱼，他们用尼龙绳把鱼鳍穿起来，反弓着系在竹竿上，然后把鱼放在水里泡着，去钓更多的鱼。学农和林栋的技术长进了不少，不远处其他垂钓的人看见他们的竿像中了魔法一样，一落一起就钓上来一条欢蹦乱跳的鱼，都投来羡慕又嫉妒的目光。

下午，哥俩把"弓"好的鱼放进装了水的塑料袋里，高兴地回家去。他们跑进厂区大院的时候太阳快落了，为了不那么扎眼，学农让林栋把车子推到了楼角，自己跑到楼下喊大壮。

大壮叼着一块白薯跑下来，他的那双凉拖鞋踏起来噼啪响着。见到林栋的时候，大壮的小眼睛很快从散视变成了聚焦。他大叫着跑回家，喊他爸。巨壮从楼上跑下来，看到装鱼的袋子也乐得嘴占了半个脸。

"你俩真行，这么多鱼，水库是你家的啊。"他伸出手去按一条大的，被学农制止了。

"叔，那里面有黑鱼，咬人手指的，回去收拾的时候要小心。"

"不碍事。"巨壮下意识地把手指抽回来塞进嘴里，"辛苦你们了，改天到我家吃鱼吧！"

巨壮和大壮，父子俩把口袋里的水倒净，他们神秘的动作引起了厂区大院其他人的注意，那些跑过来探听消息的孩子被大壮虎起脸吓跑了。大壮把袋子放到爸爸肩上，那条鼓鼓的袋子不断跳动着，从远处看挺吓人的，大壮小心地扶着它，跟着他爸深一脚浅一脚地往楼上爬。那个沉重的口袋落在这一对父子身上，让林栋和学农的心轻松多了。

3

学农特意跑过来给雨晴剪了个头，然后给她扎了个带红色玻璃绳儿的小辫儿。雨晴现在坐在镜子前，看着漂亮的自己一会儿出神，一会儿傻笑。

"到人家一定讲礼貌，见到大人要问好，知道不？"林栋叮嘱道。

"我知道，我一定好好打招呼。"雨晴今天穿上了一身新衣服，是爱华的小姨送给她的。这件衣服虽然有几个孩子穿过，但都比较仔细，现在看上去还很新。为了今天去见程老师，她用大号的瓷缸子盛着热水，把衣服烫了很多遍。

雨晴从王奶奶那儿学会了钉扣子，缝扣眼，她把一朵自己剪出来的红色小花缝到衣服上。然后背上自己做的小背包，这样就像一个小学生了。为了这次见面，雨晴为程老师准备了礼物，现在小心翼翼地放进了书包。

林栋和学农一起敲开了大壮家的门。这里的家具很齐整，开门的是个中年女人。林栋想：这可能就是程老师吧。女人客气地把三个孩子让进了客厅。林栋有点不自在，别看大壮在外边不修边幅，可他的家里非常干净，客厅里铺着化纤地毯——对于一般的人家来说，这也是很奢侈的物品了。三个孩子站在客厅里，没好意思坐下。这里有两张沙发，上面铺着干净的布罩，那一尘不染的样子让学农和林栋觉得贸然一屁股坐下去既不礼貌，也有可能破坏了这个房间的肃穆。

137

野天鹅

　　"坐吧！"程老师首先坐在一个单人沙发上，她讲话很客气，带着一种指示的意思，那种腔调是平静的，也是垂直下落的。对于三个孩子来说，这种场面会让他们有点怵，就像是教导处的老师点名让他们去办公室那样。

　　学农拽了把木椅子推给林栋，然后在花盆前找到一个马扎给了雨晴，他自己知趣地站到门口。这时厨房里传来"叮叮咚咚"的声音，然后是大壮和巨壮的大叫，从一进门，三个孩子就闻到了一股鱼油的香味。厨房里父子俩正忙得不可开交，他们将做好的鱼块穿上绳，一块块摞齐挂在凉台的铁丝上。大壮突然从厨房里冲出来，可能是油呛的，他打着喷嚏抬头看见三个人，没来得及打招呼就跑到自己房间去了。大壮和他爸的缺席让三个孩子有点尴尬，还是学农情商高，他倚着门框兴趣很高地说："程阿姨好，我妈说改日一定过来看您。这个是林栋，那个小姑娘叫雨晴。"

　　雨晴使劲点头，露出她红扑扑的笑容来，她很喜欢笑，特别是见到长辈或她觉得应该尊敬的人，现在她一笑就不怕了，望着面前这位老师，雨晴乐得像花朵一样。

　　"对，这是雨晴，我的妹妹，她的手可巧了。"林栋插上了嘴，在家里他想起妹妹很多讨人喜欢的方面，可真到用的时候，他一下都忘记了。程老师从桌上拿起一杯茶，打开茶盖吹了一下，然后小心地喝了一口。她转过脸来，轻轻点点头，让孩子们明白，大家讲的她都听到了。

　　"问你妈妈好，你叫什么来着，对了，学农。我们也很久没有见面了，有很多年了，那天见到她，真是个奇迹。"程老师缓缓地说，学农嘴里小心应和着。然后程老师把头转向雨晴："你今年多大了？"

"七岁！"

"学过什么啊？"

雨晴愣了一下，她觉得上了学才会学东西，跟同龄的小孩子比，她不认识字，也不会唱那些大家都会的歌谣，可她会画画，能弹一点钢琴。

"我妹妹，我妹妹可棒了。"林栋抢着说，"她会画画，还会弹钢琴，还会……还会做手工，程老师，今天她还带来了……"

"你叫林栋吧？"

"是啊，我是林栋。"林栋说到兴头上也不紧张了，他想起雨晴那么多才艺，忽然觉得很多小孩都比不过她。

"你坐下。"程老师示意激动地比画着的林栋回到座位上，"你是不是同我家大壮打过架，还拽坏了他的衣服。"

这事让林栋立刻泄了气，本来他以为大壮早替他做了工作，不提这个糗事呢。

"这个，不是那样的……"林栋本想说他并没有打过大壮，话到嘴边又咽了回去。

"小孩子，要好好上学，要待人和善，怎么可以随便打人呢，你说我说得对吗？"程老师和颜悦色地说。林栋不太习惯这样的谆谆教导，可他还是含糊地答应着表示认同。

大壮从房间冲出来，一脸不屑地喊道："他没敢欺负我，是我修理他，你问问他是不是这么回事。"

"回屋去，这里没让你说话。"

"他不灵，打不过我……"

"回屋去。"

林栋和学农愣在那里不出声，他们不知道这话茬儿怎么接。

"谁打谁也不对啊，你说是不是，林栋。我们小壮那件外衣可是新衣服啊，因为一点小误会，回来就少了仨兜，还剩半个也成碎布头了，这手真是巧啊！撕得那么整齐。有多少深仇大恨啊，至于吗？衣服都给改样了！还说没欺负我家小壮，说给谁谁也不会信吧。你说是不是？本来是想让你们赔的，我这人比较大度，这个就不说了，这次你能登门道歉，我觉得你这孩子还有救，我们就不追究了。"程老师的话让三个孩子一下子心都凉了。学农暗暗叫苦，听程老师的话，今天来是算旧账，雨晴上学的事，她现在还没考虑呢。

"不是他欺负我，是我揍了他一顿，他怎么可能打得过我。"大壮再次冲了出来，这次他的嘴里塞着食物，讲话不太清楚，可他不想在别人面前显得很怂。这时大壮的爸爸从厨房里走出来，他一手拿着铲子，还穿着围裙。巨壮朝三个孩子笑了笑，接过了话茬儿："来了啊。说实在话，你挺勇敢的，那么多孩子你都敢上。这方面叔叔挺你。可你也要讲点谋略啊。俗话说：好汉难敌四手，恶虎也怕群狼，聪明人不吃眼前亏。那天要不是我出现，你的亏就吃大了，你打得过那么多孩子吗？你说是不是，以后动手前要多动脑子。"巨壮的一席话说得林栋本能地直点头。程老师坐在一边一声不吭，脸色也由柿子黄变成了黄瓜青。

巨壮说得高兴，就从锅里夹了一块鱼非让林栋他们尝一尝。三个孩子不好意思地接过来，咬一口好香。大壮一家做的是一种南方的干鱼，这些鱼晾在阳台上，就可以变成长期的美味了。

"这个小姑娘要上学吗？"巨壮终于为三个孩子解了围。

"嗯！"林栋和雨晴使劲点点头。

"让我看看，她都会啥。"巨壮接过雨晴的画仔细地看着，"啧，啧，不简单，这么小年龄，你看看。"他把画递给程老师。程老师拿起画来，乌青的脸上也变得有点惊讶。

"雨晴，你给程老师的礼物呢？"学农问。雨晴赶忙打开背包，将自己用玻璃丝织的一个水杯套递给程老师。

"这小姑娘手这么巧，真没想到。"程老师的脸上有了一丝笑意，她摸了摸雨晴的头，这个动作让大家都松了一口气，雨晴听到夸奖乐得像一朵花。

林栋把用玻璃丝编成的金鱼钥匙链拿出来，伸手递给了一嘴油的大壮。今天，他把自行车从头到尾冲得干干净净，还在每个轴承上上了油，现在这辆锃亮杠杠新的车子，就拴在楼底下的槐树上。大壮接过钥匙，林栋的手并没有撒开，他使劲捏住那富有弹性的钥匙链，然后才慢慢松了手。

出门的时候，程老师把三个孩子送到门口，"向你妈带好儿。"程老师对学农说。

"好的，谢谢您了。"三个孩子走出门洞，深深地呼了一口气。

巨壮追出来，叫住了林栋："下次钓鱼喊上叔吧。"

"哦！"

"妹妹的事情你放心吧，"巨壮和蔼地摸了摸雨晴的头，"程老师也得去托人。你这孩子挺懂事，带个妹妹也不容易，小壮要有你一半，我就省心了。"

巨壮的一席话说得林栋有点感动，这个看起来很凶的壮汉，混熟了也挺贴心的。

雨晴那个杯套真的让这家人很喜欢。巨壮家用它盛筷子，这样就可以把筷子挂在阳台上，风干过的餐具不容易长细菌。

学农的妈不久接到了程老师的电话，没过多久，雨晴终于能上学了。

练舞蹈的小雪

小雪叫梁筱雪，在舞校学习舞蹈已经三年了。

众多女孩中，她跳得有点出众。在来舞蹈学校前，她跟着爱华的妈妈柳芸阿姨学过一年，后来阿姨不在了，爸爸就托人找到了这所学校。

学校里的舞蹈老师有好几位，其中她最喜欢的是有一头白发的李老师。听说李老师也曾是非常有名的舞蹈演员。刚开始上课的时候，小雪和其他女孩子一样，都有些不想来。那些单调的扶杆基础动作让爱动的女孩们很快就烦了，每次拉伸四肢都很疼。

小雪没有哭，看其他的小姐妹哭得一把鼻涕一把泪的，她强忍下泪水使劲压腿，她的韧带和四肢比别人都长都软，只要咬咬牙都能挺住做到位。练了大概两个星期，小雪有点烦了，她也不想练了，可爸爸总用自行车驮着把她送过来，这样她即使很不乐意也只得练下去。

小雪只好咬牙坚持，慢慢地她在单调的音乐中沉静下来，把每个体位、每次小跳和基本动作都练得有模有样。李老师是很有经验的舞者，她看出小姑娘们心里厌倦，就开始教她们一些简单的舞蹈组合动作，什么原地旋转，什么碎步，什么身段儿、眼神，这些小变化让训练不再那么枯燥。

小雪是为数不多坚持下来的几个孩子之一。现在她们已经变成了一个小小舞蹈团，可以表演一些简单的舞蹈节目。

这个舞蹈团什么舞蹈都练，主要还是儿童舞蹈。小雪练了一段时间后，她和四五个女孩被李老师叫出来单独培训。短训结束后要考试，选出留下的人。别的孩子都按要求跳完一整段舞，李老师唯独让小雪做了一套广播体操。小雪是个腼腆的小姑娘，开始的时候她很拘谨，李老师就微笑着走过来，双手打着拍子让她做，小雪一下子放松了。她认真地做完每个动作，还把错的动作重做了一遍。然后，她就被录取了。

很多年以后提到这件事，小雪总是说："谢谢李老师的疼爱。"

李老师说："谢你妈去，你的身材和协调性是你妈给的，如果不是看重你的天分，你就是把'天鹅湖'跳下来也不会把你留下。"

李老师就是这样，爱才！可她上起课来也是特别严厉。每天练完功，她会把小姑娘们叫到教室中间。她一喊"集合"，刚才还热热闹闹的一群小丫头立刻就鸦雀无声了。大家就怕这个时候，因为李老师会为每一个小姑娘压腿。

"你先来。"每次李老师都微笑着望着小雪，小雪的眉头开始皱了，两条轻挑的柳叶眉拧成一字的重锁。她开始伸出腿，李老师会和蔼地把她摆在地板上，微笑着说："小雪真棒，跳舞不练功，到老一场空，这个一天也不能落。"然后轻轻震压她的双腿，幅度一点点加大。

开始的时候，小雪感觉到自己的背冒出一丝丝的汗，那汗珠的温度像是把她的魂都挤出来了，她是个不爱哭丧着脸的女孩子，可每当这时她的脸都会变得扭曲。她按照李老师的要求让两条腿一点点接近地面，李老师会把自己的重量一点点加压在小雪身上，然后静静地从一数到二十或者三十，随后让她放松一会儿，再把体重继续压在小雪的身上。

就这样持续了几个月，小雪觉得不那么痛了，四肢和身体都变得很轻灵。她跳起来的时候，像一只燕子，她觉得脚趾轻碰地板时，身体就像是一只鸟。

这时候，小雪开始有点明白李老师的苦心了。她会很配合老师的教课，她觉得如果自己跳得像只小鸟的话，李老师的动作就像是一片羽毛，那优雅飘动的身形让小雪非常着迷。

特别是李老师有一台很漂亮的唱机，有时候她会拿来一沓唱盘，从旧的牛皮纸盒里抽出一张漆亮的唱片，然后播放一小段。李老师就即兴跳一段给小姑娘们看。

小雪很崇拜李老师，她能把那么多舞剧的舞蹈都记在脑子里。渐渐地，小雪和几个剩下的小姑娘开始迷恋上舞蹈，更迷恋上了舞剧。尽管这些训练有时是叫人在心里哭着喊着的，可小雪渐渐习惯了这种疼，也习惯了这种让身体随着音乐飞扬的感觉。

现在，小雪和另外几个小姑娘开始练芭蕾舞了。李老师每周训练她们两次芭蕾，有时候，几个小姑娘会接受李老师的某种特殊关照，这就是闭门练习。

这个时刻李老师会叫在场的无关人员退出教室，然后把教室大门反锁上，在玻璃窗前把窗帘拉下来，再把唱机打开，选择其中的一小段，跳给孩子们看。

野天鹅

听李老师说这些舞蹈都被禁止了，所以只好关起门来教给孩子们，也让孩子们一起练习这些舞蹈片段中很精彩的技巧。像《睡美人》中的群舞片段，《海盗》里的三人舞，还有《天鹅之死》里的独舞片段，李老师把这些舞蹈都简化了，然后变成一小段一小段的技术组合，让女孩子们在舞蹈中感受芭蕾的气氛和古典舞蹈的风格。

小雪在这里也才一年多，就变成了一个不错的舞蹈女孩。她发现自己的腿也变长了不少，尽管个子并不比其他的女孩子高。

小雪的第一个老师是爱华的妈妈，刚开始学习舞蹈的时候，小雪会经常跑到柳芸老师家练舞，一大帮小女孩在钢琴伴奏下一点点地跳。

现在小雪不能去爱华家了。有时在单元门口看到孤零零的爱华，小雪心里有点伤感，她很想同爱华打个招呼，或说上一两句话，尽管有点内向的她很少同男孩子主动打招呼。爱华也不理她，好像从来不认识她一样，从她身边走过去的时候连看都不看一眼。

小雪觉得爱华现在完全变成了另外一个样子，那是一种总是很落魄，总在需要一个很疼爱的大人把他搂在怀里，让他有一种没有危险威胁的状态。小雪觉得自己很幸运，不像爱华那样，她的爸爸最疼爱她。小雪最先有了个跟班的，那就是雨晴。雨晴整天磨着想去看小雪练舞，实在让小雪推不掉了，就带着她去了一回舞校。雨晴是一下子就看傻了。

这一天李老师带着大家正在排练《红色娘子军》的一个片段，这可是雨晴最喜欢的舞剧。每天收音机里都会反复播放这个舞蹈的音乐，雨晴几乎都能哼出它的旋律来，可当面看见真人来跳还是第一次。教室里大家都没有穿戏装，角落里放着两支木枪，还有几个竹箩筐，李老师叫大家集中到场地中央，看见一脸懒散的雨晴坐在那儿，也没有轰她的意思，只对她叮嘱了两句，然后开始为女孩子们说戏。

李老师的要求很严，群舞的时候，要求女孩子们出场的时候一定要走到自己准确的位置，几个人的手和脚都要摆出一样的造型，哪怕出现小小的误差，李老师都会喊停，然后不厌其烦地示范，让大家重来。一旦做得出色，李老师就会拍着手掌大声地鼓励。

小雪的角色是那个受难来投红军的吴清华，她的动作由李老师示范了一遍又一遍。对小雪来说，用肢体表现这个人物的情绪确实有点难。李老师不停地跟她讲，有时只好一招一式地教，再把组合起来的动作一点一点连接起来。这个舞蹈花费了很长的时间，连雨晴都看累了。雨晴觉得演出和排练实在不一样。

爱华失踪了

1

爱华失踪了，大家都觉得一点也不意外。

天鹤说："昨天看他还好好的，手里拿个红红的大苹果，跟大家显摆了很久，说是他后妈给他的。这几天那个女人总讨好他。"

大家都在疑惑，爱华到底上哪儿去了。这几天天气忽然降温了，早上起来墙上都结了薄薄的冰碴儿。一个十一岁的孩子跑到大街上，晚上一定会冻坏的。大家聚在一起的时候一片沉默，爱华的出走让每个人心里都很压抑，雨晴想起上次把爱华的烤白薯抢着吃掉了，心里很内疚。每次大家一起用野火烧烤的时候，爱华出手总是比大家慢半拍，按天鹤的说法：他太讲究，生怕火星子溅到身上，怕灰尘沾在自己干净的裤子上。可就是这个有点洁癖的孩子，在这么冷的天儿会上哪里去呀？

街的那一边，爱华的爸爸出现了。每个孩子都不敢接近这个男人。这个叫陆文鼎的男人平时很严肃，从小孩身边走过去的时候一点笑容也没有，遇到有人打招呼，他的脸也是板着的。爱华爸爸是个暴脾气，是那种平地炸雷一样的火爆，大家看见过一两次刚刚还平静温和的爱华爸，一秒钟后就暴跳起来，抓住爱华的胳膊，把他按到墙上，用手掌噼啪打他的屁股。有一次把爱华头上的帽子都打掉了。爱华是特别爱干净的人，将脸贴到灰墙上，让衣裤蹭到墙上，比打他还让他心烦。可他必须一点也不反抗地站在那儿，不然陆文鼎就不会停手。这人有个毛病，非要等自己气消了才会住手。很多次大人从他的面前经过，会走上去干涉一下，可基本上没有太大的作用。这次爱华爸走过来，少有地微笑着望望大家。他的笑那么突然，也很僵硬，让大家有些害怕。

"你们看见爱华了吗，我和他妈找他一天了，这孩子，去玩也是，玩得这么疯，让我们挺着急的。"

爱华爸摸了摸雨晴的头，微笑着环视了一下大家，没再吱声。大家也默默地看着他。天鹤想：爱华要是给逮回来，会挨怎样一顿打。爱华爸又扫了大家一眼："这孩子就是不让人省心，你们要是知道他在哪儿，一定告诉叔叔、阿姨一声，别让我们担心。"

大家有点尴尬，爱华爸提着的一条肉，悠悠荡荡挂在手上，他走得很小心，生怕肉上的油会蹭到自己干净的衣裤上。大家看着他走进自家的门洞，看来他今天的情绪并不是很坏，如果现在儿子出现，倒有可能破坏了他的心情。

"你们知道爱华去哪里了？"林栋说。

"不知道。"大家摇摇头。

"说真的。如果爱华真的出走了，我们得把他找回来，总比让他爸找到他要强吧。"林栋看起来有点着急了。

"上次一起钻防空洞以后就没见他了。"大家七嘴八舌地说。

"得找点吃的，找几件衣服，然后大家去找找他，估计他那小身板也饿得半死了。"林栋说。

大家散开了。说是分头找，有的人却悄悄回了家。

天鹤跟着林栋走，他俩都有自行车，天鹤的那辆是他妈妈的，是一辆女车，他骑上去总是有点别扭。

林栋的车是一辆二八的成人车，架子很结实，车很轻便，所以总是把天鹤落在身后。他们骑过一个又一个楼，看见路边玩的同学和熟人，就停下来打个招呼，然后问问大家是否看见了爱华。很多孩子并不知道爱华的名字，这叫两个人费了不少的口舌。后来他们反应过来，爱华爱踢球，踢得却不怎么的，总是让球从双腿之间漏过去，学校里他有一个外号叫"漏勺"。一提这个外号，很多孩子就想起他来了。他们努力想，也帮忙问问别的孩子，可真没人看见过他。

林栋叹口气，爱华是那种从来不爱说话的人，可能是因为怕球弄脏自己，所以才下意识漏球的，这不该完全怨他。可他这么内向，自己傻乎乎地出走了，他会同别人交流吗？没人帮忙，他那个样子不饿死也会挨冻的，如果遇到不熟悉的孩子，他不挨揍才怪。这让林栋和天鹤更担心了，他们花了一个上午，满头大汗，一身湿湿的外套，把方圆三公里的楼群都问完了，没人知道爱华的下落。两人的肚子开始"咕咕"叫了，林栋骂了一句："这个蠢货，跑什么跑，也不知道饿啊？"

天鹤在楼外的小店里发现一个卖饼的，两个人凑了点硬币，买了好大一张饼，然后趴在水龙头上不停地喝水。

"你觉得爱华饿了咋办？"林栋问天鹤。

"不知道，也许他身上有钱。他那么讲究，事儿也多，喝口自来水也会吐吧。"

"你说他能去哪儿呢了，这孩子胆小，跑出几里算他长能耐了。"

"谁知道，他妈在的时候就是这个倔样，他妈走了也改不了。"两个人回楼前的时候，虽然没有垂头丧气，也多少有点灰头土脸。他们被吴桐和雨晴拦在那里。

"我看见过爱华。"吴桐很认真地讲，"那天我看见他用一把螺丝刀撬他爸爸的自行车。我问他为啥这样做，他说他要出走，骑车去找小姨。"

"他小姨在哪儿啊?"

"谁知道呢。后来他撬不开，就一个人走了。我还以为他赌完气就回家了呢。没想他敢真的出走了。"

林栋的心里很郁闷，也有点开心，至少现在有了条线索。天鹤很累，说什么也不去找了，他把车锁好自己回了家。林栋的执拗让吴桐和雨晴都很兴奋，对她们来说找爱华就像是一场游戏。这两个丫头四处打听爱华他小姨的住处。有的大人同爱华妈妈生前关系不错，他们告诉这俩叽叽喳喳的孩子，爱华的小姨在齐齐哈尔。

林栋又失望了，这个地方据说坐火车加大车也要一个星期。爱华凭着两条腿怎么可能走到那里呢? 傍晚的时候，天上开始下雨，这让林栋与天鹤这群孩子更加担心，他们开始埋怨起爱华，甚至有一种跟他爸一样想揍他的想法，这个呆头呆脑的孩子白白地让大家很揪心。

爱华失踪后的第三天，他的同学跑来报信。这个孩子原来和天鹤一起踢过球，跑到楼边时没有去爱华的家，而是直接去找了天鹤。爱华叫人逮住了。

听这个叫二华子的同学说，他住的那个村子离这少说也有十里路，爱华是在田边迷路的，然后就偷吃了老乡晾在院子里的干粮。他在田边生了火，烤了玉米，又在村边的井里打了水喝下去。下雨的时候，爱华躲在矮棚子里，或者没人去的磨房里。可能是因为害怕，他晚上潜入了一家农院，在鸡窝边挨了一晚。他再一次去偷玉米的时候让人逮住了，是因为拉肚子，蹲在那儿的时候，让人家的狗把他堵住了。

"你们那个孩子真逗，一开始我爸以为他是个哑巴，看他虽然有点脏，穿得挺体面的，知道他不会是偷东西的，就把他接到家里。爱华才讲了他家里的事儿。"

"是，他怪可怜的，你们没放狗吧。"天鹤气哼哼的，有点犯坏。

"没有，要是你去，就放狗咬你，把村里的狗全放出来。"那个孩子说，"一看他就是落难的，一副可怜的样子，我爹让他在村里待了两天，然后叫我来找他的家人，准备送他回来。"

"哦，你找对人了。"林栋说，"幸好没有先找到他爸，他准会放下筷子就抄棍子。那样他还会跑走的。"

一楼的孩子围在一起，想着怎么把爱华接回家。天鹤请这个孩子吃了一顿烙饼，还卷了一张让他带在路上。大家商量好，第二天一起到村上去接爱华。而在这个时候，爱华的小姨到了，她背着一堆大包小包跑到楼前，冲到爱华家使劲地敲门。因为爱华的爸爸和那个女人还没有下班，所以小姨的敲门声一下子持续了大约有几十分钟。

林栋与天鹤看着这样的情况真的不知道，是不是该告诉她爱华的下落。

2

小姨长得很像爱华的妈妈，只是梳了条长长的辫子，而爱华的妈妈柳阿姨头发是卷卷的。吴桐和雨晴见到小姨时，真的吓了一跳，她们不自觉地喊起柳阿姨，小姨应了一声，没有同她们讲话，而是使劲地敲着那扇门。她先是敲，然后开始砸，后来越来越响地开始大声喊。整个单元都能听到一个女人尖厉的喊声。

吴桐和雨晴想过去劝一劝，可拿不准这张熟悉的脸到底是谁，所以只好跑到王奶奶家去报信。王奶奶赶来的时候，一眼认出了小姨，也是她打的长途电话，告诉了小姨爱华失踪的消息。小姨坐在王奶奶家不停地喝着水，饥渴与刚才的喊叫让她的嗓音变得很沙哑。小姨有些生气，简直话都说不出来了，得知爱华离家出走了，她是第一时间赶过来的，而那个孩子的爹和后妈似乎没有太担心，他们照常上班吃饭，按部就班地生活，认为丢掉的爱华就像宠养的一只小猫小狗一样，走出家门闲待几天就会回来，这让小姨憋了一肚子的怒气。

林栋和雨晴陪着小姨，直等到爱华的爸爸和后妈一起回家，小姨在路上拽住了这个男人的袖子。爱华的后妈几乎惊叫了一

　　爱华已经完全被自己的弹奏鼓舞起来了，他觉得自己像是一只展开翅膀的鸟——他的音乐为他带来一种轻快舒畅的滑翔的感觉。

声，然后开始与这个快疯了的女人纠缠在一起。王奶奶同几个戴红袖标的大妈，好说歹说，将三个人拽到了居委会里。他们在那里一直待了一个晚上。

林栋第二天没有去上课，他和小姨一起去接爱华。

走出城是一望无际的麦田，这里没有公共汽车，只有偶尔路过的运货的卡车，和一些拉农具的马车或拖拉机从这里经过。林栋和小姨行走得并不容易，先是小姨的自行车车胎扎破了。她借用的天鹤的车本来就松松垮垮，破胎以后，林栋很久才找到一个修车的铺子。乡村的土路坑坑洼洼的，雨后的小路让车轮很快就沾满了泥土。每走一段路，林栋都得用一根拾到的树枝把泥块一点点弄下来。

他们走了近两个小时，看到那个村庄。村口站着二华子，他光亮的头像是路标一样，小姨扔下车，大踏步地跑向村口，她并没有看见爱华，可她知道爱华就在附近了。

进了院子，小姨看到了和狗在一起的一个孩子，那孩子剃着二华子一样的光头，穿着一件大人的衣服，稀松晃荡的样子，正懒散地站在大槐树下。

"爱华。"小姨尖叫了一声，那声音比她敲门时还尖还高。爱华抬起头来，眼里立刻溢满了泪水，他大步地跑起来。短短几步，他的哭声便已吓到了院里的花狗，狗蹿到一边惊慌地望着这突如其来发生的情况。爱华扑到小姨的怀里，大声哭起来，那样子好像等待这样的哭泣已经很久了，就像田野在等待一场大雨一样。

林栋站在院门口，不知是该笑还是哭，他将两辆自行车推到

野天鹅

院子里锁好，看看伤心又开心的姨甥俩，又看看站在一旁的二华子和那个老汉。两个人哭了很久，劝也劝不住。一个红脸的阿姨从屋子里跑出来，手里拿着几个很大的桃子走过来劝。

几个人坐在院子里的石桌旁边，小姨擦了擦眼泪，然后抬起头感激这两位不认识的农民："这几天多亏了你们的照顾，爱华从未出过远门，谁知道他会跑到这里。"

那个老汉笑了笑，脸红得发黑，底气十足："这是爱华的姨吧。说起来也有点缘分。爱华跑到这里正好遇上我家的二华子，他俩可能折腾了，好像二华子一下多了个弟，就是一家里的孩子也不过这样。"

"真多亏了您家的照顾。"小姨感谢地说，"怎么称呼你们两位啊？"

"我姓洪，爱华叫我洪叔。她是我媳妇，爱华叫她婶。"

小姨连忙谢谢两人，从背包里掏出两包报纸包的东西。

"这是我那儿一点特产，自己种的烟叶，洪叔留着吸吧，爱华这孩子不省心，多亏遇到好人……"

"都是孩子，又是个好孩子，这几天爱华给二华子讲了不少功课。城里的孩子学习好，对二华子帮助也挺大。"

大家在洪叔家吃了午饭，虽然只是一顿大锅清水煮的南瓜和红薯，大家却都吃得津津有味。分别的时候，小姨将本打算带给爱华的一个狗皮帽子塞到二华子的手里，可人家死活也没要。这么着，爱华在这个村多了一个亲戚，以后每年放假的时候，他都跑来找二华子。

回来的路上，爱华告诉了小姨和林栋，他这次离家的原因。

3

爱华的妈妈有一架钢琴，是一架德国制造的老式的琴。

平时爱华每天都要练上两个小时，自从爱华的妈妈不在了，他有很长一段时间没有触摸键盘了。爱华喜欢将妈妈的照片放在琴柜上面，还将琴谱摆成妈妈生前摆放的样子。自从爸爸和那个女人结婚以后，爱华每次打开琴盖或弹奏起忧伤的曲子，隔壁父亲房间的门就会"咣当"关上，后来父亲索性主动给他规定了练琴的时间，对于那个女人来说，音乐同许多声音一样，会吵得人心烦意乱。

爱华弹过许多曲子，也悄悄练过一些国外的曲谱，这些都让他感觉到父亲越来越多的不耐烦，他的忍耐越来越少。

终于有一天，爱华放学回到家里的时候，发现钢琴上的绒琴布还有妈妈的照片都没有了。他很狂暴地翻箱倒柜，把那女人的衣服抛了一地。他大声埋怨着，大喊着，在衣橱的每个角落寻找着失踪的琴罩和妈妈的照片。父亲让他站在一旁，爱华没有听他的话，这是他第一次疯狂地用瘦小的身体顶撞父亲，妈妈在的时候，他从没有这样过。父亲朝他大声叫喊了几次，仍然无法让他的愤怒平息下来。他向父亲还有那个躲在另一个房间的女人大声索要着照片和那块琴布，他挣脱父亲拦住他的手臂，任凭父亲的裁衣尺打在自己的手臂和掌心上，他的大声叫喊让自己得以发泄，泪水伴着哭号声，像寒日的雷阵雨一样痛快地倾泻而出。他感觉父亲手上的劲儿越来越弱，那个从来不容冒犯的权威此时显得有些心慌意乱。他有点心虚，也许是心软，更有可能这个疯了一样的孩子的叫喊声唤起了他的回忆，激发出了一点不愿意被唤起的记忆，这样的想法会变成很重的冲击波，撞击他已经很脆弱的内心。父亲的手终于停下来了，他甚至沉默了一会儿，想让爱华的气愤自然地泄掉，可那个女人，也就是他现在的妻子的出现，让他这点可怜巴巴的祈求也成了泡影。

那个女人显然已经坐不住了。她在这个家里算什么？一个让人随意发泄的出气筒子吗？本来她希望自己的男人能轻松摆平这件小事。不就是一张照片吗，还有那绛红色的钢琴罩布，这些细小的旧物件，早就应该从这间屋子清除掉。

她总觉得，这间房里的那种气氛，那种原来三口之家其乐融融的样子，让她自己成为一种空气被搁在一旁，同那个已经成为自己丈夫的男人貌合神离，与其这样不如让那个孩子知道，他的家里多了一个新家长，一个他应该尊重甚至是认真看一眼，礼貌打招呼的女主人。

那个女人冲出来的势头很猛，差点把爱华的爸爸撞了出去，她第一次这样撕下了和颜悦色，撕下了怕别人议论而端坐时的那种笑脸，她的表情有点扭曲，声音高得吓了爱华一跳，她觉得如果丈夫不能给她在这个家一个位置，她只好自己来给这个冷冰冰的孩子一点教训，自己来驯服这个敢对她的辈分发出蔑视的小不点，自己来让丈夫明白，谁才是这个家的女主人。

爱华只在开始的时候后退了一步，然后就毫不犹豫地同那个女人对吵起来，他觉得很痛快，这么长久都要看爸爸的脸色，都要努力地埋藏着自己对这个人的不喜欢，现在他可以真的毫不掩饰地同她大干一场。不知怎么的，爱华的委屈都成了他吵嘴的动力，他不顾一切地说出自己对这个女人的看法，说出她的自私，她的虚假，那些指使爸爸抹去妈妈生活痕迹的小伎俩，还有装作若无其事对自己假意友好的样子。爱华也不知自己为什么会这么流利地大声说出这么多话，也许这些话一直压在心里，现在像高压水柱一样有了喷口就倾泻出来。那个女人显得很被动，开始慌张起来。她刚才失策的尖叫引起了同一个单元里许多邻居的注意，这其中的一两个大妈，一定开始趴在她家门口，细细打探着事情的由来和将要发展的样子。

她开始崩溃了，她感觉爱华正在夺走她近些日子拼命维护着的自尊和面子，现在这点尊严马上就会碎，会摔落一地，就像她刚才为了给自己助威，摔掉的这个家里的那套陈年瓷器一样。她的疯狂让她变得非常恐惧，她惨白的脸和颤动的手，让她再也无法选择出一种有效的反击方式，于是她抓住自己的头发，狠狠地撞向家门，那声音很响，一下子让门口偷听的老太太心惊肉跳。此时的爱华并没有停嘴，他真想趁机穷追猛打灭掉这个女人的气焰，可他没有注意到身边的父亲。那个从沉默中恢复了一脸铁青的人，一只手臂挽住了那个女人，另一只手回过来对准爱华的脸狠狠打了一巴掌。

他用的力很大，足以让一个十来岁的孩子转两个圈，倒在两米外的空地。爱华真的摔得很惨，他的眼睛冒着星星，嘴唇完全肿成了一块，他有些吃惊地爬起来望着父亲，然后冲向大门。爱华费了好大的力气才把门弄开，他头也不回地冲过一双漆黑中的手臂，冲下楼梯，跑进了黑暗中。爱华在大街上漫无目的地跑

163

着，他的脸上挂满泪水，那咸咸的味道开始刺痛他肿胀的面颊，但他没有感到痛，他觉得他已经没有了家。在这个黑暗世界，他只有往前跑，才会感到一点点的安全、感觉到自己拥有那种不被压扁的自在。

4

小姨同爱华的爸爸谈判的时候，楼里几乎每家人都出现了，他们自然地站在小姨的身后，他们的目光带着某种同样的怜悯，那是一种无声的语音，似乎一定要与这个不称职的父亲一起谈一谈。

爱华的爸爸先打开一条门缝，然后打开了半扇门，自己走了出来，然后把那个惹事的女人锁在门后，他知道自己今天必须在众人面前做个道歉，也必须当着众人的面向小姨做个交代。小姨一把拉过爱华，对着那个男人说："陆文鼎，你看着，这个孩子是不是你的儿子？"

"是……"

"你还打他不？"

"……"

"你说话。"

人群开始围上来，特别激动的几个老太太开始指指点点起来。

"我不打，不会再打他。他是我儿子。"

"还记得这个？"小姨的鄙视变成了一种情绪，她的胸口起伏着，气息也哽咽起来，她开始流泪，每次想起姐姐的时候，任何不快都会汇成悲伤。小姨很伤心地哭了好一会儿，哭得大家都跟着很难受，有几个阿姨也跟着抹起了眼泪。

"你，你，"小姨的嘴唇变紫了，她努力平息自己的情绪，把几个字一个又一个地挤出来，"不，许，你，卖掉钢琴，也不许你扔掉我姐的任何一件东西，如果你敢这样做，我会找到你，跟你拼了。"小姨一把抓住他那整齐的中山装，使劲地摇着，她也不知道哪儿来的那么大的力气，瘦小的她居然把爱华爸爸晃得像一棵风中的枯树一样。

"我知道，我向你保证，大家都在这，大家都看到了。"

爱华的爸爸很认真地说，看上去他这次真的有些怕了，怕的不是眼前这些人，怕的是自己会被内疚完全吞噬掉。小雪爸爸梁胄冲出来首先为爱华爸爸解了围，他的拐杖横在大家的脚前，这样自然让爱华的爸爸离大家的愤怒远了一尺。

"你回去吧，不要那样对小孩子，爱华那么可怜，大家都看不过去了。以后你可不能再这样了。"梁胄连推带搡地把爱华爸爸推回家。

小姨挨家挨户地感谢大家，也挨家拜托大家照顾爱华。她离开的时候，有点不舍又有点担心，她劝爱华同她一起回老家，被爱华拒绝了。

爱华成了这个楼里每个孩子的兄弟，也成了大人们都会照看的孩子，更让他高兴的是，他也成了杨老师的一名入室弟子。每天下了课，爱华会飞快跑回家拿起谱子到其他孩子家练钢琴，也许是林栋家，也许是王奶奶家，也许是杨老师家。他很喜欢在黑白键的跳动中完成一天的音乐学习。

　　然后他再回家，厨房上会留有一份菜。他吃过饭后，自己做作业。在房间里他很少讲话，而妈妈的钢琴还有那些琴谱和绛红色的琴布都在那里。在爱华的钢琴旁，有一个壁橱，里面装着妈妈的衣服，都很整齐地叠放在那里，就像妈妈自己刚刚洗过的一样。

小雪的舞蹈课

1

林栋是从雨晴那里知道小雪她们练舞的事情的。雨晴绘声绘色地给他讲，这让林栋有点感兴趣，他在电视上看到过舞剧，那是街道上唯一的黑白电视机。雨晴讲起小雪，带着近乎崇拜的口气，她形容跳舞的小雪简直就是电视上的舞蹈家，这么一说让林栋更着迷了，妹妹是个嘴笨的女孩，平时形容个什么，很难让人明白，也没有什么风采，可她一谈到小雪，可能是因为两人要好的缘故，一下子就变得特能说。

所以这次雨晴跟着小雪去看舞蹈，林栋悄悄骑上自行车，跟在后面。训练教室的门关着，窗户上映出灯光，林栋想从门进去，可他很怕让雨晴或者小雪看到，他觉得这事如果小雪或者妹妹传给楼里的其他孩子，那脸可往哪儿搁？

林栋小心翼翼地把车停在教室旁。这时音乐响起来，是他熟悉的那段激昂的乐曲，里面还传来李老师拍手打节奏的声音和高声的吆喝，林栋扒着窗户向里看，那扇窗在他头顶的位置，以他的身高还有点距离。林栋把自行车搬过来，他架好车架，小心地把它靠在墙面上，回头张望了一下，看看没有人过来，然后小心地蹬上自行车后座，站在上面终于可以透过窗户望见

野天鹅

里面了。

　　小雪和几个女孩子穿着练功服，在练习原地旋转。李老师的手打着拍子，越来越快，那几个小姑娘的身体也随着节拍不停地转动着。这个旋转让林栋想起上次在河汉子那儿孤独的小雪，这让林栋的心激灵了一下，他经常想起那个在沙土地上留下一个个深深脚印，像是一朵飘动的蒲公英的小雪。林栋觉得旋转中的蒲公英全身都散发着阳光的斑点，那金闪闪的一团映衬着周边不断滚动的芦苇浪花，是一幅很美的场景。

　　林栋曾经看到过小雪的脚，他非常吃惊。这双脚可以说丑陋到了无法形容的地步。在河滩小雪旋转的时候，她那枯槁带着伤口的脚，碰到沙土下面杂七杂八的根茎，划出了一道道细小的伤口，这些破损的新伤和老旧粗糙的伤痕交织在一起，让林栋实在不忍心多看一会儿。一想到这，林栋眼前会浮现出那些细伤，十指连心，他能想象出那是怎样的一种疼。

　　窗内的小雪和那些女孩子跳得那样饱满，林栋有点陶醉在这个舞蹈中了，也许是因为他太专注，学校保卫科的老师走近他背后的时候，他一点都没有察觉到。老师手里提着一个大号的手电筒，他走到林栋的身后，突然拧亮了手电筒，然后大叫一声："干什么的！"

　　林栋是从窗口跌下来的，他的帽子先摔到了二米开外，他爬起身去抢帽子，再次摔了个跟头，保卫科的老师并没有逼他的意思，他大笑起来，很欣赏这个偷看跳舞男孩的狼狈样子。林栋抓起帽子，飞快地去踢自行车的后架，然后像猫一样蹿到车上面去。那个保卫科的老师开始用手电筒晃着林栋的眼睛，大声斥责地问："你是哪来的?"

这喊声把林栋变成了惊弓之鸟，他更快地蹬起车，轧过一片草地，碾过一排竹栅栏，然后从一条小路上落荒而逃。

从此以后，林栋再也没有去偷看小雪跳舞，可他很喜欢从雨晴那里听有关小雪她们练舞的描述，林栋很庆幸自己没有被抓到，他觉得小雪有点怕他。自上次那件事以后，其实大多数孩子都已经接纳了小雪，虽然她爸爸的名字让每个孩子都挺忌讳的。

小雪的爸爸梁胄是红楼里"有名"的人，几乎每家大人都受到过他的"关照"。林栋很小就知道，爸爸妈妈之所以去遥远的地方同这个人有着很大的关联。

因为这些孩子们曾经发过誓不同小雪一起玩耍，可雨晴偏跟小雪形影不离，像亲姐妹一样，所以以前林栋总觉得应该给小雪一个教训，也给她爸爸一次小小的惩罚!

现在林栋不这么想了，他有点后悔，他从来不喜欢去欺负弱小的人，从小到现在。他知道一个人弱的时候是什么感觉，这样的人特别希望别人可以把他当成朋友。那次惩罚，林栋很希望梁胄知道，那样大家心里会出一口气的。

可小雪并没有告诉她爸爸，说来奇怪，她似乎是有意这样做的，她不希望爸爸掺和进来，她只希望自己能同大家在一起玩。

林栋觉得自己有些不知所措了，对妹妹，对小雪内心怀揣着一份歉疚。雨晴有一天回来，找到林栋说："哥，有件事告诉你，小雪被人劫了。"

2

林栋这次是光明正大地出现在舞校门口的，他看见小雪出现，脸上露出了微笑。小雪看到他很友好地喊了一声"林栋哥"，然后蹬上自行车，跟在林栋和雨晴的车后面。

他们不知道说什么好，是雨晴不停地讲这讲那，小雪会给雨晴讲许多故事，都是一些舞剧，是李老师告诉她的。他们路过很黑暗的土街时，雨晴小心地拉了拉林栋的衣服，林栋把车铃按得很响，那样子就像是在向人示意他们到来一样。在一片很矮的院子边，站着一群孩子，这些人显然比林栋大个三四岁，看上去不是上学的，其中两三人手里捏着烟卷。林栋的到来让他们有点意外又有点厌恶，他们望着这个大摇大摆的孩子，沉默了一阵，放林栋他们过去了。

这样的对阵有过三两次，林栋从不躲避对方的眼神，领头那几个孩子不怀好意地盯着林栋，然后把目光转向小雪，他们其中的一个把手指塞在嘴里吹出一声很尖的哨音，然后一群人开始坏笑起来。

林栋压根不理会这些人，他知道只要自己不尿，他们也不太敢冲上来。从小到大林栋打过很多次架，多半是为了雨晴。小的时候，他打不过别人，只能伤心地哭，后来他发现哭对他来说是没用的，别的孩子受了欺负哭声会招来家长的增援，他是个身边没爹娘的孩子，所以他只能跑。

后来他变得渐渐强壮，就开始硬着头皮打。很多时候自己脸上挂了花，但他也让对方一次次受到惩罚，渐渐地他打架有了一定的经验。他发现面对一群强大的对手时，率先不顾一切地打趴下领头的那个，会让自己更安全。如果打不倒这个人，自己就只有尽快逃走，无论多没面子都没关系，不吃亏是最要紧的。

他从同学学农的哥哥那儿学了不少技巧。比如用一条棍子怎么对打，还有就是打拳。学军是从军队大院老侦察兵王大夫那儿学来的武术，这招林栋特别佩服。

学军教给他怎么出拳能打得重而且打得准，怎样可以把扑过来的对手一拳打翻。学军说，没有受过格斗训练的人手都没有练过的重，所以只要抱好拳架跟对方打上也不会有多大伤害，如果拳打得标准，就会有拳劲，打准要害就能一下子把对方打趴下。学军用一个很大的盾牌做成一个拳靶，训练林栋打实战，林栋学会了不少的野战黑招。学军并没有教林栋打人体的要害，平时街头冲突，把对手打跑了就好，没有深仇大恨的不能伤残了人家。他只训练林栋打下巴，打两肋和用大巴掌抽对手的面门。

学军说："别信武术师傅，他们一辈子也许只打过两次架，就知道瞎吹。别信套路，那些是体操，锻炼身体还差不多。更不能信有些武赖子，他们名义上教人学拳，实际上打人练手。"

学军的方法很简单，就是喂。不是把林栋当北京鸭子那样填。武术上有句俗话：挨打如攒钱，不能多了重了，那就受伤了，要适度还要长期坚持下来。

学军这么教林栋，就是用那个大号的盾牌靶，他先教林栋打两下拳练一个躲闪，然后就让林栋跟着模拟打反击。学军会突然踢一脚，或者打一拳，先慢后快，林栋开始反应不过来，挨了两下，鼻子都流血了，后来便习惯了。学军每次都重复相同的打压法，林栋就会反应过来，一招一式地躲过去，然后开始向那个大盾牌上招呼。

练拳的人拳头很硬，不是因为块头大。学军说："那些扛钢块的一打架只有做人肉沙袋的份儿。"他叫林栋按他的方法练。那就是晃膀子，每天早上林栋都会把胳膊抡的像车轮一样，练了两个月，两条手膀像面条似的，手抖出去像两条鞭子。然后就是打沙袋。学军觉得林栋岁数小，骨头没长硬，让他少练碰硬物。他把部队大院排球队的一种挂墙排球拿来左右晃着，打中很不容易，可过了一个月，林栋就能准确打中，而且打得很重。有了这点基础拳法和脚下踢盾牌的三拳两脚功夫，林栋就不太怕比他大的孩子了。

林栋这样接了小雪几次，那些孩子也渐渐不那么嚣张了。有几次林栋带着妹妹和小雪从他们身边过，他们只是停下来不作声，并不主动挑衅，林栋以为应该不会有什么大事，就放松了警惕。

可这一天雨晴慌慌张张地跑回来喊哥哥，小雪让那帮孩子堵在半路回不来了。林栋刚烧好一锅饭，他关了火，做饭的衣服都没换就骑上车，跟着雨晴去找小雪。

一个孩子起着哄，另一个把小雪堵住，小雪朝左边走，他挡住，向右边走，他们又靠过来。这孩子外号叫疤脸儿，他一脸坏笑地望着有点绝望要哭的小女孩，他很欣赏女孩的这种走投无路的恐惧。

疤脸儿说："你不是会跳舞吗，给我跳一个。跳得好就放你过去。"

"跳一个，跳一个。"旁边那孩子开始起哄。说着，疤脸儿自己先跳起来，他的动作很猥琐，他不是故意这样，是自己协调性太差了，跳不好。

他张牙舞爪的样子把小雪吓到了，她后退到一面墙根前，把自己的脸藏在双臂里，开始啜泣。

她的身体在这俩孩子面前显得很娇小，小雪哭着，她以为自己的眼泪会让这些陌生的孩子有点心软，可这两个人似乎从她的懦弱和无助中得到了更大的鼓励。疤脸儿扭了一会儿腰，就过来拽小雪的头巾，这让小雪吓了一跳，大声尖叫起来。

林栋就是这会儿赶到的，他大声喊了一嗓子："住手！"这台词他是从电影里学来的，一般英雄出现都先喊这么一嗓子，坏人就都震慑住了。

可这两个孩子回头看了他一眼，没有理他。他俩看上去比林栋大两三岁，所以根本不怕他。

林栋见没动静，心里也开始打鼓，可到了这份儿上，不上也得上啊。

他把自己的车向后推了几米，然后眼一闭，铆足了劲儿，骑着车冲向围着小雪的孩子。林栋在快到的时候按了一下车铃。那是他学修车的师傅送他的车铃，声音脆得一里路外都听得到，这是他自攒的第二辆自行车。车加固过，在结实的前筐上还安装了带把的横梁，本来是为了装东西方便，可这么一撞简直就是一辆装甲自行车。

两个孩子回过头，大叫起来，旁边的那个先跳出去。林栋在疤脸儿和小雪面前停下来，跳下车把车架好，然后走到还在

野天鹅

张牙舞爪的疤脸儿跟前。疤脸儿朝林栋的面门上来就是一拳。他觉得早该打这孩子一顿了，看他那牛哄哄的劲儿，一直挺不顺眼的。

林栋冲过来本来带着火气的，疤脸儿主动动手让他一下子火气也上来了。林栋头一侧，让过疤脸儿一拳，回身的时候，一巴掌抽在疤脸儿的脸上，那响声就像排球扣杀一样。疤脸儿晃了一晃，勉强站住，气势大打了折扣。林栋骂了一句脏话，冲上去左右开弓，手掌打在疤脸儿的脸上，噼里啪啦七八下，疤脸儿就坐在地上了。他双手抱住自己的头，就像刚才小雪那样无助地念叨着，林栋并不收手，他太愤怒了，欺负一个小姑娘，这人真欠揍！

说也奇怪，疤脸儿的跟班没人敢上，他们呆站在一边看着，连话都不敢说。林栋直打得手肿了，自己喘着坐在疤脸儿身上，还在不停地抽他，还是小雪拉住了他。林栋用手抹了把鼻涕，一看鼻子在流血，不知什么时候也挨了两下重的，现在疤脸儿只剩下哀号了。旁边的孩子也开始求林栋。

"你，找打？"林栋摇晃着站起来，指指旁边犹豫不决的孩子，那些孩子没吭声。

"尿！以后谁敢再欺负我妹，"林栋指指小雪，"我把他拍成这小子的尿样，听见了吗？"

"嗯。"看热闹的孩子竟然这么不成器，接了林栋的话茬儿。林栋架起小雪的车，帮她扶好车把，然后叫上小雪坐到自己后座上，让雨晴骑小雪的车，扬长而去。

因为这场架，林栋的名气大了起来，这是他上中学以来第一次认认真真地打架。没几天，方圆几里的所有孩子都知道了他的名字，土街的孩子谁也不敢招惹，那里辍学闲逛的少年很多，很多都小有名气。这些孩子白天名义上在各个楼群里转悠，说是收拾废物，很多时候，都会整出点鸡鸣狗盗的事情来。

今天的事情让林栋的手肿得不像样子，他的双手像小面包似的，特别是第二天，他的双手都拿不起筷子了，只好同雨晴吃冷馒头。

林栋去找学军，学军吓了一跳："这是你的手，还是猪蹄啊？"他摸了一下林栋的手，然后开玩笑的心情都没有了。他怕自己这个可怜的老弟把幼小的骨头打断了。学军跑到大院卫生室，找到军医王大夫给林栋看手。王大夫是很有名的中医，他顺着林栋的骨头摸了一遍说："你这孩子命不错，骨头没断，筋可能拉伤了。干什么去了，手伤得这么重？"

林栋不敢讲自己的事，还是学军告诉了王大夫事情的大致经过。王大夫严肃地说："你这个孩子，下次再这么打架，可不管你了。没爹没妈的，手残了谁来养你妹。啊，这么一大群人多危险啊，听明白没，下次不能干傻事了。"

林栋低着头，觉得王大夫说得对。

王大夫给林栋上了很多药，然后把手用纱布包好。林栋手上有不少口子，可能是打在疤脸儿牙齿上硌破的，这些伤口必须上药。"下次打架记住了，先来找学军，他去了你就不会吃亏，明白吗，能不打把人镇住最好。万不得已打起来，哪有瞎打的。要好好学学解放军的战略战术，不能蛮干，要打就打得利索、漂亮。"王大夫嗓音洪亮地说。这话让林栋觉得哭笑不得，他的骨头都在痛，他可不想再打架了。学军把他送回来，还从部队大院

177

买了五斤肉包子送给林栋和雨晴。

"以后学聪明点。"学军叮嘱,"没学几天武,就想闯江湖,你差得太远了。"

"王大夫说得对,以后我不打架了。"林栋说。

"对什么对,他原来是个老兵,那可是个有名的侦察兵,我的几手擒拿都是他教的。"学军说,"别看他一脸和蔼,上次部队组织拼刺刀比赛,他一上场就变成了个'杀人狂'。他祖上学中医,参军后做卫生员上前线,结果杀红了眼,立了二等功下来的。王大夫熟悉人体的每块骨头,特别擅长摸骨,所以擒拿的时候可以把人的每节骨头卸下来,是个了不起的高手……"

林栋听得很入迷,后来王大夫确实也教了林栋几手擒拿格斗,都是实用的不能乱用的狠招。这是后话了。

3

林栋的手好几天都握不住笔,上课的时候,同班的同学都笑话他。只有胖崽知道是怎么回事。被人问急了,胖崽很神秘地说,林栋是因为给妹妹做饭,煮水的瓷盆碎了,把手烫着了。

这么一来林栋的事引起了几个女生的同情,那双纱布包好的双手瞬间具有某种崇高的意义。其实林栋挺不喜欢胖崽胡说的。可胖崽一来同林栋是铁哥们儿,二来他管不住自己的嘴,一说出话来就收不住舌头了。胖崽添油加醋地讲,还同另外几个班的孩子胡说,他的瘾算是解了馋,可给林栋带来了不少的麻烦。

下课的时候，李老师把全班留下来，特意表扬了林栋同学，在她眼里这么懂事知道爱护妹妹的孩子，值得大家学习。这让林栋惊出一身的冷汗，如果以后让学校知道了真相，那可是不得了的事情，像同街上孩子打架这样的事，无论吃亏还是占了便宜，都要低调处理，林栋战战兢兢挨过几天，直到校园门口出现了那个孩子。

这孩子是来送信的，他代表疤脸儿的哥，那个叫陈胡子的人。对方说，林栋伤了疤脸儿，要找个机会见面了断一下。那孩子把话带到就走了，他们来约林栋，看样子也不想让别人知道。

林栋一时没有了主意，他心里很气愤，明明是土街的孩子围堵小雪还要这样强词夺理。他去找学军，学农告诉他学军和同学一起拉练去了。林栋的手还没有好，他不想再同这群孩子纠缠在一起。

林栋躲了几天，一天放学的时候又被那个孩子拦住了。这次他们来了三个人，他们说：周日大家都有空，让林栋必须去见一下他们的大哥陈胡子。这次几个孩子口气都很硬，他们告诉林栋，不去他们就会找到学校来了。林栋想了想答应下来。

星期天林栋给雨晴做好了饭，并没告诉她自己要去哪儿。他坦然自若出门的时候，找到街道的王奶奶，还托付了一下，说自己要出趟门找亲戚，如果有几天回不来，请王奶奶帮助照看一下。这话叫王奶奶听得有点瘆得慌，凭借多年的经验，她觉得林栋肯定没什么好事。她本想叫住林栋问一下，可林栋头也不回地跑出了她家的门。

他走到街口的时候，一只手在他身上拍了一下。林栋回头一看，笑了，学农和学军站在那儿，一看就是在等他。林栋约战的事学农刚刚告诉了他哥，他们怕林栋吃亏就赶来了。学军的皮肤有点黑，看来是晒的，他的身后站着五个同龄的孩子，个个都穿着军大衣，手里拎着一条齐眉的白蜡杆棍子。

"咱们走吧！怕你一个人先去了。那可就麻烦了。"学军说。

"哎！"林栋答应着，鼻子有点酸。他骑上车，和学军有说有笑的，那样子就像是一起去三岔河口扎鱼。

土街的孩子早就到了，一眼望去，密密麻麻站出几十米。林栋的车队，确切地说是学军领头的一水儿军大衣自行车队，着实让这里刚才还很喧闹的街头一下子静了下来。几个人一手扶把，一手握着棍子，让车驶进土街孩子们中间，然后学军跳下车问："陈胡子在哪儿？"

"我是。"人群闪开，一个身高体壮的大孩子走了出来。

"我弟来了，有啥指教？"学军指了指林栋。

"报个名吧。"陈胡子望着学军说，看上去他并不认识学军。

"我是部队大院的，叫学军。今天来是同你聊聊，看看找我们到底有啥说法。"

那个叫陈胡子的大个子上下打量了一通学军，沉默了一会儿。后来林栋才听说，这一片有许多帮孩子，都有自己的头儿，可他们最不爱惹的就是部队大院的子弟。

那群孩子抱团，一招呼十几个大院的孩子都会聚在一起，这其中还可能掺着几个首长的警卫员什么的，一旦动起手，下手特别重。看学军他们一身的军大衣，胡子这帮人就有点怵头了，可这人都喊来了，不说说实在也不像话。

"你弟弟把我兄弟打伤了。"陈胡子从人群里拎出了疤脸儿，这家伙的脸伤好多了，只丢了颗牙。

"朋友，这孩子拦我们的小女孩，把我的弟弟也打伤了。"学军指指林栋头上的疤说，"这怎么算?"

双方一下子陷入了僵局，大家吵吵嚷嚷了一阵。陈胡子把学军拉到一边商量："今天你们来了，需要给我们个说法，疤脸儿不管怎么有错，是被打伤了。现在让林栋和土街的几个孩子比一下，输赢不论这件事就算过去了。不然总会有人找到林栋，他想躲也躲不过。"

学军想了一下，答应了，他对胡子说："比可以，点到为止，双方要在裁判的监督下比比拳，或者摔跤，一边出三个人，无论谁倒地就算输，谁也别记恨谁。"

陈胡子点点头，看样子这个协商的方案只能接受了，不会让双方太丢面子。

人群开始热闹起来，双方在土街腾出一块空地，两边让人拦了，不让自行车过，然后围了个圈儿。第一个出场的是学军的同学大个儿，他的个子特别高，篮球打得不错，更重要的是练过两年摔跤。城市里的摔跤队早已解散，有个教练就跑到军区里来，领导便安排他训练警卫员，大个儿平时喜欢这个就跟着练了。因为有篮球的底子，大个儿协调性特好，所以很受老师的青睐，经常让他私下里跟着自己徒弟练，后来连大院的警卫员都摔不过他。

大个儿为人挺和善的，见人笑眯眯的，他一上场先给对方鞠了个躬让土街的孩子心里直打鼓。对方的孩子挺壮的，一看就是经常干活儿的那种肌肉孩子。他和大个儿走到场地中间一下子拉拽起来，大个儿抓住对方的腰带转身变脸走了个弧形步，其实这是摔跤中很常见的手法。可不知为什么那孩子的腰带一下子断了。那壮孩子大声叫着，提着裤子让大家都笑了起来。

"停!"学军举手警告大个儿，"友谊第一，不能耍流氓。不能拽人家裤子，不能揪头发。"

大个儿一脸委屈地愣在那儿。看土街这个孩子的衣服挺旧，如果抓拽一下，估计又会破了。那孩子从别人那借了条皮带系上，有点凶地扑上来，他先抓住大个儿的头发，然后又挠大个儿的脸。这下子可把大个儿惹毛了。大个儿把他的头一按，压在自己的肚子下。那个孩子使了几下劲，就跪在那里了。本来这一跤已经分出了胜负，可那个土街的孩子不服，大个儿一松手又站起来扑上去。这次大个儿可不让他了。他把那孩子再次压在自己肚子下面，然后使劲震了几下，这么着对方很难受的。土街的孩子并没有认输的意思，他弯着腰，开始抱大个儿的双腿。大个儿一下把对手的脖子圈住了。这个手法是老师教的，叫反圈手，专门对付没有衣服可抓的人。大个儿圈住对方然后就一个变脸，抽腿一下子横在对方前面，他手臂一较劲，对方的脖子就被夹死了。对方本能一挺劲儿，给了大个儿一个向前的助推，大个儿长腿向后打，就把对方别了起来。本来大个儿想把那个孩子摔倒就算了，可对方死抱着他不放，大个儿只好随着他一起落地，然后全身的体重砸在他身上。那个孩子就不较劲儿了，安静地躺在地上。

第一场比试，林栋一方胜。

土街的孩子也不叫了，齐整地站在一旁。第二场比试学农出场。他个子比学军矮点，比林栋高一头。对方找来两副拳套让两人戴上。学农看得出对方也是个练家子，那架势一定打过不少架。果然对方扑过来很凶猛，迎着学农的拳头冲上来，学农挨了几下，脸上肿了起来。学军做裁判不好指点，他朝弟弟屁股上踢了一脚。这个小动作提醒了弟弟，平时练拳的时候，王大夫总告诉大院的孩子要鬼着点，兵法叫兵不厌诈，不能死打硬拼直来直去。学农再冲上去的时候留了个心眼，他发现对手就那么三板斧，只会直冲硬打。所以他一照面，就用腿封住对方，然后不断向侧面移动，闪开对方的猛拳，几个照面过后对方有点招架不住，能不累吗，部队大院的孩子吃得好，一天到晚疯都有劲，土街的孩子能吃上饭就不错了。学农看准机会，在对方拳打空的一刹那，一个侧踹踹在对方肋骨上，对方一下子就坐在地上了。第二局又是部队大院的孩子赢了。

"还比吗?"学军不动声色地问。

陈胡子的脸色不太好看。本来今天是想修理一下那个林栋的，现在自己反倒有点下不来台。他愤愤地把疤脸儿向前推了推，说："你去。自己惹的事，你现在去跟那孩子了断。"

疤脸儿有点不愿去，可土街的孩子都望着他，大家的气现在都朝向他，疤脸儿不得不上场了。林栋和疤脸儿都选了比拳。他们戴上大个儿的拳套。老实讲林栋有点无奈，他不会摔跤，自己的个子同疤脸儿扭在一起肯定要吃亏。可打拳自己的手还没好，根本不能用力。两个人站到场地中央，谁也没有动手的意思。双方的人开始大声助威起来，特别是土街的孩子，他们几次把退到圈外的疤脸儿搡回圈内，开始喊他的小名，诅咒他，疤脸儿晃了好一会儿，才鼓足勇气冲了过来。

林栋并没有用拳打他，他手痛，比赛前特意用学军带来的缠手布把手捆得结结实实。他只是向旁边一跳，用脚钩了疤脸儿一下，对方一个趔趄摔倒了。

"这个不算！说好用拳不用腿。"学军赶紧说，还很严肃地做了个手势警告了一下林栋。

双方又拉开了架势。林栋打了两拳，拳峰钻心的疼，疤脸儿在土街孩子的鼓励下，也开始有了士气，拳头不停地打在瘦小的林栋身上，想把这个可怕的孩子打倒。林栋退到一面墙不动了，此时疤脸儿追了过来，把林栋逼到死角，土街的孩子兴奋起来，他们喊着脏话，大声怂恿着疤脸儿，要把林栋打趴下。

林栋双手护着头，左右晃动着上身，他的脸和头都挨了几下，这是学军教给他的，他想这次比试自己也许只会有一次取胜的机会。疤脸儿两轮猛攻后有点慢了下来，就在他一拳打过来的时候，林栋向对方侧面一闪，疤脸儿向前一步，林栋就和他调换个位置，转到他的身后。疤脸儿靠着墙，再也无路可退。林栋把他逼在那儿，用刺拳点了两下，趁他慌乱的时候，用手掸一下他的脸，这是学军最拿手的一招，一般掸到脸上不会受多大伤，可眼睛就迷糊了。疤脸儿受了惊，本能地向前弯腰，林栋趁这个机会，用尽力气朝着疤脸儿的下巴狠狠地一拳钩了上去，疤脸儿双脚离地，然后直挺挺地撞到了墙上，向侧面倒了下去。

林栋和学军他们排好车队，从土街骑了两圈，然后离开了。陈胡子望着他们的身影，一脸阴沉。这次比试名义上二比一，学农那场因为擅自使用腿被判犯规。从这天起土街的孩子不再来找林栋。

4

小雪现在不需要每次麻烦林栋接送，说来也奇怪，每次她从土街经过的时候，不会有孩子来骚扰她。她可以大摇大摆地骑车走过土街那条黑夜里没有灯的街道。

土街的孩子看见她还会不约而同地停下聊天或正做的事情，目光随着她的车轮盯下去看半天，这时小雪可以轻松地按下车铃，那清脆的铃声就会在土街上飘很久，有时不同的院子还会探出几个男孩子探望的脑袋。

土街的孩子就这样望着小雪，有时也有她一起练舞蹈的同学从眼前一遍又一遍地走过去。他们保持着距离，谁也不吭声，别说是吹口哨，就连大喘气也没有了。小雪觉得好奇怪，这些男孩子在短短的几天内变得有礼貌也不惹事了，她觉得自己可以走这段路了，所以谢绝了林栋要送她的好意。

林栋现在在学校也忙了，在班上他是体育委员，下课时总领着男孩踢球、打排球，还有就是一起练少林齐眉棍术。这套棍术是学军教给林栋的，听学军说是王大夫有一次喝了酒答应了他，所以教给他这套武林中有名的神龙见首不见尾的绝技。王大夫酒醒就后悔了，可他没办法，君子一言，驷马难追，更何况学军他爸是老首长，平时是自己的战友、棋友、酒友加大哥，他就只好一点不保留地教给学军。

这套棍术是王大夫的一个战友传给他的。当年打仗前，这套棍术侦察连的战士都在练。

解放军多使用步枪，火力不如人家，近身战刺刀对付砍刀又没有什么优势，所以这个战友就把祖传的少林齐眉棍教给大家了。王大夫同这个老兵谈得最投机，他就用自己的擒拿卸骨换了全套的齐眉棍的用法，后来他这个侦察兵上战场一点没丢脸。解放军流传的步枪刺杀技术，加上齐眉棍的劈、砍、撩、刹，在战场中大发神威，在白刃格斗中占了不小的优势。王大夫教给学军的就是这套棍术，没什么花招，就是几个动作，反复单练，反复对扎。学军教给林栋的却是一大套套路。

"小孩子嘛，少想打仗，多锻炼身体，平时唬唬人也就够了。"学军这么说。

林栋在学校里带大家练的就更是简化的套路了，老师怕危险，就让大家买了更细的木棒，然后在两头系牢布带，舞动起来"呼啦啦"响，红布带会随着风飘动，一趟棍耍起来很好看。林栋就教大家舞棍，可以左、右、前、后、上、下地打棍轮儿，棍转起来就像打开了一幅巨大的扇子。可一回家林栋就不一样了。

小雪邀请雨晴和林栋去看她们排戏，《红色娘子军》的第四幕快排完了。这回林栋不用鬼头鬼脑地攀墙头看戏了。他头一次走进排练场的时候，同上次那个保卫科老师打了个照面，林栋的脸刷的一下子红了。他赶忙把头转向一旁，装着什么也没看到，还好那个老师好像并没有认出他来。

李老师见到林栋笑了起来："你就是那个帮我们小雪保驾的好汉吧！"这么一说林栋脸更红了，他张着嘴像水里的蛤蟆一样，只冒泡不出音。其他小姑娘也围过来瞧，林栋觉得自己就像动物园里的熊猫，被女孩们友好地参观。

"想看跳舞吧，以后你和妹妹随时来，不用费劲扒窗户，那里的窗户旧，哪天断了会伤到人。"李老师笑起来，女孩子们也笑起来，连雨晴那个笨丫头也该死地笑起来，笑声让林栋恨不得在地上找个蚂蚁洞，恨不得使劲钻到地板下面去。

李老师后来听说林栋会舞棍，找了根扫帚棍让林栋舞舞看。林栋本来就是见人心怯，架不住小雪、雨晴和其他小姑娘不停地央求，他就只好舞了一下。

这一套棍，把李老师和女孩们都吓着了。林栋一声不响手挥身舞，一条棍密密匝匝，雨泼不进，在地板上敲出一连串的声响。这套棍太威猛了。棍起电闪，棍落雨停，一趟棍走下来地板上落下七八十个白点，林栋大喝一声，一个大劈收了棍。

李老师愣了好久，都忘记鼓掌了。然后她叫住林栋，央求他教一两招。艺校正在排练一个新的革命舞剧，其中有一段是战士练习刺杀的舞蹈，李老师喊来一个男老师同林栋学习棍术。

林栋教了几招，李老师不太满意："舞蹈是生活中的艺术。在舞蹈中表现的一定要美，要有形体的艺术加工。"

林栋怎么也理解不了这些，他看见那个男老师走路的样子，心里都快崩溃了。舞蹈男演员的步伐像是台上一样，拖着髋步子很轻飘，这让林栋觉得他更像是个女孩。

最后林栋没辙了，想起了班上教给大家的那套花棍，林栋把这个教给了那位男老师。让他大为吃惊的是，李老师很喜欢这样的棍花，她把一些胶东秧歌的步法身段融合在棍花里，编了一套战士刺刀舞。林栋没有看这场舞，他不想看。他觉得小雪她们跳传统芭蕾舞挺好看的，特别是有一次在排练《红色娘子军》间隙，李老师带着小雪和另外两个女孩跳的那个"四小天鹅"让林栋都看傻了，他很想再看一遍，可李老师不再排演了。听小雪说这个舞蹈不能演出，只能悄悄地练一练玩儿。

林栋觉得革命芭蕾舞中的男战士太像女人了，这些英雄同他书里看到的和电影上出现的太不一样，他更喜欢那些王大夫讲过的英雄。那些都是身怀绝技、对祖国忠诚、随时可以为革命献出生命的人，林栋很崇拜他们。

5

雨晴喜欢去舞蹈排练场，她很想像小雪那样，也能穿上练功服，按照钢琴的节奏一点点地跳。可她的身材不适合跳舞，李老师看见她，说："可以一起练练基本功，女孩儿学点芭蕾有好处的，身体会特别挺。"

可一到姑娘们正式练功的时候，雨晴就自动地退了下来。李老师有一次直接告诉林栋："你妹妹太矮了，不适合练芭蕾。"不管怎样，林栋在周日的时候很喜欢陪妹妹和小雪去练功，他喜欢看着雨晴一脸真诚地学一点舞蹈。她的腿很僵，压腿和下腰的时候又怕痛，所以总是在舞场上晃。可雨晴还是喜欢去，她一听到音乐全身就兴奋。林栋也就不说什么了。家里他是最大的孩子，也是半个家长，他喜欢让妹妹多学点东西。整个楼的孩子家长带着学这学那，唯独他家例外。他喜欢看着妹妹同别人一样，有一种不比别人差的心思。

林栋很喜欢看小雪跳舞，老实说他还从小雪那学了点东西。跟那个男老师讲棍的时候，林栋觉得他哪点都不顺眼，唯有旋转厉害。这是芭蕾舞的一个最基本的动作。林栋迷恋这个，他觉得要是融到自己的齐眉棍里，那棍一抡起来就更迅猛强悍了。

武谚中说棍扫一大片，要的就是一气势。所谓乱棍打死老师傅就是指这个棍旋身转的速度和力量。林栋跟小雪学了两三次，然后自己在夜晚按照概念练了好一阵，他把那些姑娘范儿的起势收势都省了，就一个双腿交替的旋转和小跳后的再次转身。

小雪好奇地问："林栋哥，你也想学跳舞吗？"这让林栋很窘，他也不想让学军他们知道，自己的棍法里还有从芭蕾中学的东西。小雪舞蹈的每招每式都非常标准。林栋看她跳起来，像一只蝴蝶，小雪的起舞很轻，轻飘飘在空中舒展着四肢，那种美丽好像要在半空中停一下，才会落下来，小雪的旋转和翻身，会像一束跳动的火苗，那悠悠飘飘的柔软和欲走还停的迟疑，都让林栋很着迷。

有几次红楼的几个孩子一起来看小雪跳舞，吴桐和红叶一下子看傻掉了，还有爱华和天鹤，他们也像林栋第一次看见真人舞者那样惊喜得眼睛不够用。

大家都觉得小雪的舞像是杨老师键盘上的那双手一样，会让音乐流进人的心里。小雪的脚微微触碰，轻巧地跳跃，脚尖点戳着地面，一次次撑起自己美丽的体态，一次次将纤美的身体绽放成一朵花、一束光、一只飞翔的天鹅，映衬着流动的旋律。

可有一次林栋看到小雪的脚，他有些震惊了。他看见小雪的脚比妹妹的丑多了，这不是说小雪的脚宽大笨拙，相反一个芭蕾

野天鹅

女孩的脚纤细挺拔，那样子像鹤。唯一让林栋心里打战的是这双脚上伤痕累累，可以看得出，那些脚趾因为一次又一次的顶足站立已经变了形，同正常人的脚对比，芭蕾女孩的脚趾像是永远粘连在一起的红肿的一团。这双脚让林栋打冷战。

他后来发现，不仅仅是小雪，就连李老师和其他女孩的脚都有些畸形。每当林栋看见女孩们微笑着将每个动作美丽地表演出来时，他都觉得有一种痛感，那是一种十指连心的可怜的痛。这让林栋想想都毛骨悚然。林栋看到小雪的那双练功鞋已经很破旧了。他听李老师说学舞蹈的孩子鞋很贵。

一天林栋到城中心，在最繁华的街道里看见一个橱窗。在所有的摆放灰色衣服的玻璃窗前，唯独这个窗口让林栋停下了脚步。那里面站着一个假人，是个穿着灰色军装的女战士，她一只脚点立在地板上，一腿跷起向后抬起。

这个木头的模特举着一支枪，一看就知道是舞剧中脍炙人口的女主角，这双鞋同林栋在李老师排练场看到的那些不一样，因为采用了一些新材料，晶莹闪闪的，看上去又柔软又结实。林栋想也许这样的鞋会让小雪她们跳舞的时候少一点痛苦。

他围着那个橱窗待了很久，然后有点不好意思地走进商店，那位服务员站在那儿，看都不看林栋一眼，确实像这样一个男孩子看女孩的跳舞鞋，这事听上去都怪。林栋在商店里盯着那双鞋看，最后看得那位阿姨都警觉了。她走到林栋身边上下打量他，又瞧瞧鞋，再打量一下他，再咳嗽一声，林栋都没反应，两眼直勾勾地盯着鞋看。最后阿姨终于沉不住气了，在林栋和鞋中间，用一根很长的鸡毛掸子横扫着那双并不脏的舞蹈鞋："小孩儿，

　　那是舞蹈着的天鹅，那舞蹈中伴着忧伤和无限的依恋。天鹅的美丽和那一点点不为人知的柔弱，都在只有小雪才能听到的音乐里。

你买什么?"

这一问让林栋脸腾地红起来,好在他想起了妹妹那双胖脚,也不知怎么顺口就说:"我要买双舞蹈鞋给我妹妹。"

阿姨将信将疑地打量着林栋,像这么个十几岁的孩子,怎么可能买得起这样的鞋呢?鞋的价钱确实把林栋吓着了,这个价钱是他和雨晴三周的生活费啊。

林栋走回家的时候步子沉甸甸的,他想起小雪那次在芦苇丛中三岔河口的舞蹈,想起她那时孤单但又强忍着不哭的模样,他仿佛看见小雪布满伤痕的脚上穿上一双漂亮的舞蹈鞋,她那漂亮的旋转就像舞剧中的女战士。林栋想着想着,心里又轻松了许多,他有了个主意,一个让他存放在心里的想法。

6

快到六一节的时候,雨晴和小雪都收到了一份礼物,这段时间林栋很少去看她们练舞,有一段时间李老师都想林栋了,说:"那个耍棍的梁山好汉跑哪里去了?"

小雪也挺想看见林栋在舞蹈场的。她知道,林栋这兄妹俩很喜欢看她跳舞,她也很喜欢跳给他们看。他们是她最热情的观众,也最喜欢她的舞蹈。可能是因为学校里太忙碌的缘故。六一的前一天,林栋出现在舞场外面。他骑着车一头的大汗,看得出他是很着急地跑过来的。雨晴先是叫了好一阵,然后撒着欢儿地跑过来找小雪。

"你等一下,看我哥给咱俩的啥!"小雪很好奇地打开那个牛

野天鹅

皮纸的包裹，从里面拎出一双崭新的舞鞋。她张了张嘴，把手捂在嘴巴上，双眼去寻找林栋。

林栋正站在远处挥手，像做错了事一样不自然地在看着她。小雪坐在石阶上把那双舞鞋穿在脚上，踮起脚尖，做了个小跳，然后在石板地上转了一圈又一圈。然后，小雪开始大叫起来，她的声音很哑，就像是个男孩子那样举着舞鞋粗鄙地叫着，她在校园里跑了起来，转了很多圈，最后停下来，跑到林栋面前，深深鞠了个躬："林栋哥，真的谢谢你。可这双鞋我不能要，我爸说过不能要别人的东西，可我真的很谢谢你。"

小雪抽泣着，她觉得雨晴真好，有个哥哥，替她打架，还给她做饭，有时虽然对她凶一点，可总会按时叫她，不会让她一个人待在外面孤单单的。

小雪觉得现在虽然红楼的孩子同她挺好的，女孩子们也拿自己的小物件同她换一些小玩意儿，男孩也为她的舞蹈着迷，可她还是隐隐约约觉得大家不会像他们之间那样放松地胡闹，彼此亲热，或者说彼此能信得过。这一切可能是因为爸爸，小雪知道孩子们一提到爸爸，就会陷入一种尴尬，然后同她保持着距离。在这群孩子中，只有林栋哥把自己当成很好的朋友，就像对雨晴一样，什么事都会想到她，什么事都替她出面，就像上次在土街打架那样。

林栋、小雪和雨晴他们骑着车回家，他们唱着歌，声音很大，文静的小雪今天很激动，她的歌声就像是一个疯小子，她张牙舞爪的，反倒叫林栋心里有点甜乎乎的，小雪不会得了疯癫病了吧。他们三个人走到红楼前面的时候，小雪忽然收住了歌声。

楼洞前站着梁胄，看得出他在那里等了很久了。

"小雪。"梁胄和善地喊着，那声音柔软得就像男舞蹈演员的脚步一样。

"是林栋哥送我回来的。"

"林栋，谢谢你，谢谢你送我们家小雪回来。"梁胄一双柔软的手握住林栋，林栋的心怦怦直跳。这是他第一次跟这个成年人说话，也是第一次和他这么近地相互对望着。

"你是个好孩子。"梁胄说，"我和你爸爸、妈妈都很熟悉。"

听到这句话，林栋把手本能地抽出来，然后有点僵地望着梁胄，他的嘴唇不由自主地颤抖起来。

"这么晚了，去我家吃饭吧，孩子。"梁胄又试着拉林栋的手。

林栋握住了雨晴的手："谢谢，我们得回家了。"

"也好，也好，改天到我们家吃饭，叔叔会烧鹅。"梁胄很热情地拍了拍林栋的肩，拉住小雪的手说，"同你林栋哥再见，这孩子真有礼貌。"

本来小雪是想退还那双漂亮的舞蹈鞋的，可这么一打岔，小雪反倒收下了。这让林栋感到有一点点安慰。

雪村里的阿亮

1

阿明终于坐上火车，同妈妈一起去山里，去看爸爸和阿亮。

火车走了三天，先是在平原上跑动，阿明开始的时候对窗外的田野充满新鲜感，可当火车行驶了一天以后，他渐渐失去了兴趣。单调的旅行中，阿明喜欢沉默地坐在那儿，对面的叔叔阿姨现在已经混得很熟了，熟到没有什么可以再聊了。

偶尔，阿明可以把头探出窗外，看远处火车头拐弯时冒出的白烟。饿的时候，妈妈就从口袋里掏出烤过的馒头片，加上咸菜和阿明一起就着开水吃。

火车开了一天后，驶入大山，阿明的新奇感又占据了他的心。这里的风比城里的要硬要冷，风中带着一点点干咸的味道，经过风口的时候，有一种辣辣的、划过皮肤的感觉。

阿明有点怕山里的风，空气里弥散着一种阴冷的力量，可以从他的脖子里穿进去，从胸口钻出来，那感觉就像是一把无形的扫帚，扫了心窝一下，让人不寒而栗。

妈妈说："这里离爸爸和阿亮待的地方不远了。"这让阿明有点伤心，他不明白为什么要让爸爸和阿亮到这儿来。火车穿过山谷，在山腰的隧道里不停地走，阿明能从火车头喷出的白气和汽

野天鹅

笛声响中感到它的那份吃力。在没有几个人的小站上，不少旅客下了车。车厢里变得空空荡荡，只剩下他和妈妈等为数不多的几个人。空空的火车让阿明感到格外的寒冷。火车又走过一片荒山，在干涸的河床上奔驰，驶过一片片荒废的矿山。阿明觉得爸爸和阿亮离自己确实太遥远了。

火车在黑暗中驶进一个不知名的小村，列车员开始喊叫，让车上的人都下车，这一定是终点站了。

妈妈和阿明走下车，他觉得浑身上下酸痛，都快冻透了。车站的村庄并不大，从车站走过去，就是一条条笔直的土路。村民家里的灯光星星点点地闪烁在道路两旁，这让阿明有了一点安慰。这个地方虽然不是城镇，可比起路上看见的那些没有人烟的地方，要热闹多了，有人的地方，他就不会感到害怕。

村子一头的地方是一家旅社，阿明和妈妈走近的时候，几条狗先后吠起来。阿明最怕狗，在家里的时候，如果在街上看见狗，他会跑得比谁都快。可现在不知为什么，他很高兴看见那些毛竖着跑过来的小家伙，他甚至伸出手试着去抚摸那些亮出牙齿的小兽。

店主的一声吆喝让狗安静了下来。也许是阿明友好的态度让这些看家狗对他减少了敌意，它们渐渐停止了吠叫，开始围着阿明和妈妈转圈，嗅他们身上的味道，随后开始摇着尾巴，向他们讨好。阿明很高兴能和这些狗一起玩儿。妈妈的心情可没他那么轻松，她向店主要了一间最小的客房，然后让老板娘为他们煮了一锅玉米糊糊。阿明和妈妈睡在了屋子里的土炕上，这里的炕很暖和，让阿明感到了久违的舒适，他开始瞎想：也许爸爸和阿亮也住在这样的房子里，守着灶里的火，等着他和妈妈的到来呢。

阿亮应该长高了许多，阿明想，至少应该同他自己的身高差不多。他想起了提琴，他觉得这么久没见面，阿亮一定拉得非常好。他总是这样，随便练一练，就能赢得爸爸的称赞。这两年阿明长大了，不像过去那样嫉妒有点聪明的弟弟，他觉得不管琴拉成什么样子，他总是哥哥，这一点是弟弟无法改变的。做哥哥就是比做弟弟强。阿明现在已经拉完了很多曲谱，妈妈为他找了个老师，是爸爸的好朋友。有时遇到二重奏的乐曲，阿明就想起了弟弟。他很想同弟弟一起演奏，他想象着同弟弟一起拉琴的样子，现在他离爸爸越来越近了，他摸着手中的松香，手指缝里散发出一丝丝木头的香气，这是他最喜欢的味道，也是弟弟最喜欢的。

他想把这块从老师那里新得到的松香送给弟弟。这天夜里，阿明睡得很香，妈妈却没有，她忙着为阿亮整理衣服，动身之前，她已经缝补了好几件，现在还差一点点针线活儿，她要把这些衣服修整好，留给另一个很久没见的儿子。

很早的时候，大车已经停在路上了，店主喊醒了阿明和妈妈，将几个热乎乎的玉米饼子塞给他们。

阿明第一次看见马，他高兴地围着马转来转去，伸手去摸马打着响鼻的热乎乎的鼻子，车把式是个中年的黑脸汉子，他吓唬阿明说："那长着白蹄子的马生气的时候，会露出牙齿撕掉小孩的耳朵！"那匹马很配合地发出"嘶嘶"的叫声，咧了咧嘴巴，使劲地磨起牙齿，这让阿明害怕得退了两步，可他还是很喜欢这匹长绒毛披在脖子上的动物，他试着拽了拽马的鬃毛，然后惊恐地跳到一边。车把式只好一把将他拎了起来，像放行李一样，把他放到车上。

马车走了很长时间，车站的那个小村庄已经看不见了，车把式不停地唱着，那声音粗犷响亮，回荡在冰冷的田野上。

阿明倒在妈妈的怀里睡着了，他们的身上盖着很厚的毯子，此时的天空，冷风又开始吹起来，一丝丝冰冷的水滴"噼里啪啦"地掉下来，那匹马的身上闪烁着晶莹的水珠，不知道是汗水还是天上的雨水。马蹄踏在土路上，发出"嗒嗒"的声响，有时候可以听到它打了铁掌的马蹄在土路上打滑的声音，车把式不停地使劲拉一下缰绳，"啾啾"地喊着，然后又放松一下缰绳。

阿明想起了提琴，想起同弟弟离别的那个晚上，小提琴的旋律，像这旷远田野上的风一样疾驰着，伴随着这段泥泞路上的寂寞，这让他对爸爸和弟弟的想念更强烈了。

2

阿明是跑向村里那片灰色的房子的，他边跑边喊阿亮和爸爸的名字。短短几十步的路，他觉得，比来这儿的所有的路都长。

跑到门前，他的嗓子已经哑了。阿明冲上去，拉开那扇门，去找两个熟悉的身影。

屋子里坐着一群人，寒风里大家对突如其来打开的门，不由得皱起眉头，他们把阿明拉进来，吓唬说："小孩儿，你哪儿来的？乱开门，不怕被狗吃了？"

阿明有点害怕，他大声喊着找爸爸，这时从后面赶上来的妈妈为他解了围。人们开始大笑起来，对于每一个在干校的人来说，有家属从远方来探亲，是件大喜事儿，大家也跟着沾点喜气。

大家听明白了阿明爸爸的名字，告诉他，爸爸带着另外一个小孩儿一直住在山上工地附近。

阿明和妈妈赶到那个工地的时候，爸爸和阿亮站在院子里已经很久了，山下的工友，打了电话上来，爸爸和阿亮就跑到这儿等。

爸爸和阿亮的棉帽子上落满了白刷刷的霜，那样子就像把面粉撒在了上面，连胡子和眉毛都染白了。

阿明记忆中的爸爸，是头发修整得整整齐齐，一脸圆润光滑，在月亮上兴奋地拉琴的样子。可眼前的这个男人，穿着肥大的棉衣，胡子楂儿浓密而杂乱，看上去有点凶。他朝自己伸出了双手，喊着自个儿的名字，这让阿明有点犹豫，一路上他不停地喊着爸爸和阿亮，见面的时候，却有点胆小了。眼前的这两个人很陌生，他需要用点时间把记忆中的两个人同眼前的这两个人对上号。

"傻了啊，你！刚才不还喊他们吗？"妈妈拍了一下阿明的肩。阿明才勉强往前蹭了几步。爸爸跑过来，一把把他抱起来，阿明觉得爸爸硬硬的胡子楂儿扎着自己的脸蛋，在爸爸的怀里很暖和，爸爸的胡子又黑又硬，这让他差点哭出来，可爸爸并没有管这些，他用胡子不停地在他的脸蛋上扎来扎去，然后用下巴在他躲闪的脖子上，横竖画着十字。

野天鹅

这个动作让阿明觉得又痛又痒，他一会儿哭一会儿笑，他觉得爸爸比以前粗暴了许多，可还是以前的那个爸爸，那个喜欢逗他们俩，有时候又非常严厉的爸爸。阿明笑到眼泪都快流出来了，然后挣扎着从爸爸的怀里逃走，来到弟弟面前。

阿亮的样子也变了，他皮肤黝黑，少了一颗牙，可看阿明的时候，他微笑中还带着那种不服气的劲儿。

一家人团圆了，他们在这间用石头和粗木桩搭起的房子，吃了一顿高粱饭。阿亮吃完饭，同哥哥又熟悉起来，他们的话也多了，同两年前不一样，阿亮的言谈中带着明显的口音，有些词儿，阿明没听懂。阿亮的眼睛一直盯着妈妈带来的包裹，阿明知道那里面有自己的小提琴盒，他很想同弟弟一起拉奏一首曲子，就是那首爸爸改写的《草原上的牧歌》小提琴二重奏曲。那首曲子是爸爸从一个拉马头琴的草原琴师那儿听来的，他把它改写成一首小提琴曲，后来又改写成一首二重奏曲。他教过阿明阿亮练这首曲子，他俩配合的时候，总是有点小失误，爸爸就操起提琴，带着他们一起拉，这样这首曲子就变成了一首三重奏曲子，阿明很想看看弟弟现在拉琴是什么样子，这么久了他的琴艺一定有了很大的长进，为了同弟弟一起演奏这首曲子，阿明特意在家里练了很长时间。

阿明抽出自己的提琴的时候，发现弟弟呆呆地愣在那儿。

"你的提琴呢?"阿明问。

"早冻裂了，这里的冬天冷。"

阿明和阿亮沉默了下来，然后阿明开始拉乐曲，这首曲子开始很舒缓，阿明拉到中间很喜欢的那一段，停下来，把琴交给弟弟，他知道弟弟最喜欢这段的跳弓演奏，他过去总是跺着脚，把这段节奏明快的曲子一口气拉出来，阿明的举动似乎很出乎阿亮的意料，他并没有伸手接琴，而是将手藏在身后，在破旧的棉衣上反复摩擦着，那样子好像是生怕接过一根烫手的棍子，而不是他曾经喜欢的提琴。

阿明见弟弟不伸手，就一把拉住了他，把琴递了过去。爸爸和妈妈眼中闪烁着泪花，望着两个儿子，阿亮低下头，躲开大家期许的目光，他沉默了一会儿，举起了琴，手有点僵，然后艰涩地运弓，弓弦疙疙瘩瘩地在琴弦上行走着，像踏在冰上的人的脚，一会儿打滑，一会儿站住。

阿亮拉出的声音"吱吱嘎嘎"的，就像没学过琴的孩子，也有些像木匠锯木头的声音，他的手指显然很僵硬，无法捕捉到节奏按准每个音。阿亮的脸涨得通红，然后变得发青。他越来越暴躁，神情非常惭愧，他的琴声像风中的烛火一样，一点点地熄灭了。

妈妈冲过来，抓起阿亮的手，然后默默地放下来，眼泪落在孩子幼小的手指上，她的双手抖动着，昏暗的煤油灯光在墙壁上映出她的身影，摇摇晃晃的。

"这里不许练琴，所有的乐器都得上缴。"爸爸叹了口气。

"哥哥。"阿亮露出那颗豁牙，他很少这样称呼阿明。在家里的时候，他只叫阿明的名字，"我可能无法拉琴了。"

"为什么？"

阿明意识到弟弟的话很正经，丝毫没有玩笑的意思。

阿亮将手伸给阿明，那是一双黝黑粗糙的手，上面布满了皱裂的裂纹，还有一些没有愈合的细小伤口，阿亮的手指指关节很粗大，比起阿明来，简直不像一个十岁孩子的手："怎么会这样?"

"每天挣工分，每天砸石头。"阿亮举起手，重重地落下去，他向阿明比画了一下，"我的手很僵，和爸爸一样。我们的手只能砸石头了。"

阿亮左手的中指短了一截，那只手在阿明眼里，显得很残缺。在一次用镰刀削柴火的劳动中，阿亮不小心伤到了自己的中指，爸爸心急火燎地把他送到了卫生所，大夫为他消了炎，却没能保住那一截手指。

阿明的眼睛有点湿，他不知道为什么弟弟说这些话的时候，会那样平静。他觉得对于他和弟弟来说，拉琴曾是最快乐的，也无法丢掉的事儿。可现在，弟弟完全变成了另一个人。

妈妈拉起爸爸的手看，那双手上布满了老茧，就像巨大的肉锉，可她更伤心的还是阿亮的手。

阿明举起琴，认真地演奏起来，他把这两年学到的曲子都演了一遍。他的印象里，拉琴的应该是三个人，他从自己的琴声里听到了三个人协奏的声音。他一点点地拉，缓慢地演奏，为了今天，他准备了很久，现在他拉得格外在意，他想把弟弟的那一份乐谱也用心演奏出来。

阿明拉着拉着，气顶到了胸口，可他没有一点流泪的意思。他的思绪都集中在弓弦上，他沉浸在自己的演奏中，手指的柔、颤、按、松和其中的满弓，让他完美地为弟弟演奏出他们共同的乐曲。他觉得这个演奏的人就是弟弟，当他拉完最后一个长音的时候，停下来，大家都不再吭声。在这漫漫的沉寂中，阿明想说的，他想爸爸和阿亮都能听懂。

爸爸走过来，拍了拍阿亮的头，又摸了摸阿明的头，阿亮躲开爸爸的手，走到哥哥身后，抚摸着那带有老虎花纹的琴背："你拉得真好，比我强多了。"

"阿亮，我们一起拉，会更好。"

"我不行，我的手可以拉锯，可以砸石头，可就是拉不好琴了。我觉得它们像灌了铅一样，不听话，我以后不拉琴了，我想去当个厨子，做一大桌子好菜。"阿亮用手比画了一下，让阿明看到有很大很大的一张桌子，这让阿明的肚子也不由自主地叫起来。在这个地方，能吃上一顿热乎乎的饭，是个很大的愿望，即使饭里一点肉也没有。阿明觉得弟弟说这话的时候，很真实，他并没有觉得有多遗憾，也许阿亮以后忘记了拉琴的快乐，也许他更喜欢学一门新手艺，比如逮兔子、养鸡、喂猪、制作桌椅板凳，他的心思全在这些上面了。

阿明把小提琴收起来的时候，那块儿松香一下子掉了出来，阿明把松香捡起来，有点不好意思，他想是不是该把这块松香送给弟弟，这时阿亮似乎又想起了什么，他抢过那块松香，在手里反复地摩挲着，然后将手上的香味涂在脑门上，再涂到哥哥的脸上。

这时的阿亮更像原来那个淘气、爱欺负阿明的弟弟，他的记忆好像又回来了一些，阿明的眼前，浮现出他和弟弟争夺那块松香，从家里跑到外面，他们认真而愤怒地相互追逐着。

天空不知什么时候飘起了雪花，漫无边际的、旷渺的田野完全淹没在里面。

野天鹅

两个兄弟在院子里追打着，阿明手里举着那块松香，那块莹亮亮的、散发着香味的小东西，阿明举着它，就像是举着一枚王冠上的宝石。

他没有跑得很拼命，而是让喘着气的弟弟追上来，然后两人四只手缠绕着不停地抢夺，最后阿亮终于掰开哥哥的手，把那块松香抢了过去。

阿明在争夺的时候触摸到弟弟那根短了半截的中指，心里洒满了雪。他的手很小心地松开，不想触痛弟弟的那根手指。更多的是，不想让这样的触碰使自己的心更痛，他哪里知道因为这根手指，爸爸几乎绝望得几天吃不下饭，是在同伴叔叔强硬的责骂声中才没有失去生活的勇气，也是因为它，妈妈在黑夜里流了很多泪。他们都没有告诉阿明，一个孩子的伤口，需要全家人一起慢慢愈合。

阿亮跑得满头大汗，雪花落在他的脸上，一下就化了。他的头上、肩上堆满了厚厚的雪，阿明和阿亮站在雪地里不停地笑，直到大雪埋没了他们的笑声，他俩感觉一下子又回到了寒冷的世界。

"阿亮，我给你带来了动物饼干，是隔壁王奶奶亲自烤的。"阿明说，他把挎在身后的书包转到身前，从里面掏出一个布袋子。阿亮的眼睛放着光，他的手像爪子一样伸进了布袋子里，然后十指满满地抓出那些面做的小动物。阿亮像一只饥饿的小猫，大口大口地嚼着，急不可待地吞下去，他很快就噎住了，脖子伸长，青筋暴涨，大声地咳嗽起来，他蹲下身，抓起一把雪塞进嘴里，使劲地咽下去，然后喘口气儿，又来抓布袋子里剩下的饼干。

"嘟——"一声很长的哨音响起。阿亮猛然停下来，魂儿像被绳子牵着拽了一下，他抓起布袋向院外跑去。

院外已经站满了人，他们中有大人，也有小孩，最小的也只有六七岁，就像阿亮刚来时那么大。

爸爸也走出来，肩上扛着工具，妈妈跟在后面，有点迟疑地望着爸爸走进排好的队列里。

那个哨声又响了起来，两长一短，有力地拉着节奏。

一个穿军装的大人，喊着让大家向左转，然后大队整齐地踏起了步子。

阿明觉得这样的步子很整齐，也很雄壮，爸爸和弟弟都整齐地走着，自己也不由得跟着踏了几步，可他不久就停了下来。也许是因为没有受过训练，自己的腿脚跟不上节奏，也许是因为他觉得要和爸爸、弟弟分别了，这种难受绊住了他的双腿，他慢慢地停下来，望着那支远去的队伍，那支口号响亮，在大雪中渐渐消失的步调一致的人群。

阿明忽然想起了什么，"阿亮！"他大声叫着追上去，将木然的妈妈落在身后，阿明跑了一会儿，赶上了他们，他跑到弟弟跟前，跟他一起缓慢地走着，爸爸轻轻抚了抚他的头："回去吧，在家里要听妈妈的话。"

"嗯！"阿明点点头，他还是跟着向前走了很远。

"阿亮。"

"嗯。"

"阿亮！"

野天鹅

"嗯……"

"阿亮……"

"嗯！"

阿明拉着弟弟的手，那只中指有点短的左手，他俩是双胞胎，却一个是左撇子一个是惯用右手，他们手拉着手，走了很远，那个穿军装的叔叔跑过来看了一下，并没有说什么，然后回到队伍前面吹他的哨子去了。

"阿亮，我还会来看你和爸爸的。"

"嗯，你们春天来吧，那时田里的兔子会从地底下冒出来，田野里会长出很多虫子，可以喂鸡。"

"嗯，我一定会来看你们的。"阿明重复着这句话，好像这句承诺沉甸甸的。

队伍继续行进着，阿明站在雪里，看着它一点点消失在白茫茫中。

"哥，下次来多带一点动物饼干，我好饿……"雪地里传来阿亮的声音，他一定是用很大的声音喊出的。

失去的舞鞋

1

林栋放学回家，被几个陌生人带走了。他在家里做饭，把手上那棵白菜顺手放在过道上，看见雨晴朝家走来，林栋对妹妹说："还不去做作业？"然后转过身疑问地看着那三个人，"你们找谁？"

"你叫林栋？"中间矮胖的男人问。

"我是。"林栋答道。

他的脑子飞快地转着，难道这些人和妹妹认识吗？他还没有反应过来，一个男的先冲了过来，把他的手臂扭到了身后，此时林栋认为，这些大人还在和他闹着玩儿呢，就说："别扭，挺疼的。"另一个男的就跑过来帮忙，他们四只手紧紧地捏着林栋的手臂，而且攥得越来越重。

雨晴走过来，大声地叫起来："你们不说是我哥的朋友吗，这是干什么？"矮胖的男人依旧一脸微笑，他示意小女孩回到屋里去。雨晴虽然小，可明显地感觉到这几个人的不友善。她喊叫了一声，冲过来，试着解救哥哥，但被矮个儿的男人一把扯到怀里。

"林栋，老实说，我们就不难为你，你说你都干了什么？"

林栋说："出去，这是我的家！"林栋拼命地挣扎着，腾出一只手，使劲一抽，那个大人又赶忙双手握住他的手臂，又把他扭了回来，这下让林栋疼得急了，他把手臂向怀里一抱，用膀子一下撞过去。按理说，林栋一个十四五岁的孩子，力气肯定比不过大人，可那个人站在桌子前，林栋这么一撞，他的身体一半倚过桌子，他本能地想保持平衡，双手就松开了。这桌子太松，一下就散了，那个大汉没靠住，一屁股摔在地上，这响声把双方都激怒了，林栋和雨晴最终被按在地上，三个人很狼狈地按住他们，从衣服里掏出一根绳子，把林栋拴了个结结实实。

雨晴大声喊起来，被他们用手捂住了嘴。那几个人开始审问林栋："知道我是谁吗？我们不是坏人，我们是联防队的，你听清楚了吗？"

"放开我。"

"老实讲你从街口商店拿了什么？"

"我没有，放开我妹妹。"

"不老实，你苦头没吃够啊？"

"放开我，你们凭什么？"

"队长找到了，这里有一双舞蹈鞋。"刚才那摔了一跤的男的把雨晴的新舞蹈鞋拿在手里，在林栋眼前晃了晃。雨晴爬起来，想把那双鞋抢回去，那个矮胖的男人一把拽住了她："说！哪儿来的？"

"还给我，我自己的。"

"你哪儿来的？"

"买的。"

"小孩儿，我告诉你啊，再胡说会出事儿，再问你一遍，哪儿来的？"

"买的。"

"你哪儿来的钱?"

"你管得着吗?"

事情到了这里,三个男人的脸色很难看,他们开始把林栋向门外拽,林栋的双手绑着,没法儿反抗,用脚使劲钩住门框,两个男人费了很大劲,把他的脚从门框上摘下来,然后把林栋抬出了门,双手架着他,走进街道。

林栋的双脚不停地蹬着,他大声喊着,路上一下子围上了很多人,大家惊愕地望着这一切。

"你们要干什么?"王奶奶跑了过来,一把拉住了矮个儿男人的手,"张队长,这是因为什么?"

"我们得把这小孩儿带回去问话,该散的都散了,别围观。"

有这么多人在场,这三个穿棉制服的人不好对林栋怎么样。可他们没想到,这么个毛孩子,居然让他们三个人吃了不少苦。

三个人中,有一个人拿着雨晴的舞蹈鞋,他理直气壮地挡住追上来的雨晴,向人群解释着,人们疑惑地望着他们,再也没有谁出来说一句话。

王奶奶拉住雨晴说:"孩子,别急,我去派出所问问。"

2

雨晴两天没去上学,哥哥一直没回家,她跑到学农家把这个坏消息告诉了他们,学军有点急,很多时候雨晴就像他家的妹妹一样,怎么会发生这样的事儿呢?

学军他们去找父母，又找了一些叔叔阿姨，想去问一问到底发生了什么，为了放心，学军把雨晴留在自己家里，他和弟弟轮流哄这个失魂落魄的小姑娘，为她做好吃的，翻出很多小人书让她看。雨晴总是不停地哭，她的声音不大，不是号啕大哭，而是细水长流式的，想起来就哭两声，然后又停一会儿，接着又哭，没完没了的。这两天雨晴变得很少说话，她总是自言自语，让学军学农两兄弟有点害怕，从打探的消息来看，林栋确实关在联防队那儿，像他这么个孩子，能有什么事儿呢？

联防队队长说，林栋涉嫌与一桩盗窃案有关，这条街上的百货商场，遭人洗劫，丢了不少东西，其中有一部分就是女孩子的鞋。这件事这几天在大街小巷弄得沸沸扬扬，大家都在猜测是哪路的小偷这么胆大。这些商品很贵，平时很少有人买，一旦丢失了就很容易发现。现在手上有一双被检举的舞蹈鞋，同林栋家里搜出来的完全一样。

雨晴的舞蹈鞋似乎印证了些什么，在此之前，联防队的手中已经拿到了另一双舞蹈鞋，这些巧合似乎对林栋非常不利。王奶奶那儿也从派出所了解到一些情况，谁也搞不清到底发生了什么。学军和学农都非常担心。林栋那么简单的头脑，很容易吃亏的。几拨人都去打探了，还没有什么新消息返回来。这样又过了两天，这天傍晚，王奶奶托人捎回了消息：林栋可以回家了。

3

学军、学农，还有雨晴来到小区前面的街上，他们看见了林栋。

两天不见，林栋看上去瘦了很多，他对来接他的人并没有表示什么，只是木然地站在那儿。

学军走过来拉了拉他的胳膊，林栋"哎哟"了一声，他的四肢有点僵，还不太适合大幅度地伸屈。林栋抬头望了望太阳，那样子像很久没见过阳光似的，然后眯起眼睛，小声说："别太快，我可能跟不上。"三个人只好把林栋放在自行车座上，一点点地推着他走。

这三四天里，学校里关于林栋的事情已经传开了，有各式各样的说法，有善意的，也有恶意的，更多的是让人匪夷所思，现在这些都无关紧要了，林栋可以自由地呼吸，他们在门前看见了王奶奶。林栋慢慢适应了正常的交谈，他吐了一下口水说："那群人真坏，他们拿走了我的齐眉棍，说那是凶器。"

"没关系，我们从河北再给你砍一根，我哥们儿他家有的是，他们村就是种白蜡杆儿的。"学军笑着说。看见林栋那脏乎乎的头发，一身臭味的样子，他心里很难过。

王奶奶找过的警察——李大个儿，是个很热心的人，听王奶奶信誓旦旦地保证林栋是个好孩子，他就开始过问这事儿。事情的经过大概是这样：大街上的百货商店，一夜之间突然被盗了，小偷把大门的锁撬开，大摇大摆地走进去，然后把里面的货物打成大包小包装上等在外面的手推车或三轮车运走了，整个过程不超过半个小时，动作麻利干净，一看就是个惯犯。

联防队得知这个消息后，就开始协助派出所调查可疑的人寻找线索，他们获得了一个重要的线索，就是一双舞蹈鞋，而林栋恰好最近摆弄过同样的鞋子。

他们就把这孩子抓了起来，想从他嘴里审问出更多的信息，可林栋的态度让这些人非常恼火，双方就这样僵持了一天，李大个儿过问这事儿以后发现了一些疑点，丢了那么多东西，不可能是一个孩子运走的，除非他有同伙儿。在丢失的东西中，有许多更值钱的物品，比如暖壶、脸盆儿、椅子，唯独鞋是一种不容易转卖的东西，这种鞋需要和脚的大小相吻合，不同大小的鞋子几乎是没用的，联防队并未从林栋家里翻出其他失窃物品，不能证明林栋有错。

从现场的勘察中，李大个儿发现了一个细节，窃贼在装箱的时候，绳子不够用了，他就从橱柜里找到一套备用的长绳，截了一段拿来捆东西。在黑暗的环境里，能找到这团绳子，让人觉得有点奇怪，莫非这个人对内部的环境非常熟悉？

李大个儿凭借多年的职业直觉发现了更多的蛛丝马迹，门锁是从里面破坏的，这证明窃贼先进了门，然后用工具破坏了门锁，造成有人破门而入的假象。这时候传来了另一个消息，帮了已经两天没吃东西的林栋一个大忙，一个来自土街的孩子，外号叫作陈胡子，他跟着父亲一起收购旧商品。

有个人找到他们，想低价出售一批百货，他爸爸觉得这批货可能来路不正，没敢收下，陈胡子就特意来到派出所，把这个情况告诉了警察，这下子林栋的嫌疑基本解除了。后来警察李大个儿按林栋的口供记录跑到修车店，找到修车师傅马晓刚，弄明白了林栋在这里干活儿，赚钱为妹妹和小雪买鞋的来龙去脉。他把这些事情联系起来，断定林栋没有嫌疑。后来警察抓到了那个流窜的小偷，找到了大部分赃物，为了这次盗窃，小偷承认自己踩过点，耐心等了好几天。他事发前，白天大摇大摆地进入商店，找到了个衣物柜藏在里面，等人都下班了以后，开始将这个他"光顾"过的第四十九家商店洗劫了一番。

林栋上学的时候，老师很热心地拥抱了他一下。对像他这样的孩子来说，这两天受了不少苦，不过他把这些不愉快藏在心里，他觉得要回自己的清白比什么都重要，如果自己背着这样的恶名，雨晴会怎么办？她在同学面前肯定抬不起头来。

学军为林栋炖了一大锅肉，有他最喜欢吃的五花肉，里面还有一只兔子，是学军跟着王大夫去郊外打猎的战利品。

"多吃点，两天没见，你瘦得像冬天里的狼一样，无精打采的。"王大夫说。

他们用绿色的瓷缸子打满了汽水，这是学农从大院食堂里打来的，他们像大人们一样，举杯、碰杯、干杯，一饮而尽。

他们有说有笑地逗着林栋，想让有点呆慢的林栋恢复原来的那股子爽气，他们引他说话，讲讲那几天没法儿讲出的话。林栋很怕光，他会在阳光下面不停地打哆嗦，直到抖出一身的冷汗珠子。对他来说，他的大脑还停留在那个小黑屋里，停留在不能前进的黑色记忆中。他觉得过去的那段时间好长，长得足以抵消他长大所有的幸福时光，足以让他无法回到这个熟悉又遥远的现实中来。大家想，对林栋来说，恢复是需要时间的。

学军带着林栋找到了陈胡子，那家伙还是一副不阴不阳的样子，他站在一大堆收来的破棉衣上，对学军和林栋的感谢话无动于衷，过了好半天，他一脸阴沉地从棉衣上爬下来说："说，找我干啥？"

"谢你呗。"

"那你请我吃烤鸭吧。"

"请不起。"

学军有点尴尬了，从口袋里摸出一副墨镜，递给陈胡子。这是他老爸最喜欢的一副，看得出陈胡子也挺喜欢这玩意。陈胡子这次没客气，抓起来塞进自己的兜里："其实上次我挺想让人揍你的。"陈胡子对林栋说，"你能打是吧，见到那群无赖看看你多能打。上次让我们丢脸，就该遭报应。"

林栋的脸木木的，过去这几天他学会了很多，他挺感谢眼前这个人的。

"在他们那受苦了吧，这个我知道，所以，咱们扯平了。"

"你怎么会知道？"

"我当然知道，"陈胡子用脚狠狠地踹了踹那堆破棉衣，"那些人坏透了，真的太坏了！动手之前把你捆起来了，对吧！"

说完，三个人都沉默了很久。

"有时间到我们大院玩去吧。"学军笑着建议说。

"不去，那儿不是我们该去的地儿。你看，我们穿的不一样。"

三个孩子就没什么话说了，又待了一会儿，陈胡子站起身说："走了，得干活儿了。"

走出两步，他又转过身来，对林栋说："你回去多用冷水做冷敷，过两天再热敷，这样伤能好得快点，那些人对小孩儿也下手这么重，不知他们有没有孩子，也不知道他们是不是爸妈

218

养的。"

看得出陈胡子对林栋是挺佩服的，从他的眼神中可以看得到，他觉得依林栋的年龄本该扛不住，可他的表现让人佩服。

学军和林栋一起来到修车铺，找到马师傅，大家见面都很开心，马师傅说那个大个儿警察来问话，我跟他说：说林栋这样的孩子偷东西，打死我也不会相信，他在我们这儿干了那么久，我只知道他要买两双鞋，可不知道是什么样的鞋，这孩子做事儿一直很用心的。

学军同马师傅聊得很投缘，部队大院里有很多公家的自行车，很多都已破旧不堪，学军说，他会跟管后勤的叔叔说说，请马师傅他们进大院修车，也算是作为林栋的哥，对马师傅的一点谢意吧。

妈妈，你在哪儿

1

爱华今天去了趟郊外，他一个人在空旷的树林里待了很久，很多事浮现在眼前，历历在目，就像发生在昨天一样。

爱华的妈妈叫柳芸，是个舞蹈老师，原来她是个很有名的演员。大人们说，爱华妈年轻时参演的舞剧获得了全国的大奖，到北京去领过奖。那时，报纸上经常登爱华妈妈的照片，有许多人都能在大街上一眼把她认出来，人们小心地在背后议论这个出名的演员，爱华的妈妈很有礼貌，她从来不会恼怒，她回过头同这些喜欢她的观众打招呼。

谁也不会想到爱华妈会出现在这栋楼里。那是因为爱华的爸爸，陆文鼎。他是个复员军人，几年前第一个妻子意外去世了。有一天，楼里的老太太们，看见陆文鼎，也就是后来爱华的爸爸，同一个明星一样的女子一起走进这栋楼，不免地小声嘀嘀咕咕了好半天，有的人甚至待在楼外面，等待那个女子走出来。爱华的妈妈柳芸过了很久才走出来，陆文鼎脸上泛着光，那样子很甜蜜很陶醉，从此人们经常看到爱华的妈妈，也就是柳阿姨。她经常出现在这个楼里，经常温和地向每个人打招呼。她不认生，同见到的每个人都能很快变熟悉。

听街道的老太太聊，陆文鼎是通过别人介绍认识柳芸的。柳芸过了青春的年纪，一个人本来过得还算可以，至少在外人看来她是这个样子。可禁不起别人的反复劝，一个人多少生活不方便，再说岁数大了如果没有后代，那是很可怕的事情。

陆文鼎是位复员军人，高高大大的，看得出年轻的时候很英俊，现在的工作很不错，是个很重要的干部，所以柳芸也就答应同他交往一下。他们很快就结婚了，楼里的老太太们记得柳芸手里托着盘子挨家送喜糖的场面，她的笑很甜蜜，人们很快接受了这个看上去一点架子也没有的明星。

爱华在一年后出生了。又过了两年，人们看见那个在马路上奔跑的小男孩，他的腰上总系着一条红带，柳芸在后面跟着，一次又一次地把那个就要跌倒的孩子提起来。爱华四岁的时候，开始和雨晴玩，他们都不上幼儿园。

雨晴是没法上，整天待在家由姥姥看着。爱华是不愿去，按柳阿姨的话说：自行带的孩子教得更好。

爱华很小就开始学钢琴了，柳阿姨发现了他的天赋。这个孩子一听到音乐就会停止哭闹，聚精会神地凝望着音乐的方向。一岁的时候，爱华总是不安分地从小床内爬到床外，柳阿姨拿出一根音叉，在上面轻轻拨一下，随后爱华就不折腾了，他会随着声音慢慢地安静下来，然后举起小手去抓那个响动。柳阿姨发现爱华有着让人惊奇的视唱能力。有时家里的老唱机放一段音乐，爱华会打着拍子按节奏"咿咿呀呀"地唱，后来柳阿姨听出来爱华唱的正是刚刚播放完的曲子。很小的时候，柳阿姨会在钢琴上弹奏几个简单的音符,让爱华去辨别。

爱华的爸爸对这些并不太在意,他更希望儿子长得壮,能够像他一样粗胳膊大腿。也不太喜欢柳阿姨坐在钢琴前,一点一点地跟儿子玩音乐,他觉得那样会让男孩太娘。

爱华三岁的时候开始练琴,他的老师就是柳阿姨的老师,住在城区的另一面。这个白胡子老人有时会跑到柳家来,每次听到楼里响起熟练的音乐,人们就知道,那个老人已经来了。除了练琴,柳阿姨喜欢让爱华一起练跳舞。不是真正的训练,她会让爱华在家里压腿,抻腿,做一些基本的动作。后来柳阿姨教了几个学生,其中就有小雪,他们隔几天就会聚在爱华的家里,弄得整个房间里热热闹闹的。

爱华在家里像个皇帝,倒不是他可以想做什么就做什么,是他的生活确实让人佩服。他是全楼第一个到了四岁还喝奶的人,柳阿姨不知从哪里弄来的内蒙古奶粉,那种味道让同楼的孩子们想起了夏天里的大雪糕,爱华可不喜欢这种味道。

每到该喝奶的时候,柳阿姨会停下手上所有的活儿,端着奶杯来到爱华面前,这让爱华感到很害羞,他觉得女孩子们用惊奇甚至有点奇怪的眼光注视着他,简直让他想赶快逃掉。

爱华只有练琴的时候才变得很乖,那个白胡子蒋老师很喜欢这个孩子,不仅因为他一坐到钢琴前就像钉子一样,屁股一动不动了,更多的在于他的灵,蒋老师只要弹一遍,爱华总能体会到其中的音乐韵味。这对于一个连说话都不是很流利的孩子来说,实在是有点天才的味道。

蒋老师老了,很多时候,弹奏练习曲的时候,不能按照原谱子把一大段乐谱弹完，更多的时候他是用话告诉爱华怎么弹。爱华可以完全领会他的意图，有时蒋老师讲了半句，这个还没上学的小不点，就能把蒋老师的下半句按照自己的理解弹奏出来了，尽管蒋老师来这儿的路很远，可每次来他似乎比爱华更开心。

楼里练琴有个规矩，有些乐曲是不可以演奏的，每当弹奏这些乐曲的时候，练琴的人就会把窗户用毯子遮起来，从街道上看，当一家窗上的灯忽然看不到了，大家就都知道这家的孩子一定是在练一首很高级的外国曲谱。爱华喜欢蒋老师的大手，他们有时候完成一天的功课时，就开始一起四手联弹。像《车尔尼练习曲599》中许多的曲子，都很适合这样放松地闲弹。

爱华的曲子弹得很精准，有时让蒋老师都有点惊奇。这个孩子每次上完课，都会将一些特别有技巧性的乐曲，像切分音、几连音、双手的节奏配合，练得十分精确。琴一响，流动的音符就有了韵味，他与爱华的配合是一种乐趣，这种乐趣他们俩能懂，心领神会，柳阿姨也能懂，只有爱华的爸爸不大懂。

当师徒两人弹完，笑成一团的时候，柳阿姨会为蒋老师递上一杯茶，为爱华端来一杯奶，然后三个人会心地笑谈好一会儿。

爱华在蒋老师的精心调教下，很快成了全楼出色的钢琴小孩，当然，楼里杨老师的孩子天鹅也很好。他们俩有过几次比试，那是在红楼每年一度的新年音乐会。

不知是从哪一年起的，腊月十六的时候，红楼会有一场"儿童音乐会"。说是音乐会实际上就是个小小的儿童节。因为这一天，红楼的孩子无论大小都能得到糖果和好吃的零食，也能穿上自己最漂亮的衣服，然后，最重要的是演奏音乐。红楼的大人们都是艺术院校的老师，每个孩子天天都在练琴，无论那厚厚的毯子后面大家弹什么，今天都可以练给大家看。

红楼的音乐会是这样的，每年由一家的老师主办，其他的大人就会跑上跑下帮助一起忙活。大人们带来各式各样的食品，也将屋子装饰得像是一座宫殿一样。他们小心地把从各处买来的，或者做好的小玩意，挂在客厅里布置好的铁丝上，然后在房间里挂起厚厚的毯子。这样的音乐会在大多数时间里是用不上毯子的，只有演奏外国的一些乐曲的时候，大人们才会把毯子挂起来。

爱华特别喜欢这一天，他记得自己至少参加了三次，因为这一天可以当着那么多人的面来弹奏出自己精心准备了很久的乐曲。吃过晚饭孩子在大人的带领下，一个个地来到会场。有的孩子还带着板凳，爱华记得最清楚的那次，他和妈妈走进杨老师家宽大的宴会厅的时候，发现林栋和雨晴正在东张西望地留在门外，看见爱华和柳阿姨，两个人惊慌得几乎落荒逃掉。

"你俩为什么不进去呢？"柳阿姨抚摸着雨晴的脸，她很关照这两个爸妈都不能在身边的孩子。雨晴有两件衣服还是她特意送的。林栋不开口，像每次参加这样的音乐会，每家大人都有条不成文的规定，就是会将自家最好吃的东西和家里比较稀罕的东西拿来与大家分享，更重要的是，每个参加的小朋友，都要登场表演一段。

林栋站在那里很窘，他不会弹琴，雨晴只会一点点，他们只有在一旁看的份儿，所以兄妹俩只好躲在门外想偷偷地听。柳阿姨拉住了两兄妹的手，把他们拽到了杨老师的音乐大厅里。

孩子们都很有礼貌，有的化了妆，吴桐和樱子特意穿上漂亮

野天鹅

的裙子。杨老师家的琴很高，几个孩子轮流坐上去试音，爱华很喜欢这部琴的音色，这样的声音很容易让他进入演奏的状态。在门堂的对面，他看到了蒋老师，蒋老师朝他挥了挥手，看上去他挺喜欢爱华能有一个在众人面前演奏的机会。音乐会在孩子们都收到礼物后开始了，爱华收到了一个装着糖果的小布袋子，林栋和雨晴得到了一个铅笔盒，还有一把可以用来做算术的塑料尺子。

杨老师先弹奏了一段练习曲，她弹得很沉稳，每一个音符都很饱满。这是音乐会的开场白，每年都是由主办家庭的老师首先表演的。接下来的演奏就由孩子们自觉地加入了。

樱子的爸爸是个有名的二胡演奏家。樱子就拉了一段二胡。这段音乐有点忧伤，演奏起来对一个小姑娘来说有不小的难度，樱子拉的过程中不好意思，可能是因为紧张，有的地方她出错了。

演奏中大人们都不住地点头，很多人都听过这首曲子，现在听起来能够感觉到樱子的爸爸对她的精心指点。

吴桐的琵琶弹得很规矩，她几乎没有错误，在几处节奏突然变化和快速琶音的地方，她都弹得很出色。她的妈妈坐在对面，望着女儿脸上带着满意的笑，她会在节奏难的地方用眼神给女儿提示。吴桐弹完下来以后，大家都很热烈地鼓掌，这首曲子她一直在练，平时总能听到她家窗户里磕磕绊绊的琴声，吴桐的演奏很让人满意。

爱华有点跃跃欲试了，他一直等待着一个机会，吴桐的琴声让他进入了状态，他在心里默默唱着曲谱，在自己的腿上敲击着那些让他兴奋的音符。

接下来是阿明的小提琴演奏，在爱华眼里，阿明总是有点忧伤，他与自己很像，除了音乐，很少也不喜欢在街上同其他孩子们一起玩。阿明演奏的《月光》是爱华听到过的静静舒缓的曲调，在阿明略带柔情的手指间显得很动听。乐曲让人静了下来，把人的思绪带到很远的地方，也把一种遥远的情感拉到近在眼前。

阿明的曲子如果在钢琴的衬托下会显得更加富有情感，爱华这样想。轮到林栋和雨晴了，两个人很窘，他们合唱了一首歌，是两个声部的。雨晴的声音很卖力，同一般的小孩不一样，雨晴的嗓音有点沙哑但很干净。也就是在这天，杨老师决定让雨晴偶尔来试试练琴。她觉得兄妹俩虽然都不是天才，雨晴还是更好一些。

爱华和天鹤的演奏大家都想听一听，红楼有个规矩，哪个孩子琴演奏得好，哪个孩子有进步，都是大人们经常议论的话题。每天晚上全楼的小孩子都会在吃完晚饭以后在家里练琴，此起彼伏的音乐让红楼一下热闹起来。在这群孩子中天鹤和爱华格外引起了大人们的注意，闲聊的人们会侧耳听，然后很快听出一个孩子在演奏时的想法，虽然两个小孩子都快到上小学的年龄，红楼的叔叔阿姨们已经能分辨出他们自己的音乐表现意图。

这两个小孩子同其他孩子是不一样的，别人基本上都是按照大人的指点，规规矩矩又十分精确地贯彻大人的意图，他俩不是。天鹤的琴声很厚重也很自信，爱华的琴声有些天马行空，浪漫又有点任性。

现在是两个孩子的压轴比试了，大家都静下来等待。爱华的琴声开始时非常响亮干净，他在反复地弹完开始抒情的乐段后，

野天鹅

开始了特别具有表现力的一段演奏，这首乐曲对于练习钢琴的孩子来说，是一道难以越过的坎，除去技巧上的难度外，更重要的是演奏的人需要在时时变化的节奏中把握旋律应有的情绪。这种音乐的情感不像这个琴谱中的其他练习曲那样从头到尾保持一致，它有停止、有顿挫，在指法特别别扭的地方，它会突然地急转，闪回，变换音调，在双手需要反复重练的地方，加入了更多旋律之外的加花的变化。爱华的手虽然稚嫩，但已经努力做出这样的变化，听得出在那些特别容易"绊倒"手指的地方，爱华下了很大的功夫，而且都是一个音一个音，从慢到快反复纠正和打磨的，他的手还很小，力量上还不够，但弹奏的风格已经让在座的阿姨叔叔们投来赞许的目光，忍不住地点头了。爱华也感觉到了自己的表演，弹到乐章中间，他已经完全被自己的信心鼓动起来了，他觉得自己的双臂像一张鼓满风的帆，自己像是一只展开翅膀的鸟，时而凌波水上时而在碧空中飞翔，他的音乐为他带来一种轻快舒畅的滑翔的感觉。爱华的琴谱到了这首曲子最华彩的地方，他微微笑起来，红润的脸颊上显露了他那一对深深的酒窝，只有在他最高兴的时候，他才会露出这样的笑。

这段乐章是爱华反复练习的，老实说，即使是钢琴弹得很好的大人遇到这一段也会格外注意，这样的乐谱弹起来并不难，但要从整首乐曲推进到这里时，演奏者的情绪需要从刚才的舒缓和恬静的气氛里，一下子调到激情洋溢的样子，实在不是很容易捕捉到的。爱华做得很出色，如果在平时的练习，十次中他可能只能有两次勉强达到蒋老师的要求，或者说让自己还算满意，可今天，爱华觉得自己很顺利地进入了这段华彩乐章的演奏，这种现场的气氛让他完全进入状态。他能感觉到周边孩子对他的演奏充满佩服和认同的眼光，他看着孩子们略感惊奇又倾听专注的神态，看见周围的叔叔阿姨从专业的角度肯定赞许的目光，即使在他略带犹豫出些小小差错的时候，大人们的态度都是充满热情真诚鼓励的，这就叫爱华一下子把自己的演奏超水准发挥出来。他特别激情饱满地弹奏着这首乐曲，直到十个手指飞舞得像春日里树叶之间跳动的阳光一样轻快。爱华很满意地弹完了这首乐曲。

蒋老师坐在后面乐得合不上嘴。几个家长走过来，大声夸奖着爱华，也赞许着蒋老师的教学水准。这让蒋老师很欣慰，对于这些大人来说，很清楚一个好的老师会给一个学艺的孩子带来什么样的变化。

杨老师很开心地拥抱了爱华一下，然后把一只煮熟的老玉米塞进爱华的手里。接下来是天鹤的演奏。可能是受了刚才爱华出色表现的影响，天鹤开始的时候显得有些松散。这首乐曲也是一首弹钢琴的孩子经常练习的曲目。天鹤在反复地弹奏其中的经典乐章的时候，逐渐恢复了他平时练习的水平。他的指法是经过严格的系统训练的，这也是杨老师独自总结出来的一种教学法。在弹奏快速乐谱的时候，不用说小孩子，就连成熟的钢琴演奏家，都会因为追求速度上的纯熟而无法顾及细微的音乐含义。杨老师在教学的时候会让学生在快速弹击练习中，将不同音乐的轻重触弹练习融入指法里，天鹤弹奏的这段曲子虽然不是特别难的曲目，甚至没有爱华的那首练习曲情绪起伏得那么大，但它始终是考验基本功的。

天鹤有条不紊地演奏着，他沉稳的曲风和稳重的演奏风格

231

让在座的孩子和大人都很认同。最后的乐段时天鹅邀请爱华一起来四手联弹，曲子两人都练习过，在相互配合的时候两个小钢琴手都显示出很好的耐心，他们的配合可以说是十分融洽的，而两个孩子的老师现在坐在一起十分满意地望着两个孩子的表现。

整个夜晚是属于红楼孩子的，只有一家人除外。那就是小雪，她很想参加这个聚会，可没有人邀请她，也没有人邀请她的爸爸。她的家就在杨老师家的楼上，整个晚上她都竖起耳朵，仔细地听着这场热闹的音乐会。小雪想不明白，为什么自己不能和别的孩子一样，在热闹的聚会上分享糖果呢？

2

爱华喜欢练琴，可不喜欢跟着妈妈识字，这事柳阿姨试了很多办法，没有一样奏效。她允许爱华跑到楼下玩一会儿，或者把别的小朋友请到家里同爱华一起做游戏，这些都不起作用。

唯有一天爱华的爸爸虎起脸，在他的屁股上狠拍了一巴掌，爱华立刻就老实了。柳阿姨的苦劝不如一点小小的粗暴。爱华是怕爸爸的，他觉得爸爸是个很高大，让人感觉很有威严，可又不太容易靠近的人。爱华看见别的孩子在街上可以很自然地扎进爸爸的怀里，可以跟爸爸提出一些心里的要求，自己就不敢这样。

爸爸对自己总是很严厉，他的话就像命令一样，爱华更喜欢同妈妈在一起，他们可以聊很多，唯独在爸爸面前，爱华总感到一丝恐惧。自从上了小学，爱华每天除了练琴还要做作业，这种时刻多数是由爸爸监督的。自己抄的每个字，都会受到严格的检查，稍微出了错就会遭到爸爸严厉的惩罚，这时候爱华总是用祈求的目光寻找妈妈的支持。可在学习这件事上，父母好像商量好了一样，谁也不会让他有一点可以懒惰的可能。爱华有时候会想这个身材高大，让人害怕的男人是不是他的亲爸爸，为什么他每次惩罚自己的时候会把手板打得那样响呢？

爱华的朋友很少，除去练琴他没有太多的时间出门玩耍。直到有一天爱华的生活忽然改变了，这让他一点也没有料到。那天爱华放学在外面跟同学一起玩了一阵，他回家的时候爸爸妈妈还没有回家，他就一直等着他们。直到很晚的时候，爸爸回来了。他还带回了一块肉，还有从单位食堂买的挂面。爸爸进门劈头就问："妈妈回来了吗？"

爱华摇摇头，父子俩就没有什么话说了。平时总是妈妈忙着在厨房里做饭，这个时候家里总会飘散着饭菜的香味，可今天两个人都觉得有点奇怪。妈妈没回来，爸爸并没有动手做饭，他躺在沙发上打开报纸，爱华也没有说什么，他怕琴声打扰了爸爸看报的兴致，独自一个人关在另一个房间里，开始做作业。

也许是到了七点钟，爸爸有些悻悻地站起身不情愿地走进厨房，开始点燃灶具，爱华知道爸爸有些等得不耐烦了。可他现在更担心的是妈妈，记忆中妈妈很少这么久没有一点音信的。父子俩在一起默默吃完一顿饭。又将留给妈妈的饭放到储存箱里，这时两个人有点坐不住了。

爸爸穿上大衣准备到街口去迎一下妈妈，他嘴里抱怨着，一脸的怒气。爱华很熟悉爸爸的这张脸，每次他开始低声地自言自语，就是发怒的前兆。在家里爸爸是个说一不二的人，他很容易被激怒，也许是一点点小事都可能激起他内心狂野的怒气。爱华的爸爸披上呢子军大衣出门的时候，回过头盯着爱华说道："你不要离开，老老实实在家里等。"

爱华不明白父亲是怕他出门走丢了，还是怕妈妈回家因为自己不在也会担心。他答应了一声就走进自己的卧室了。雪开始飘落下来，很快铺满了路面。爱华焦急地等着，隐隐约约听到有人在喊他的名字，然后他家的门就乒乒乓乓响了起来，邻单元的王奶奶深一脚浅一脚地跑到他面前："你爸呢?"

"去接我妈了。"

"唉，你跟我来吧。"

王奶奶拉着爱华的手朝着自己家跑去了，她的脚很小，路面湿滑，可她还是跑得那么快。王奶奶家有全楼唯一的一部电话，在电话里爱华听到了妈妈断断续续微弱的声音。

爱华和爸爸赶到医院的时候，妈妈已经被推进手术室了。这是一次很普通的事故，下午的时候全城开始下大雪，也就是一顿饭的工夫，雪花遮住了所有的玻璃窗，也遮住了路上行人和司机的视线。

那是一辆从外城开进来送煤的大货车，货车司机一晚没有睡觉，他拉满煤的车开始在城市里狭窄的路面上滑行着，司机开始按喇叭，开亮大灯试着照亮前面的路面，可能是因为他太疲劳了，也就一眨眼的时间，柳阿姨还有另外一个女人和孩子出现在湿滑的路面上。她们被突然亮起的大灯吓得惊慌失措，几个人试着站稳，可还是跌跌撞撞地在路面上打滑，车子在离她们二十几米的地方开始刹车，后来路过的人回忆，刺耳的刹车声，让旁边的人都觉得耳鼓开始发麻。走在中间的柳阿姨本来凭借灵敏的身手可以迅速跳出这几米宽的危险区域，可她犹豫了一下，她用手推了一下身边的那个小女孩。也就是这么瞬间的迟疑，那辆巨大的钢铁巨物从她身边驰过停止在不远的几米外。柳阿姨在空中翻了几个跟头，然后落在了仍在纷纷飘落的大雪当中。

爱华听到妈妈的话，那是很微弱和依旧那么温柔细声细气的语调。她告诉爱华，让爸爸来医院，也告诉爱华她很想念他。爱华觉得很奇怪，妈妈为什么对他说这个。每天晚上睡觉的时候，他总会同妈妈道晚安，而妈妈也会告诉他，很爱他。现在在电话里，他感觉妈妈很遥远，而且离他越来越遥远。他并没有想到什么，也并没有跟妈妈多说一句话，他觉得这一天会同过去的和即将来临的每一天一样，他可以同妈妈随时讲话，随时任性，随时把不开心的情绪撒到妈妈身上，他不会吝惜这样的闹情绪，因为他有的是时间同妈妈在一起。可现在爱华觉得很急迫，虽然医院的走廊和手术室只有一墙之隔，可他知道他现在的想法也许妈妈无法知道，妈妈无法再同他讲话，只是静静睡着了。

柳芸阿姨静静地走了，留下了爱华和那架钢琴。很多年以后，长大的爱华遇到红楼的邻居时，有礼貌地同叔叔阿姨打一声招呼，人们还会想起柳芸，想起她很友善和说话细声细气的样子。女人们说，这孩子真像他妈妈，尤其是笑的时候，仿佛美丽的花儿一样。

父女俩的对话

　　小雪发现自己的舞蹈鞋没有了，她翻箱倒柜也没有找到。她让妈妈帮助找，母女俩仔细地把每个衣柜和箱子，还有床下都翻了一番，还是没有找到。这让小雪的心里说不出的难受。有一段时间，她想找机会把这双鞋还给林栋。

　　收到一个男孩子的礼物让她着实有点难为情了。在学校里虽然男孩和女孩排练舞蹈的时候彼此配合得很默契，女孩们也会对比较英俊的男孩多留意一些，甚至有的女孩子私下也会很谨慎地谈论起某个舞跳得好、身材修长容貌清秀的男孩，可她们的谈论和玩笑都很小心，有点浅尝辄止。大家都很谨慎，不让别人觉出自己对某个男孩的关注，哪怕是一点点，都会带来心里极大的羞涩感。

　　小雪知道，她的内向和矜持让女孩子对她也保持着一点点的距离。她们私下里对男生的议论，遇到小雪到来的时候，会立刻停下话头。而在男孩子的心目中，小雪知道她可能也是他们业余时间谈论的目标。

　　小雪在练独舞的时候，她会感觉到她的身上聚拢着厚密的目光。刚刚还很吵的舞厅一下子就静下来。男孩子停下手上做的事，从不同的距离望向她。

这种不约而同的注目会带来一阵魔力式的安静。男孩的安静会造成女孩们的静音，这种情景能让人感受到小雪在舞蹈班的位置，也让她觉到自己的一点点与众不同。

小雪不喜欢这样的气氛，因为她觉得它会让自己与大家格格不入，可她有时也会特别沉迷于这种气氛。这个时候，她能检测到每个动作是否做到了完美。因为有这样的注目，她会跳得很用心，会很专注地将每个动作跳到极致。

她喜欢男孩们的那种宠羡、爱怜的眼神。每次走过他们的时候，小雪都能感到目光掠过她身体的那份亲近感，有的人是很自然地看着她，然后将目光移往别处，但他们会在小雪走过自己的时候，用不自觉的细小动作表露出内心的喜欢，一个微笑，一点打闹，一次愚笨的小过失，一个突如其来的脸色通红，都告示着小雪他们的在意，让小雪感到他们成长中的活力。

没有人的时候，小雪确实独自对着练功镜，久久地注视着自己。在她眼里那个四肢纤长、脖颈挺拔、五官清秀的女孩确实很漂亮。也许眼睛再大一点，皮肤再白皙一些，这个女孩就完美了，不像很多女孩子对自己相貌和身材的苛求，小雪不用担心这些，这一切都安稳地在那儿，因为妈妈的遗传基因，她的美丽会越来越显现，她更在意的是舞剧中的那个自己，那个一进入音乐就立刻灵魂飞扬的舞者。

有时候，这样的自我端详让小雪开始有了一点小小的忧愁，她觉得男孩子窥望她时目光的那种灼热，这让她有了一点以前没有的心悸。在跳舞的时候，她会更多地关注自己的手和脚，让自己沉浸在优美的律动中。

林栋的出现让小雪的生活多了一份甜滋滋的感觉。同舞蹈队的男孩比起来，林栋有点疙疙瘩瘩的，不那么秀气，可他身上有一种粗糙的硬度，这比起那些肢体柔软姿态曼妙的舞队男孩更让小雪欣赏。小雪觉得有林栋在旁边的时候，她就踏实，会感到一种无拘无束的放松。

其实她开始并不喜欢林栋，甚至有点怕他。后来林栋的出现让很多事情变得简单了。她不必走过那黑街道时一个人提心吊胆，也不会同红楼的孩子不合群。

林栋和雨晴这对兄妹，有点像自己的表亲一样，他们带她玩，又照顾她，让她有很好的安全感，让她觉得自己不是一个独生女，而是像大家一样拥有兄弟姐妹。小雪喜欢林栋的到来，喜欢同他们一路走。有的时候，她会以礼貌的名义婉拒林栋兄妹的关照，可她内心很清楚地知道，那对兄妹总会准时准点地出现在她面前，她有点期待、得意，甚至有种"欲擒故纵"似的满足。在这种感觉中沉醉，是一种说不清的心痒。

林栋送她舞蹈鞋的时候，小雪的脸红了。她的心狂跳起来，她也不知道为什么，那是一种无法遏制的欣喜，喜悦和难以克制的甜蜜一下子溢满了心胸。她也感到很害羞，让一个男孩，特别是一个自己在意的男孩发现自己最丑陋的地方，对她来说是最无法忍受的事。

她很喜欢这双鞋，她也能猜到，为了它，林栋付出的努力。可她也为这件事伤了不少的脑筋，她觉得自己欠林栋很多，这种感觉让小雪难受，她很希望林栋能和她平等相处，而不是这样让自己总有亏欠他的感觉。

小雪很喜欢这双鞋，她希望在正式的演出时穿上它，也希望演出那天林栋能在台下，能够看到她在为他跳着一支最完美的舞蹈。当林栋在附近的时候，小雪感到一种习惯，可以很随便地放肆一点，甚至娇横一点。每当她这样的时候，小雪觉得自己像一个大家庭中的孩子那样，有滋有味，在被宠爱中长大。

可现在，她把林栋送她的那双鞋弄丢了。

梁胄回来的时候，小雪急切地问起爸爸来。

"那双鞋，"梁胄若有所思，"很抱歉，小雪。"

小雪睁大了眼睛望着爸爸，心中有种不祥的感觉。

"我把它弄丢了。"梁胄沉默了两秒钟，然后直视女儿说，"那双鞋在穿以前，必须用水洗一下。然后我就将它们放在家的凉台上，后来就不见了。我的皮鞋也一样。一层楼的凉台，让人最担心的就是这个。"

爸爸的话让小雪很失望，她盯着爸爸的脸看，这个世界上最了解梁胄的人，恐怕只有女儿了。很小的时候，小雪就能懂爸爸的心思，她不会说话的时候，就知道爸爸的动作在表达什么，他下一步会做什么。

这个楼丢东西是很常见的事。听人家说，收废品的孩子随身会带根竹竿，没人的时候，可以摘掉别人家晾在凉台上的衣物。

这事让小雪很伤心，而且是种无法弥补的伤心，她知道这双鞋永远也找不回来了。

见到林栋的时候，小雪送给他一副精致的皮手套。这是她和妈妈一起去百货大楼挑的。见到她，林栋的样子有点尴尬，他很陌生地站在那，那样子就像不认识她，虽然这种冰冷的僵硬表情只有一刹那，还是让小雪看到了在三岔河口的那个林栋。林栋的手在微微地颤，那种颤不是装出来的，是本能的，就像把一个人扔进冰河他会上牙打下牙地哆嗦一样。林栋同小雪保持着一臂的距离，小雪不明白他的脸失去血色和有点变形的原因。林栋一下子不会说话了。林栋见到小雪的第一反应是来自骨髓里的，他的脊椎开始往外面冒凉气，嗖嗖的，他觉得自己都快站不住了。他的眼睛里一下子罩满了黑暗，那种怎么也无法走出去的漫无天际的黑。仅存的一点意识让他不要在小雪面前表现出有什么异样，可他越这么挣扎着控制自己的想法，就越控制不住。有许多想不清的东西一下子淤在脑子里了，让他心颤起来，脑袋痛起来，然后便是一片空白。林栋的样子就像永远也不想同小雪讲话似的，林栋把脸扭向一侧，他脸上的伤口还没完全好，不想吓着眼前这个女孩。他对小雪的热情有点陌生和不适应，有点惊慌失措，本能地拒绝。

见到林栋，小雪很高兴，关于林栋的遭遇她粗略地听说了，看到他平安地回来，小雪有一种说不出的心酸。林栋并没有露出平时那样小雪期待的热情，他有点机械地接过那副手套，然后一句话也不说地走开了。

这也许是小雪一个很难过的时刻，这一刻起那个如影随形，可以很自在逗她和雨晴的林栋哥消失了。他不再走得离小雪很近，有几次矜持的小雪试着恢复那样的无拘无束，试着让林栋感觉到她对那份亲近的喜欢，但都被林栋躲开了。他的躲避看上去是刻意的、坚决的，没有一丝商量的余地。这让小雪也变得忧郁。几次过后，她开始生气，然后变成了受到冷落后的一点自卫性报复，对林栋复杂的感觉，让她觉得自己不该这样地一厢情愿，有什么了不起，我还不理你呢。这样的报复回应渐渐地变成了现实，两个人形同陌路，他们一下成了对方眼前的空气。

小雪开始努力地习惯没有林栋和雨晴的独自行走。她记得林栋的伤疤，那是一块很明显的额上的痕，因为没有及时缝针，这块痕会长久地留在他的额头上，这块伤让小雪觉得林栋有点长成了大人的样子，他们彼此看到对方都不会讲话，可小雪还是能够看清楚那块伤疤，小雪想，那块伤更像是在林栋脸上烙上了一枚勋章，表明那种往日的快乐一去不返，沉默和沉稳替代了孩子似的无忧无虑。这些都会留在林栋脸上，越来越明显。

有一次，小雪忽然问爸爸："爸爸，你做过什么对楼里的叔叔阿姨不好的事吗？"

梁胄停下手中的活儿，他正忙着把菜叶挂在铁丝上晒，做成干菜留到冬天里吃。他望了望女儿，然后望望窗外，叹了口气："没有的事，小雪，你应该相信爸爸，楼里传的事都不是真的。"梁胄抚了抚女儿的头，然后撸起自己的小臂，上面零乱分布着烟头烫的痕迹，"爸爸不是坏人，那些人才坏呢，那时候很乱，大家都乱得一塌糊涂，没有人知道自己能不能熬过去。很多不好的事情都是他们干的，爸爸也挨批，这个全楼的人都知道，他们把我揪出来，逼我承认没做过的事情，不配合就一点点烫，里面还有我教过的学生。这些都是大人的事，不该讲给孩子听。那时，对每个人来说都不易。"梁胄说得有些激动，他

244

的头发微微颤动着。

"叔叔阿姨们误解了。这需要爸爸慢慢同他们解释，一点点地讲清楚。"

"他们说，你有一个笔记本……"

梁肯望了望女儿，意味深长地叹了口气。他从柜子里翻了半天，拿出一本本书皮发旧的本子，掸了掸上面的灰，递给小雪。

那些本子里有日期，从很多年前就有，一直到现在，爸爸有写音乐日记的习惯。上面密密麻麻地手写着日期和五线谱，写的都是小雪看不懂的乐谱。小雪合上最新的那个本子，看见了爸爸在上面画的一双舞蹈鞋，她不再问爸爸什么了。

梁肯和小雪都陷入了沉默。小雪是个很乖的孩子，很多时候，她会把事情埋在心里面，除了爸爸，外人看不出她的反应。她有一些相信爸爸的话，天下的爸爸应该都差不多，他们会很努力地守着这个家，让孩子们幸福、快乐。

可自己的爸爸可能有点不一样，这是小雪的直觉，从林栋和楼里孩子们的眼神里，她能感觉得到。可这又是为什么呢，小雪想也许真的需要一段时间，一切都会往好处变化。她喜欢雨晴的样子，无忧无虑的，即使很难的时候，他们兄妹也不觉得苦。可现在她与他们之间有了一层隔阂，一条迈不过去的沟壑，小雪就这样突然地告别了同林栋哥的友谊，这样的情感可以说是童年里最美好的，这让她有了一种像疤痕一样的忧伤，无法抹去。那些人和事的样子永远停下来，不再往前走了。

远方飞来的天鹅

今年初夏天气反复得很厉害，刚刚暖和了几天，接连的冰雹和冰冻就又席卷了这座城市。尽管这样，钓鱼的和赶水货的人们还是没有闲着。老人们说，春夏交接里天气的反复无常，会让打鱼的人有意外的收获，那些在上游不同的鱼群，因为水流的冲刷和天气的忽冷忽热，一下子就聚集在一块了，它们成片地涌到三岔河来，在这里的河湾子和河汊子里堵住了，一时冲流不下去，就成了打鱼人最好的收获。

人们都听说三岔河口那来了天鹅一家。这个地方在城外说远也不是太远，很多从城外换车去郊区上班的人都会经过那里。

最早发现天鹅的是几个爱钓鱼的男人。他们喜欢在天气好的时候扛着马扎和渔具，跑到三岔河一钓就是一天，那里有一片很深的芦苇丛，平时很少有人进去，因为水汊子里很容易迷路，走在深浅不一的河水里，很容易一下子就踩到水坑里，或者让芦苇根把脚刺破了。

这里芦苇的面积每年都在变化，水流急的时候会冲出一小片土地，上面的植被也就跟着被冲跑了，所以钓鱼的人不会深入芦苇深处，即使他们中有的人会用几个大个的汽车轮胎做成一叶小

野天鹅

舟，也不会太向中间的沙洲上靠。三岔河的水流很怪，有许多暗河和逆流，稍不小心就有可能被一股水流冲走。

钓鱼的人最开始听到芦苇深处有一种很清脆的大鸟叫声，他们谁也不清楚这是一种什么鸟。有一次，一个下了连环网的钓鱼人，自己的网被水冲到一束植物上挂住了。他只好挽起裤腿穿上高筒雨靴走到水里去拽那张网，这时的芦苇被风吹得沙沙响起来，他有点不经意地往沙洲上走了几步，抬头望去忽然看见了一只巨大的鸟，它展开翅膀站在几步远的地方。

这只鸟很大，张开的翅膀足有三四米长，它站在那静静地扇了一下翅膀，然后望着这个钓鱼人。他们相互盯着看了好一会儿。钓鱼人叹了口气，这是他第一次见到这么大的一只鸟。他赶忙收了自己的渔网，小心翼翼地退了出去。

这件事很快就在垂钓的人群中间传开了。有人说那只大鸟叫鹫，居住在寒冷的地方，这种"坐山雕"是一种很凶猛的禽类。有的人很快就反驳，鹫是没有白色羽毛的，像那样张开翅膀能遮住一半天空的鸟，一定是一种吉祥的鸟类。后来看见那只鸟的人越来越多了。很多钓鱼的人现在多了一份乐趣，他们喜欢将网和竿安置好了以后，然后稍稍地走到沙洲边上等那只鸟。领头的钓鱼人会把手指放在嘴边小声地"嘘"一下，让大家静下来。他们相信这么一只美丽优雅的大鸟一定会喜欢安静。

有好几次，他们看到那只鸟展开翅膀，从芦苇中一跃而起，身后带着飘散的草屑和河水的细沙。它飞起来的时候，飞散的水珠在阳光下散发着七色的光泽，它的翅膀雪白得一根杂毛也没有，整个身体像一片云彩，从人们的头顶上轻灵地掠过。

钓鱼人很喜欢这样的画面，天空上的云和大鸟展开的翅膀，是那样相似，蓝天下有这样一只鸟飞过，就像一幅画上留下一丝鲜活的踪迹。他们就将这件事传回了城里。有的人根据自己的想象，画了一幅画挂在附近的车站上。

林栋从学军那里听说了大鸟的事情，现在城里已经有了几种关于大鸟的传说。学军学农猜想，这只鸟可能就是古代传说中的凤凰，可林栋不这么想，他记得小时候妈妈给他讲过的故事，那种在天上飞起来很漂亮的鸟可能是一种巨大的家鹅，也有可能是一种天鹅。这个说法让学军学农两兄弟很惊讶，他们也觉得这种鸟很有可能就是那种听说过的天鹅。听父母讲，苏联有一个舞蹈剧，就是演这个的。林栋从百科全书中，找到了关于天鹅的注解。

他们觉得自己应该到现场去看一看。林栋和学农商量好，找个天气暖和人又少的日子去三岔河口。为此他们做了不少准备。学农把哥哥的一个巨大的塑料袋借过来，这东西是军用品。平时行军的时候，随便铺在地上就可以隔潮防水。只要把它向空中一抖，那个巨大的袋子就会盛满空气，变成一个大气袋。除此之外，学农还从爸爸那借来了两套鸭蹼，这是侦察兵训练时用的，还有一种特殊的防冻油。他们还另带上了一点压缩干粮还有军用小水壶和两副防水眼镜。

一个下午，学校刚好没有课，林栋和学农将准备好的工具捆在车上，准备出发的时候被雨晴拉住了，她已经很多天侦查到哥哥神秘又诡异的举动。

"你们去哪儿?"

"你在家待着。"

"我知道。"

"你在家好好待着。"

"你们要去看天鹅。"

"我说过了，你给我待好了。"

"我也去!"

"去？去做你的功课。"

"不让我去，我就告诉其他人，让他们跟着你们。"

"你不会游泳，河水会把你冲走喂鱼。"

"那我也去。"

"屁股痒痒啦，找揍啊!"

"我就去。"

雨晴死死拽住学农的车，然后认真地撒娇说："学农哥带我去。"

林栋知道妹妹脑子虽然不灵动，犟起来谁也没办法，同她纠缠会消耗很多时间。于是他不耐烦地用凉鞋抽了一下雨晴的屁股："别碍事，让你干什么你就干什么。"

"好!"雨晴很开心，她想到即将可以看见那只大鸟，心有点兴奋地跳起来。三个人收拾好行李和工具，林栋把汽车内胎绑在自己的新车上。他的这辆车不如早先送给巨壮父子的那辆，可也不错。车铺里的师傅们特意帮他攒了这辆新的改装车，车胎是三轮车的，特别能载重，只是没有原来那辆车速快，也没有那辆灵巧。他们收拾好就悄悄地出发了。

他们在三岔河一块比较平坦的地方把东西铺开。学农把塑料袋充起来，这个巨大的家伙足够两个人浮在水面了。然后学农将一个木架子放在气袋上面，为了避免它脱落，林栋和学农还用军用打包带把架子牢牢系在袋子上。他们找了一棵树，学农用一根很长的铁链，把两辆车锁在上面，然后把其他的东西装进背包，穿上脚蹼来到河边。

雨晴费了很大力气也无法爬上那个巨大的气囊。学农和林栋就拽住她的腕子一个人使劲压低气囊，一个人把雨晴托举上去。坐稳后他们就起航了。三个人推动的算是一条船吧。雨晴趴在上面一动也不敢动，她的四肢张开，形成一个"大"字。学农在气袋的左边，林栋在右边，他们使劲打着脚蹼，让这条船快一点驶过三岔河中心水流最急的那一段。

在水里，他们开始打起哆嗦，上牙和下牙不停地碰着，脑袋也晃个不停，虽然涂了不少防冻油，可河水还是相当的冷。这三岔河的水流是一股一股的，现在的阳光能把表面的水晒得有点热度，可下面的水就不一样了，远处汇集的暗流带着寒流中的冷股子让水流变得特别冷。从上游冲下来的很多污染物，一团一团地在河中央打着转儿，林栋和学农必须绕过它们，他们小心翼翼地躲过各种障碍，绕过几个打着旋儿的水涡，最后在一块比较平坦的沙地上把那只巨大的气囊停下了。

林栋和学农爬上沙岸的时候，嘴唇都青紫了，他们站起身不停地蹦着，拉伸有点麻木的四肢，学农从包里掏出爸爸的酒壶，两个人各自喝了一口，身体才开始恢复了血流的感觉。

雨晴从气囊上掉下来，也大声喊着蹦着，像沙洲这样的地方她从没有来过。他们把气囊上捆着的工具包拿下来，然后在平坦的沙地上跑了一圈，雨晴开始大声尖叫起来。林栋很快制止了她。

野天鹅

这里应该离天鹅很近了，他们不想惊动它。三个人在岸上坐了一会儿，把东西收拾好，然后穿上雨鞋朝芦苇深处走去。

阳光洒在沙地和芦苇之间，这里的芦苇长得很茂盛，有的尖端已经泛黄了，有的还有点青绿，风吹过的时候芦苇泛着巨大的波浪，层层叠叠的。三个人走在芦苇之间，望见远处的植被闪烁的阳光浸染着，形成一片迷蒙蒙的雾霭。

雨晴的个子最小，她走在最前面，大家都竖起耳朵仔细地听。在这片很深的芦苇中有各式各样的鸟，它们大大小小的让你叫不出名字。这些鸟因为离城市比较远，对人声和足音并不那么恐惧。林栋听到在不远的地方，有一窝小鸟"叽叽叽""喳喳喳"地叫，那可能是一家绿头鸭，也可能是群短尾雀，此时的成年鸟一定已经感觉到不速之客的走近，它们会警戒地望着这边，但并没有阻止小鸟的躁动。

还有一条什么东西从雨晴的脚前面滑走了，带着很细微的响声往远处去了。听学军说，像这样的野生湿地最怕的大概就是野生动物了。有人说这里有野狗、狐狸、狍子、狸什么的，可他们并没有看到。只是在路上发现了有一些不知是什么动物留下的脚印和残留的鼠类的遗骨。

这里的花开得很艳，可能是因为阳光足，芦苇稀少的地方，长满了五颜六色的野花，有的花还绕着树干一直爬到很高的地方。他们走进一块平坦的地方，这是沙洲的中心，是一片很开阔的沙土地，这里的植被突然没有了。中间是个巨大的水洼子，这里的水很清，像是下雨留下来的。清澈的水面映出蓝天白云，这时远处传来几声鸟唳。林栋三个人仰起头，一眼就看见了它。

雨晴

　　红楼里有两个孤单的女孩，其中一个是雨晴。可她的脸上总带着一种讨人喜欢的微笑，看上去就像个有妈疼有爹宠的孩子。

它是一只洁白的成年天鹅，像人们传说的那样皎洁，晶莹闪亮的羽毛一尘不染。它很舒缓地从沙洲的一边飞过来，飞得舒缓而惬意，它那是在空中滑翔，将自己伸展的翅膀勾勒出一副优雅的体态，就像一片掠过的云朵。可能是为了警示出自己的领地，也可能仅仅是心里愉快，它在就要降落的时候大声叫起来。它的鸣唱，引来了许多不知名的水鸟的回应。风掠过后，阳光干爽的气味弥漫开来，河水的喧闹，天鹅的唳鸣，水鸟的啼叫，让这片色彩明艳的沙洲显得更加神秘。

雨晴朝两个哥哥打了个手势，做了个"嘘"的动作。这让林栋和学农都笑起来，在关键的时候，雨晴的头脑很聪明，她现在已经完全进入了角色。他们离天鹅在的地方已经不远了。那只鸟站在那儿并没有警觉的意思。

林栋他们也停留在那里，不打算再往前走了。

这只天鹅的身材很匀称，硬喙扁长，两只长长的腿黏着新鲜的泥土站立在沙丘上。它的眼睛是红色的，望着三个不速之客，警觉地打量着他们，然后它把头转向另一个方向，这个动作表示一种信任或者说友善。林栋从百科全书中读到过，筑巢的天鹅很警觉，如果觉得有威胁，它们会主动出击，赶走领地的入侵者。

天鹅在自己脚前一小块土地上来回走动着，偶尔张开翅膀，它这样做的时候个头很大。林栋他们能感觉到它的翅膀舞动时带来的风。天鹅的旁边有一片柔软的水草搭起的草甸，那是一个精心建筑的巢。不像鸟儿在树上的那种窝，这片巢的面积很大，也很松软。

"呜啊——"雨晴忍不住发出一点声音，然后两只小胖手紧紧捂住了自己的嘴巴。顺着她的目光，林栋和学农看到在前面松软的巢穴中，有另外一只天鹅卧在那儿。他们三个人站成了一排，远远地望着那只天鹅静谧的景象。它卧在那儿，长长的头颈藏在自己的翅膀下面，一点声音也没有。那样子就像睡着了一样。

雨晴在有些松软的沙地上坐下来，林栋和学农也坐了下来。雨晴从背包里抽出蜡笔，又架好简单的小塑料画板，小心翼翼地画起来。

她把蓝天、白云和静止的天鹅都画了进去。那长长的腿和优美的形体都在画纸上了，三个人坐在沙地上，静静地望着天鹅，一直坐到傍晚。雨晴收获了许许多多的画，这是她第一次在野外写生，画到了人们无法想象出的美丽动物。

傍晚林栋他们悄悄回去了，他们的气囊走到一半的时候开始泄气，幸亏是顺着水流行走，他们很快到了河的左岸。这里离他们藏自行车的地方还有两公里。三个人扛起工具一直步行到河的对面。他们在河边点了堆火，把带着的土豆和玉米烤得半生不熟，然后狼吞虎咽地吃起来。

"哥，那天鹅一家子在干什么？"

"不知道，也许是在找个地方安家吧！"

"那，也许过不了多久就会有小天鹅了。"

"可能。"

林栋也这么想，他说话的时候，大嘴就咧开了，这个表情都是他感到特别得意的时刻才会有的。

"肯定会。"学农说。

他们都很开心，也许是想到小天鹅将来出生的情景，三个人都觉得这样的情景非常让人高兴。

"哥。"

"嗯。"

"我今天画了很多画。"

"嗯。"

"是不是小天鹅出生的时候，我还可以去把它们画下来。"

"我想行。"

"画它们一家子。"

"嗯，它们一家子，大的小的，满地跑的，站在那守护着小天鹅。"

"小的天鹅是什么样子?"

"会很丑吧，像小鸭子那样，有很宽大的嘴巴。"

"它们会是白色的?"

"红的、绿的、黄的，什么颜色都会有。"

雨晴张大了嘴，她很难想象长着蓝色的鸭了嘴的小天鹅，长大后会变成它爸爸那样一身洁白的羽毛，纤细得一尘不染。可她觉得五颜六色的小鸟是非常可爱的，当这片芦苇深处多了那些不知疲倦的"嘎嘎"的叫声时，这片沙洲也就会成为城市里最热闹也最诱人的地方啦。

"记住啊!"林栋说，"今天的事对谁也不要讲，游人多了会干扰它们。"

"当然。"学农说。

"那还用说。"

三个人拍了一下手掌，一言为定。

不平常的站台

　　林栋和雨晴到车站去接妈妈。天上下起雨来，说下就下了，成群的人一下子拥进棚子下面，兄妹两个被挤到了外面。

　　林栋拽住塑料袋，让雨晴拽住另两个角，他们站在被风拽斜的雨水里，很快一半的身体就湿了，雷声伴着火车的汽笛声在站台上轰轰响起来。这列车不是他们要等的，接站的人和下车的人相互寻找着，然后高兴地挽着走向公共汽车站，更多的人还停留在站台上躲雨。这使兄妹俩始终没办法躲到屋檐下避雨。

　　一列又一列的绿色列车驶进站，他们还是没有等到妈妈所乘的那列车。直到晚上的灯已经亮了起来，穿着制服的车站工作人员才告诉他们，那趟晚了三个多小时的车终于快进站了。林栋和雨晴满脚是泥站在那儿。

　　汽笛响了，长长的灯光把车站照得通亮，雨点小了许多，车站上的人们也离去了很多。现在那列火车叫着停了下来，随后列车员跳下来放好踏板，人们熙熙攘攘地走下来。看得出这列火车是从很远的地方来的，车上许多农民模样的乘客身上扛着巨大的筐和箱子，有的手里攥着活的鸡鸭，有的扛着满满的粮食袋。

　　兄妹俩开始在车厢之间跑来跑去，对他们来说妈妈的样子是模糊的。她应该是长发，也有可能是短发，她应该是这群乘客里手上最轻的那个人。车站都快走空了。林栋和雨晴从一节车厢跑到另一节车厢，他们始终没有发现那个模糊而熟悉的身影。就在他们有点失望地准备离开的时候，他们听到一声喊："林栋！"

兄妹俩回过头，看见一个挑着扁担身上扎着武装带的身影。他们愣了一下，然后羞怯地跑过去，一下子扑到那个双手被东西占着的女人身上。

三个人紧紧地抱在一起，那个女人放下手中的东西同两个孩子的手臂互相寻找着、触摸着，然后环绕在一起。好像是林栋，先喊出一声很微小的"妈妈"，然后是雨晴，一声比一声大地喊起来。她喊着"妈妈"，两个字儿不停地跳跃着，翻着跟头，形成很大的势能，然后像一连串的雷一样，从她嗓子底大声迸发出来。妈妈，这个词对雨晴太陌生了，在她的生活里，哥哥是最熟悉的，可她一直没有忘记妈妈这个词。在梦里她很多次见过妈妈的背影，那个可以听到声音，却总也离自己几米远的形象，现在这个影子清晰地变成了一个活生生的人。这影像就是自己想象中的那个女人，用她粗得像锉一样的手掌轻轻地拍着自己抽泣的肩膀，粗糙地擦去她脸上的泪痕。雨晴能感觉到妈妈也在哭，她强忍住了许多眼泪，而是把他俩紧紧搂在怀里。他们仨抱成一团，彼此听到对方的心跳、呼吸和抽泣。他们就这样站着让哭泣带走体力，让伤心被疲倦一点点抵消掉。

铁路工人默默地望着他们仨，没有人上前打扰。他们举起灯照了照天空，然后把他们三个人留在灯光的余影下边。对于他们来说，每天都会见到类似的情景，亲人的相逢，一场春雨一样的哭泣会洗刷掉许多痛苦的尘霾。这是一种让人动容的场面，哭泣中一家人就团圆了，可以不再分开，或被迫离别，去那些遥远的地方。

他们看见过许多更心酸的场面，有的人从火车上下来时，没有人来迎接，那些人会很迷糊地久久站在车站上，从别人或火车站人员那儿要一支烟，无论男女，他们都会深深地吸它，这是这座城里最常见的烟，也是这个地方的味道。他们沉默了许久后，会拿起自己少得可怜的东西，悄悄离开站台。

在车站师傅的眼里，那些形单影只的离开的人，他们离开时的心情同林栋妈妈是一样的。他们回到这个曾经熟悉的又很陌生的城市，自由地回到这里，可走出车站回到熟悉的街区，他们都会觉得自己还没有准备好。他们回来了，有的亲人却永远见不到了。房子、工作和未来都很遥远，生活不知道如何开始，他们也不知道自己能做些什么。他们的身体、记忆，甚至冷热疼痛的感觉，都还留在遥远的地方，有时梦里还会一次次惊醒，觉得自己与眼前的自由遥不可及，他们需要很长一段时间让自己相信，已经可以自由地生活，很开心地回到那种与亲戚朋友时刻联系聚会，彼此串门，偶尔又有点小小隔膜的正常日子。妈妈从一块布里解开了另一个布包，急不可待地从里面掏出一双布鞋，那是一双绣着老虎头的鞋："小雨，这个是妈给你做的，我跟村里的大娘学了半年，才绣出这么个图案来。"

雨晴把鞋高高举过头，高兴地跑了起来，可能是意识到外面还下着雨，她赶紧又把鞋拿回来，塞进妈妈的布包里。他们走过站长室的时候，几个铁路工人都望着他们仨。

野天鹅

"回来啦。"

"嗯，回来啦。"妈妈说。

"真好，可以回家了。"

"是，跟我妈一起。"雨晴很认真地回答。

一个工人师傅拉住雨晴的手，把几块带着玻璃糖纸的水果糖塞到雨晴的手里。

"就你嗓门大，小丫头的声音像头牛似的，一车站光听到你的嗓子了。"

雨晴很礼貌地谢过，她剥了两块，怯生生地把一块放进妈妈的嘴里，然后跑到哥哥的面前，给了哥哥一块。他们找到自己的自行车，林栋的加重自制自行车正好派上用场，他将妈妈的大包小包捆好，这时候雨已经不下了。路上的行人并不多，林栋吹着口哨在前面带路，他们一路上有很多话要聊，多得让他们觉得这条路一点也不长。

妈妈叫满雯姬，她原来的工作是编剧，现在她需要待在家里一段时间，等待安排工作。

不过比起过去这一切都算不了什么。一家三口凭着妈妈带回的粮食和家里的那点积蓄可以熬过一阵子。很快传来了消息，市里最大的一家儿童剧团正好缺一个编剧，妈妈有可能到那里去上班，也有可能去不了。听领导的意思说，一要好好调查研究一下妈妈的历史情况，还有一个就是要看看她的工作能力。他们现在急需一个能写儿童剧的编剧，剧团有很多演出任务。

一起演出《野天鹅》

1

"接着讲一个吧。"胖崽恳求着，他的手里提溜着一个印着牡丹图案的暖壶。那个暖壶嘴很大，上面有个巨大的软木塞，一拔起来"嘭"的一声，像炮一样响。这个水壶是天鹤家的，现在被胖崽抱着，专门为说书人准备着。

自从地震以来，红楼里的孩子都不练琴了，每天吃完饭，大家三三两两地聚在楼前，也是因为地震，楼前的路灯时亮时不亮的，有时候会不停地闪。这种诡异的黑暗给红楼的孩子们带来了一点恐惧，更多的还是乐子。像天鹤就喜欢把家里的长把手电蒙上红领巾，然后静静地站在楼道里，那些从他身边经过的人有的真没看见就过去了，可一旦有女孩子经过，他就会突然打亮手电，照着自己狰狞的脸，猛地转过头。

这个恶作剧相当毒辣，中招的女孩会尖叫着上蹿下跳，小雪为此丢过一只鞋，吴桐和樱子也被吓哭过几次，这些"战绩"让天鹤自己感觉很好。直到有一天吴桐的爸爸拿了把手电躲在黑暗的家门口吓了他一次，这个面露狰狞的巨人，用蓝色塑料凉鞋狠狠抽了天鹤两下，嘴里还发出让人毛骨悚然的怪叫声。天鹤着实被吓坏了，按理说吓唬人是不打人的，在那魂都吓掉了的刹那，

267

野天鹅

天鹤真的以为自己撞到什么妖孽。

为了这事，杨老师还亲自跑到吴桐家去讨说法。天鹤再也不敢吓唬女孩了。可在这炎热而黑暗的时候能做些什么呢？林栋为大家带来了一份礼物——故事。

自从妈妈回来后，林栋有了不少书。这些书原本都躺在城市图书馆的架子上，因为需要写剧本，妈妈托人搞了一张借书证，经常去那里借书，后来就同管理员成了熟人。

那个管理员也是很有学问的人，曾经在大学任教，后来被贬到图书馆工作，他就将许许多多妈妈喜欢的书一本一本地借给她。这些日子，林栋变得有点胖了，现在不需要他照顾妹妹了，这一切都由妈妈来做。不过有的时候，他觉得妈妈做的饭不如自己做的好吃，可他并没有说出来。他会像原来那样，周末到修车铺里帮马师傅修一下车，或者跟着别人去三岔河捕一些鱼，更多的时候，他会看那些借来的书，妈妈会给他列出个书单，让他仔细地阅读。放学后，林栋许多时间都耗在读书上了。这段时间，大家一到夜晚就会像游魂一样在大街上晃，于是林栋就想了法子同大家一起耍，他把大家聚在一起讲故事。

林栋头几个故事都是鬼故事，他让大家一只手按住另一只手，绘声绘色地讲起来，讲完如果谁的手心是冰凉的，那么他就很危险了。这样的游戏玩了两次，大人们非常愤怒，特别是杨老师。她说天鹤回家以后手脚冰凉，脑袋发烫，一连就是好几天。其实林栋并没有那么大能耐编出那么多故事。他手里有本发黄的、被粘了许多胶条的书，叫《封神演义》，还有一本叫《聊斋志异》的古书，此外还有手抄本《一双绣花鞋》等，这些故事大家都是第一次听到。林栋这样让大家热了热身，本打算不讲了，没想到大家都很喜欢，他只好把这些故事一个个地讲下去了。这些故事像长了翅膀一样，一下子传到很多小孩耳朵里，就连厂区大院的孩子有时也会聚在红楼听故事。

后来每天晚上楼下几乎成了聚会，人们会悄悄打听，今晚讲什么，然后一传一地告诉其他的孩子。一到点红楼前就坐满了人，有的是没走的，有的是正吃饭的，叼着个馒头、包子、窝头的也会凑过来，胖崽最勤快，他手里拿着那个大暖壶，是专门给林栋添热水的。今天林栋特别高兴，他觉得有一件事可以告诉大家，因为他有一个特别重要的故事要讲给大家听。

"那个红头发的小子把魔鬼从海底捞出来的瓶子里放出来了吗？"一个坐在外圈的厂区大院的孩子大声问，他的话很快遭到了嘘声："别问了——昨天早就讲完了。"

"是啊，那小孩儿别打岔，听听林栋今天讲什么。"

人们注意到林栋今天手里拿着一本书，看上去不大。他把那本书晃了晃，然后端起硕大的搪瓷缸子喝了一口水。

"北极的一角，有一个神奇的国度，那里成年累月被冰雪覆盖着，巨大的冷风裹挟着暴风雪，在整个国家横行。风雪吹过的地方，草木立刻就枯死了，树林上的积雪把它们压弯了腰。这个国度一年四季只有四个月可以开花，大多数时间它在寒冷中沉睡，人们坐着驯鹿拉着的雪橇要走上一个月，穿过黑森林，才能到达它的首都。太阳经常遗忘这块土地，当它想起来的时候，这个国家的首都就变成鸟语花香的地方，田野里的庄稼茂盛，花儿千姿百态，小麦和玉米泛着金色的波浪，从遥远的磨坊后面的木

野天鹅

屋中飘出面包的香味。远处的田埂上，装着巨大的风车，上面挂着像我们每年春节和正月十五才能挂起的灯笼。夜里，那些风车变成了五颜六色的灯塔。风车的旁边架满了一座座大炮，你们知道那是干什么用的吗？"

"装铅弹打鸟用的呗，这个我清楚，那里的人一定非常喜欢吃烤麻雀！"厂区大院里的孩子说。

"错，那是用来爆爆米花的铁炉，每天中午，城市里敲响钟声的时候，都会点响一座大炮，爆米花雨会像瀑布一样倾泻下来。这个国家的小孩就会从家里跑出来，躺在米花堆上享用午餐。这个国家最受小孩欢迎的花儿就是米花，它们有美丽的五颜六色。如果哪个男孩子不小心踩了女孩的脚或者因为喜欢女孩揪了她的长辫子，他们都会盛满一大桶米花，写上道歉的话，放在人家门口。"林栋说。

大家不怀好意地望着刚才说话的厂区大院的那个孩子，他的智商怎么能赶上林栋的节奏呢。"每天清晨，洁白的云朵仙子从天空飘过，将碧蓝的天空来回清洗，然后向田野喷洒雨丝，这里的空气就变得格外清新。当乌云或者暴风雪要来的时候，他们就扇动起美丽的翅膀，鼓起自己的嘴，吹着长长的喇叭把它们赶走了。王国的首都里住着一位老国王和他可爱的儿女们。他有十一个儿子，个个英武强健，还有一个可爱的女儿——美丽的小公主艾丽莎。"林栋抑扬顿挫的声调让大家的心静下来。他讲得绘声绘色。这也是他最喜欢的一个故事。从书上读到后，那个故事就长在他脑子里了，一遇到别人有听的愿望时，这个故事就会根深叶茂地长出来。很多细节林栋都是在讲述过程中突发妙想编出来的。他的眼前仿佛看到那个故事，许许多多书上并没有的内容，都在他讲的过程中自然而然地流露出来。他越讲情绪越高涨，故事也就变得越有意思，对于大多数孩子来说，在这样的黑夜里听到这个故事是件开心的事。

雨晴觉得那些在天上洒雨丝的女孩一定长着吴桐、小雪的模样，她们拨动手里的六弦琴，让动听的音乐织到五彩的雨丝里。小雪想得更多的是那风车，她觉得风车会带动各式各样的风，让河水流到田野上，让开满鲜花和长着嫩芽的庄稼灌足水。当然还有厂区大院的那个孩子，他在想孩子们在抢米花的时候，有个戴红箍的丑脸巨人会来吓唬小孩，大家就将米花桶抛到半空中，因为米花桶太多了，这个巨人手忙脚乱地接不过来。

这个故事一开始就吸引了大家，这是林栋的妈妈想改编的一个儿童剧，它是丹麦童话作家安徒生写的《野天鹅》。

林栋妈妈把它改写成剧本了，她很希望市里的儿童剧院的院长看一看这个剧本，可人家并不一定想要来呢。林栋就把这个故事讲给大家听了，刚刚开了个头，这个故事就变成各式各样的版本在这一片的楼群里传开了，部队大院的孩子把国王讲成了一位猎人，他经常带着十一个王子和小公主，另外还有一个马队和猎犬队去城外围猎；而厂区大院的孩子把城市想象成一个巨大的炼钢厂，他们生产的钢可以建造世界上最漂亮坚固的城堡。大家都想听这个故事接下去是什么。有一天，小雪忽然提议：我们为什么不把这个剧本排演出来呢！

野天鹅

2

这个主意让大家都很开心，如果大家排演出这个戏，就可以给市里的儿童剧院院长看了，这么好的一个故事，如果在城里上演，而且是大家一起演出那多带劲啊。

林栋和雨晴又去看了几次天鹅，他们一坐就是一个上午，什么也不说。那只大的天鹅开始营建自己的巢，现在那个巢越来越厚实了，他们喜欢看天鹅的一举一动：它纤长的脖子可以变成任何一个形态，无论是站立还是坐卧着，它的姿态都是那样的迷人。雨晴用画笔不停地画着它，有站起来的，起飞的，滑翔的，也有将头和脖子藏在翅膀下的。

雨晴很喜欢天鹅伸长脖子向远方瞭望的样子，它像在等待什么，这个神情让她想起了童话里那些站在岩石上翘首以待的王子们，她在想这个神态就像是画在她的头脑里一样。在苇丛里雨晴捡到一根天鹅的羽毛，她把它举过头，对着太阳观看，发现那每一缕稀少的羽毛上都闪着神奇的光泽，难怪天鹅站在那里所有的羽毛是明亮的，它们就像是一种神奇的生灵，可以把田野最美丽的光线和色彩的明暗收进羽毛的纤丝里，也把最美丽的样子留下。雨晴想了很久，她把天鹅的样子惟妙惟肖地画下来，在妈妈的指导下，她开始画场景图，画每一幕的分解图。林栋把这些图和妈妈写好的剧本都分配到画面上，现在只差排练了。

3

　　阿明和阿亮一起加入了排练，老实说他们并不知道演什么，从外面回来后，阿亮一直是那样木讷，他不像哥哥那样外向，可他心里比哥哥更喜欢那群天鹅的形象。跟着师傅学木匠的时候，阿亮特别喜欢学做一些能动的物件，比如说小木车和会动的鱼之类。雨晴把自己画的画给阿亮看了。本来林栋想带阿亮去看一下那只天鹅，可阿亮怕水，他们就放弃了这个想法。后来林栋妈妈为阿亮找了一位师傅，雨晴和阿亮一起跑到这位老先生那里去了。

　　洪天林师傅住在城边的一排平房里，雨晴和阿亮来到他家的时候，被他门前的一对动物深深地吸引住了。那是一匹马和一头骆驼。洪师傅家的门上留着古老的铜环，那么多年的摩擦让它很光亮。阿亮用手推了一把那个放置在左边的马，那匹马真的能走动起来。

　　"这是怎么回事？"雨晴乐开了，她试了几次想爬上去却没成功，着急地喊，"阿亮，帮我一下。"

　　雨晴爬上了木马，她把脚放置在马镫上往前走了一步。这玩具把雨晴和阿亮乐坏了，他们"赶"着木马向前走了一会儿，木马的耳朵像两个把手，雨晴握住它们一转木马就转到了一边。

　　阿亮心里很佩服，这么好的木工手艺，不是一般的木匠师傅能做成的。他在外面的时候跟着师傅学过一些，他知道要做好几张桌子椅子让零件完美地对接起来是件很不容易的事，像这样惟妙惟肖的木马，是需要很好的手艺和构思的。

273

现在雨晴已经很熟练地骑上木马了。

一个老者面慈心善地站在门前，他看着这两个孩子很久了。等两个小孩子玩累了，他递过两个水梨来："好玩吗?"

阿亮有点羞怯，他想这个人应该就是林栋妈妈满阿姨推荐的洪天林师傅。雨晴可不认生，她一把接过水梨，从木马上跳下来，一脸红扑扑地跑到老者面前："爷爷，这马是你做的吗? 还有这骆驼它也能走吗? 您是怎么做出来的?"雨晴的话很多，老人一下子接不上来，只好摸着她的脑壳看着她让梨汁呛得直咳嗽乐了："慢点，干啥事都慢点，一件一件地来，问话也要一句一句地问，不然就会这样，你非呛到不可。"

洪师傅把两个孩子领进院子，两人的眼睛都看傻了，说得更准确一些应该是目光不知道该放在哪里——这一个大院子里有好几间房，里面挂满了各式各样的木偶——有高大的天神，举着鞭拿着锤的，有长袖的仙女，还有长鼻子的木偶孩子，有张着大嘴的鳄鱼，还有巨大的魔怪。

说实在话，雨晴看见古怪或者青面獠牙的木偶有点怕，老人似乎看出了孩子的心思，就从墙上摘下一个红脸蛋大鼻头的小木偶，拿在手上不停地耍起来。

"嘿，你叫什么?"那个木偶小孩子凑到雨晴面前，把雨晴一下子逗乐了。

"我叫雨晴，你叫什么? 不会叫红鼻子头吧! 呵呵。"

"讨厌，怎么这样叫我。"小木偶在老者的操控下，嘴巴一张一张的，眼睛也像真的孩子一样眨了眨，眼珠滴溜溜转了转。他转过身来对着阿亮说："你就是那传说中巧手的小工匠吧。"

阿亮不好意思地笑着，不知该说什么。"到这里，你得跟着爷爷好好学，你也一定能造出好玩的木偶，明白了吗？"阿亮点点头。那个小木偶将身子伏在老人的大瓷水碗上，"咕嘟咕嘟"地喝起来，它喝得很认真，看上去真的渴了。也难怪在墙上挂了那么久，木偶一定很难受。

"你们到我这里来，"老人说，"看见很多木偶，如果认真学，可以学到很多本事，这要看你们自己了，就像满老师希望的那样。"

"爷爷，这些木偶是从哪里来的？"

"呵呵，是从木偶国溜到这里一起来玩的。"老人狡诈地笑了笑，"这里原来是个木偶剧团，后来解散了，只剩下我这个修理木偶的人和这些木偶小孩，不过很快你们就会跟它们成为朋友，也会学到怎样为木偶制造出小的道具，特别是缝制那些衣服。我听满编剧说，你们需要织很多毛衣。"

"是麻的外衣。"雨晴说。

"好好，还有你，孩子，"老人指着阿亮，"你需要什么就跟我说，我们会让满编剧的戏一下子演出成功。"

老人笑了笑，给两个孩子蒸了两个大号窝头。这下大家就算认识了。

雨晴在随后的很长时间，一直很在意那些木偶，她觉得它们都是活的，只是在有人的时候装成睡觉了。一旦到了晚上，月亮挂上天空，它们就会跑起来，同真正的孩子一样开始狂欢。

4

"国王和一个恶毒的王后结婚了。"林栋开始讲今晚的故事，"这是个心非常狠毒的女人。"

"她有很多漂亮的衣服穿吗?"厂区大院的一个女孩问。

"有，她有各式各样的，光负责为她打理服装的侍从就十几个，另外还有十三对乌鸦。"

"为什么会有乌鸦?"

"是啊，为什么呢，谁也说不清楚。在冰冷的国度里，人们看到带着乌鸦的人都会和他保持距离，因为他们会巫术，是那种念咒语就能让别人消失的人。"林栋这样说。大家都为那些乌鸦捏一把汗，它们不会原来也是一群跟班，或者是一群惹了巫师的孩子吧。

林栋继续说:"王后讨厌国王的孩子，她暗地里施了咒语:'你们赶快离去，像没有声音的大鸟那样。'可是她的诅咒并没有能完全实现，王子们变成了十一只野天鹅，他们发出凄惨的唰唰哀鸣，在城堡上空盘旋，在他们的小妹妹艾丽莎的屋顶上逗留。他们使劲扇动着翅膀，可没有人能听懂他们的喊声，于是他们穿过云层，从云朵仙子身边飞过，越过森林，飞向茫茫的大海。

"可怜的小公主艾丽莎被送到一家农舍，她需要每天去捡柴火，闲下来的时候，风儿会穿过篱笆，为小公主唱一首熟悉的歌。那是哥哥们围在爸爸身边时，常一起唱的曲调。现在爸爸不在了，哥哥们也不知道去了什么地方。艾丽莎身边各色的花儿舞动着，让小公主想起了城堡里热闹的舞蹈。小艾丽莎有一个心爱的玩具，她唯一能找到的玩具——一片叶子，她在叶子上钻了一个小孔，这样阳光就能透过它照射过来，将树林的长长阴影遮在后面。透过这空隙，她仿佛望见了哥哥们的眼睛，她知道哥哥们也同样很想念这个小妹妹。每当太阳照在艾丽莎的脸上，就让她想起了哥哥们的吻……"

红楼前面鸦雀无声，真让林栋想不到，今天听故事的孩子黑压压的，比起平时居委会开会人还要多。人们有的坐在自己带的马扎上，有的站着，没有人说一句话。女孩子的脸上火烫烫的，黑夜隐去了她们脸上的红晕。她们听到这个故事感到心跳不已，她们觉得自己的心同那个小艾丽莎靠得很近。

"今天就讲到这儿吧。"林栋说，"我想招募一些演员，把这个戏演出来。"人群里"嗡"的一声，听不清大家在讲什么，但很清楚人群开始炸窝了。红楼的几个女孩跑过来，她们举手向林栋示意着。

"不忙，不忙，我们可以商量一下。"林栋喊着，被人群挤到了墙边上。

"我想，吴桐或者小雪来演艾丽莎最好。"天鹤大声地喊，他在心里给自己留了个王子的位置。

"其实我更喜欢王子。"小雪说，"我和吴桐喜欢王子的衣服。"

"对了，衣服，衣服，哪里去弄那些服装呢？"爱华喊起来。在他看来王子的衣服可能比任何事情都重要，他很喜欢新的衣服，从一本乐谱上他看见过王子的图片，那些英俊潇洒有风度的人，让他非常欣赏。

"大家等一下。"林栋喊,"快来看,阿亮和我妹妹带来了什么!"

阿亮无声地从大家视线下面站起来,他的手上举着一只木头天鹅,很大,他们双手有点费力才能举起来。人群中爆发出一阵阵笑声:"阿亮,这只天鹅会不会是怀上小天鹅了?"

"看上去更像只胖胖的鸭子。"

"阿亮,这只天鹅能飞吗?太像是一个变形的椅子了。"人们取笑着阿亮,这让容易害羞的他更说不出话来了。还是林栋帮他解了围,他接过那个木偶对大家说:"这是阿亮第一次制作的木偶天鹅,他会把它改得更好,我们要相信他,他可是我们当中的能工巧匠。"

雨晴举着一件毛衣跑过来,这东西并没有引起大家的注意。雨晴叫喊着,把那件衣服塞到哥哥手里。

"呵呵,一只袖子的毛衣?"天鹤有点阴阳怪气,他看看雨晴那眼神分明在说,"你没有把它做完。"

雨晴大声说:"对啊,只有一只袖子,你们故事往下听,就会知道为什么是这样了。"

厂区大院的几个孩子把那件毛衣接过去用手捏,发现那不过是一般的粗麻线纺织成的。雨晴已经学会了编织演出服的技巧,洪师傅教给她使用缝纫机,在洪师傅的仓库里,有一批落了很厚尘土的亚麻料子,这些布料沉睡了很多年,已经有些朽了,这次找到它们,为林栋妈妈的儿童剧省去了不少花费。雨晴还学会了用织针编织的技巧。她掌握得很快,觉得用不了多久,自己就可以把这戏里所有的戏服做好。

5

林栋放学的时候，被大壮拦住了。他身后还有七八个孩子，他们在林栋回家的必经之路小心地等林栋走过来，然后一起按着车铃向他打招呼。

"你们这是干啥?"林栋有点摸不着头脑。

这些天虽然同厂区大院的这群孩子混得比较熟悉，但除了大壮，大家一般很少说话。他们挺爱听故事的，有的时候为了听故事还会主动送上几根冰棍——这东西让红楼的孩子都很羡慕。

况且这些孩子都有点来头，据说有的孩子是市内最大工厂的老工人的最小的儿子。林栋就见到过一个硕大的铅笔盒，不是塑料的，里面有两层可装文具，那是用白铁一锤锤打出来的。那个东西拿在手里像块护板，反射阳光让人睁不开眼，在上面还凹锈出两个字"大壮"，这文字也是让人写好后用小锤一点点敲出来的。

厂区大院的孩子不缺吃穿，工厂里总发各种东西，总能看见他们的父母大包小包扛着各种食物袋子回家，这让红楼的孩子很眼馋。都是父母，除了让他们练琴学画，红楼的大人们在小孩子眼里，比起厂区大院孩子的爸爸妈妈差远了。原来两个楼的孩子各玩各的，除了林栋同大壮有过点小摩擦，后来又成了哥们儿，两拨儿孩子几乎井水不犯河水。因为地震，大家都觉得很无聊，只好凑在一起找点乐子。

林栋他们讲的故事确实让这些孩子很开心。大壮拉住林栋的车把，有点讨好地说："你们要排戏吗?"

"对。"

"带我一起。"

"啥意思?"

"我们也想演戏，带我们一起演。"

林栋有点意外，老实说，演戏的事他并没有对外公开，不知怎么一下子传了这么远。

排这个戏是小雪和妹妹雨晴的主意。本来妈妈正一点一点地改剧本，本想等这事落实了，想让孩子们串一下，她在等城里儿童剧院的院长来审查。

这座城里很久没有上演过童话剧。妈妈的想法是孩子们的表演可能更像童话，大概的表演会让审查的领导有个更直接的印象。没想到雨晴把这事当成了一件大事，她开始在红楼的孩子群里传说，大人要排这样一部剧，一部谁都没有见到过的好玩的剧。

为了这事她磨着妈妈为她找做道具的师傅，还拉上特别喜欢做工匠活的阿亮同她一起去学艺。这个故事妈妈已经讲过好几次，现在兄妹俩都已经记得很清楚了。可他俩还没有把整个故事告诉大家，他们一点点地讲，希望让大家一点点感受这个故事，找到一个适合自己的角色。孩子们现在都在选自己的角色。现在这群厂区大院的小孩，也想参加进来。

林栋瞄了瞄他们："你们演过什么戏吗?"

大壮有点愣住了，他回过头望了望身后的伙伴，几个孩子也面面相觑，其中一个忽然说："我们唱过合唱，还在红五月歌唱时得过三等奖。"他这么一说，大家立刻都附和起来。林栋有点犹豫起来，哪里要得了这么多人啊。

"有什么要帮忙的，尽管说，我们有办法。"厂区大院的孩子送给林栋一个很大的匣子，那里面装着军用压缩饼干，还有一个午餐肉罐头，这些都是他们从工厂里淘出来的宝贝。这样的热情反倒让林栋不太好意思了。

6

"带我一起离开这里吧，我要同你们在一起。艾丽莎恳求说。于是哥哥们在森林里开始忙碌开了，他们用柳枝和芦苇编成一张巨大的网。这对哥哥们来说并不容易，他们需要在太阳落山之前完成这个事情，不然他们的手臂就会变成翅膀，手指也会变成羽毛。哥哥们从很远的地方找来新鲜的芦苇，因为只有绿色的长着细芽的芦苇才够柔软坚实。哥哥们小跑着从河边回到森林，因为白天不能飞行，他们需要绕过几块丛林，爬过几座山坡才能回来。当他们回到艾丽莎身边，他们已经是满头大汗，手和肩都被细细的荆棘划破了，他们让小妹妹躺在上面。此时远处的城堡上传来深沉的号角声和鼓声，黄昏就要来到了，太阳也渐渐西落。此时哥哥们渐渐要变回天鹅，他们强健的胳膊变成宽大的翅膀。哥哥们用嘴叼起那张大网，他们彼此抖了抖羽毛，算是一种语言，因为现在大家不能讲话了。他们用嘴叼起那张大网，十一只天鹅一起用力，呼扇着翅膀，向天空飞去。哥哥们的翅膀是那样宽大有力，他们排成的长队，渐渐升过了云层，遮住了太阳，小妹妹艾丽莎恬静地躺在阴凉里，微笑着睡着了。这么久她终于见到了哥哥们，梦里哥哥们把她带到一个美丽的国度。她把哥哥们解救了出来，在那里他们变回了王子，从此亲人生活在一起，艾丽莎身边开放着鲜花。这是最小的王子采摘的，因为他知道，这些家乡的花朵会让小妹妹不再感到寂寞……"

林栋妈妈把孩子们分成几组，她细心地给他们讲解剧情，在这堆孩子里她最喜欢的还是小雪。这个眼睛大大黑黑的小姑娘看上去总带有一分羞涩，可对林栋妈妈又十分地尊敬。有时候林栋妈妈会想到她父亲，这两个人一点也不像，小雪更像她的妈妈，她的举手投足之间都带着一种自然的孩子气。小雪选中的角色是那个最小的哥哥，她同扮演艾丽莎的雨晴有着很好的默契，小雪会把大段的台词背下来，然后一遍又一遍地跟雨晴排练。

林栋妈妈觉得这帮孩子都很可爱，他们很像这个童话里的人物。有一段时间，她在北方坚硬的土地上劳动时，她非常想念自己的孩子，开始的时候她会幻想孩子们在干什么，当下大雨刮大风暴风雪袭来的时候，她会提心吊胆，惦记起孩子们会不会挨冻，会不会受伤，煤气有没有关好，在雨天走路时会不会避开下水井。可这一切思念都是徒劳的，无论怎样她也没办法回到孩子们身边。那些所有的担心和牵挂都会铅块一样压在心口，变成一种负疚，一种不断撕开内心淌着血不能愈合的伤痛。

七年的离别，孩子们完全变了样子，这种变化也让她有点难受，她很希望自己能在孩子们身边，看着他们每天的变化，而现在这样的每天对她来说都是缺失的。终于有一天她回到了这座城市，看见自己的孩子是完好的，虽然很瘦，但生长得挺结实，这让她感到很满足，也更加的心酸，孩子们一定受了很多苦，在许多风风险险中一点点熬过来了。而她作为妈妈无法照看他们，提醒他们，更不用说展开双臂来遮蔽、保护他们。这种伤心曾一直陪伴着她，让她独自一人的时候泪流满面。

在最寒冷的时候她曾看到过没有边界的雪，不由得想起安徒生写的《野天鹅》。有许多寒冷的日子里，她的身体弱到了极点，有时她会进入一种恍惚的状态，看见自己模样模糊的儿子和女儿在温暖的地方等着她。有好几次，她觉得自己的身体正在同门外的冰天雪地一样，一点点地冻住，羸弱的身体已经留不住自己的灵魂，那轻飘飘的意识好像随时会被屋外的狂风扯拽住，听任它把自己带走。在这样迷迷糊糊的幻觉中，满阿姨想起了自己的孩子，仿佛听到他们大声地喊自己的名字，她觉得自己不能这样轻易地走掉，她的离开会让孩子们变成无家可归的野孩子，让他们再也无法像其他孩子那样，有个家可以栖身，有亲人在身边。他们还有很长的人生，他们还没有看到过自己最精彩和最美丽的那一刻。活着，自己的孩子们就不会成为孤儿，就不至于流浪在街头被人驱赶。她就这样苦撑着，后来听同伴们说，她的高烧一直不退，她完全陷入了昏迷，同屋的一位蒙古族的阿姨为她跳起大神，希望用萨满的方式将她游离不远的灵魂唤回身体。那个阿姨一直跳，茶水不进跳了三天。直到第三天风停了，邮差送来了林栋的信，把信封里的照片在她紧闭的眼前晃，室友同邮递员的谈话一下子唤醒了她。她对自己不断地说："我不能死。"然后她就奇迹般地活过来了。这些她从未在信里告诉孩子们，她不愿意他们为此担忧。也是在这个时候，她总在想一旦有一天有机会她会把这个童话剧本原原本本地呈现给大家，让更多的孩子看到这部戏。

在北方最寒冷的地方，林栋妈妈后来活得很坚实，那是一种广袤的土地给予她的勇气。当严冬过后，铁板一样坚硬的工地上会长出细细的嫩苗，春天的时候野花会开满田野。冬天最寒冷的时候，屋内的一点点火就能把拥挤在一起的人们的生命拢在一块，点燃一点点的希望。聚在一起的生命就会变得强大而富有韧性。

她现在那么认真地给孩子们说戏，每一句台词，每个动作，她感觉孩子们特别认真地在听这个故事。每个角色的每句台词，都在孩子们不断重复的朗诵中一点点被理解，也被记住了。她的每个手势，每句话，都让这部剧一点点地完善起来。他们不停地改动，每次修改都会有新的内容加入。

林栋为厂区大院的孩子们安排了几个角色。说来也让他们挺丢自尊的，厂区大院选的八个孩子，没有两三天就跑了四个，排戏对他们来说太枯燥。为了入选，这些人还事先抓了阄，他们中间记忆力比较好的同爱华一起出演王子，而大壮的运气比较差，他不会表演，只能和胖崽一起演士兵、国王的侍从，或者围观的群众。

日子一天天过去，这部儿童剧吸引了不少大人观看，红楼的大人们也加入其中，每天傍晚那些摇着扇子的音乐家会聚在楼下。孩子们越来越喜欢这种排演的气氛，很多人看完后还会留下自己的意见，林栋妈妈的剧本也就不断地改动着。

厂区大院的大人们送来很多食品，他们也想看看自己的孩子表演的样子。戏是一段一段排的，前面的段落会不断地重复，这让有的人看得比较烦，可对于孩子们来说，他们乐在其中。

林栋并没有参加演出，对于这部儿童剧来说，他的个子太高了。不知为什么，虽然吃得也不是很好，可林栋的个子这两年飞蹿一样地长起来，他的下巴上长出了一点点胡子，声音也开始哑起来。他不参加演出主要就是因为这个，他特别怕人听到他的公鸭嗓子，也怕别人看到他站在弟弟妹妹之间显得那么鹤立鸡群。

他开始负责所有的剧务，成了这部戏的小管家。林栋妈妈为大家说着戏，孩子们听得聚精会神，就连来围观的红楼的大人们也屏住了呼吸。杨老师和爱人刘老师，还有爱华的爸爸陆文鼎，都停下手中的大扇子，仿佛他们轻微的扇动，都会破坏这里的气氛似的。

林栋举着那只木头天鹅，阿亮看了雨晴的画修改了许多次，又从师傅那里得到了一些指点，现在的天鹅可以像真天鹅那样展开翅膀，自由地拉伸它的脖颈。林栋举着它，就像他看到的那只天鹅一样从孩子们头顶上飞过。

"天鹅穿越闪电，飞过被雷电点燃的云彩，王子们的羽毛被燎着了，他们的耳边雷声轰轰作响，可他们不能停下扇动的翅膀，因为太阳就要落山了，他们必须在日落前赶到大海中唯一的那块礁石上。他们艰难地飞翔，飞得越来越慢，因为劳累，还要拼尽全身的力量托着心爱的妹妹，美丽的小公主艾丽莎……"

孩子们围成圈，然后变成一个方阵，这里面有红楼的孩子，也有厂区大院中的小孩。他们将一个篮子高高举起来，篮子里面放着一个木偶，是阿亮制作出的一个小艾丽莎。这个漂亮的妹妹样子有点忧伤，眼睛是雨晴一笔一笔画上去的。雨晴把她画成自

野天鹅

己见过的最漂亮的女孩子，她用了好几天，反复画了许多次。

这时候大壮和他的朋友扮演的闪电出场了，他们举着镶有银纸的牌子从人们面前跑过，嘴里发出"噼噼啪啪"的声响。在场的所有人都入戏了，包括站在角落里的梁胄。他来的时候看见那么多熟人，他试着同他们打招呼，大家只是礼貌地点点头，有的则装作没有看见。现在他站在孩子中间，望着自己的女儿，他觉得小雪在这场不太专业的排演中演得很专注，让自己都有点感动了。除了小演员的念白，场内鸦雀无声，即使有人念错，大家也不会分散注意力，小演员们可以不停顿，就接着演下去。人们似乎能听到人眨眼的动静。

仿佛大家也都变成了飞行的鸟，是海鸥，是大雁，也可能是野鸭，大家簇拥着那群天鹅，跟随着它们飞翔。大家从海盗船的桅杆顶上掠过，像狂风一样席卷走他们头上的帽子，让他们长着癣的光头暴露在大雨里，带走他们嘴里的雪茄，惹得他们愤怒地哇哇大叫，他们用火枪欢送这片飞驰的灰色云彩。大家在大雨滂沱的海面上吃力地飞行着，下面是成群的鲸鱼和海豚，它们排着整齐的队伍，发出"咿咿呀呀"的叫喊声，招呼着自己的孩子，鼻孔里喷射着水柱，在汹涌的浪花中奋力游着。大家一起飞啊飞啊，感觉到自己的毛孔浸出的汗珠变成了冰渍，他们开始飞越最寒冷的冰海地带，这里的风一遇到海水就冻住了，在天空中形成一层又一层的冰柱，天鹅和鸟们需要在大雪封闭和带着刀刃一样的冰锋之间穿梭过。这里的风是冰风，这里同满阿姨待过的那块土地的冬天一样冷，大家的呼吸不会飘出太久，那些白气会变成冰碴一点点地掉落。于是大家相互鼓励着大声唱着歌，无论是什

286

么样的鸟都使劲发出各种鸣叫，虽然这样会消耗体内的能量，但大家还是坚持这么做，这样不同声音的鼓励，让那些有点怕的小鸟有了勇气，尽管风雪和冰水让不少没有力气的鸟掉了下去，在地面形成了冰的雕塑，但众多的鸟依旧像一团云朵，穿过冰雾缝隙，不停朝前飞。

小艾丽莎躲在篮子里，她的身边铺满了茅草，她望着哥哥们健壮而有力的翅膀，看见最小的哥哥不断用翅膀拂去篮子上的积雪。虽然不能讲话，小艾丽莎还是朝着最小的哥哥微笑着，想起他们在妈妈面前一起在花园里玩捉迷藏的游戏。他们飞过冰海里最高的冰山，小艾丽莎看见一朵朵小花，那些花同林栋妈妈从冬天冰地里带回来的小花一样。他们非常高兴，因为有花朵的地方，离温暖就越来越近了。

当一束夕阳从地平线透露出来的时候，大家松了一口气。在黑夜降临之前，他们还必须飞过最后一片海域，那是有名的"沉默的海"。大家都听说过，这里海的深处有一条怪鱼，凡是经过它的领地发出声音的动物都会被它用粘着咒语的口水箭射下去。这时的鸟群飞进了这个上空，大家闭上了嘴，像小艾丽莎那样沉默着，这样做很不容易，经过了冰海大家身体内都灌满了凉气，他们忍不住想打个喷嚏，可大家还是用眼神相互传递着警告，不能因为自己连累大家。只有最小的王子他再也忍不住了，大声地打起喷嚏来。他的喷嚏引起了连锁反应，大家纷纷打了起来。海面上掀起了巨大的海浪，一个奇怪而且丑陋的头露出了海面，大家能够看到它错落锋利的牙齿和口齿里不断游动的几百条舌头。巨兽露出海面吃惊地望着天上这片快速游动的云，它的周边镶上了落日的金光，它带着遥远陌生的气味。可能是因为好久没有听到过有生命的声音的缘故，巨兽对这一点点的声音表示出一点困惑，它大张着嘴犹豫着是否吞下那团云彩，可它够不到也追不上。这团云朵一起打起喷嚏，是一群飞鸟的喷嚏，他们飞得很高，因为这样可以看到更远的阳光，也可以远离犹豫不决的沉默的海怪。

他们终于飞到了那块岩石上，现在夜晚降临了。所有的鸟一起栖落在那个不大的滩头上。十一只天鹅和一位公主紧紧缩靠在一起，大家感受着彼此的温暖，拥成了一团……

大壮不知从哪里弄来一个大桶，这里面装着工厂新制成的汽水。他还为每个参演的孩子做了个白铁大茶缸子，给林栋那个特别大，像是个爆破筒。大壮交给林栋的时候特意嘱咐：看见没，我给你的水杯上多按了个把，这样喝热水不会烫手。林栋挺感谢大壮的。大壮真行，他真把他爸爸的手艺学会了！大壮站在那儿，给参加演出的演员提词，这成了一个很重要的任务。坐在那里的杨老师现在开口说话了，她提了几个建议，希望在儿童剧演出的时候加入一点音乐。幕间音乐可以用来换场，也可以在没有台词的时候串连剧情，补充表演的间隔。现在最重要的是要找到国王和那个狠毒的王后的扮演者。

7

林栋去找学军和学农，他们很久没见面了。他走进部队大院的时候，感到跟原来有一点不一样。卫生院和警卫班都不见了，哨兵也撤了，唯一还在的是原来部队的营房和那片摆放着训练器具的训练场地。

林栋是从院里一名孩子那儿打听到学军、学农两兄弟的消息的。他们现在在后勤处，他们要搬家了。林栋在楼群后的库房里找到这哥俩。"你们要搬走?"

"是啊，这个部队大院要撤了，整体转移。"

"去哪里?"

"不能说。这是军事秘密。"

"你们真不够朋友，说走就走，也不吭一声。"

"这不是没走嘛，我们还需要待一个来月，然后等待命令搬走。"

"我来找你们有点事。"

"说吧!"

"我们要演一出戏，现在就差一个国王和一个王后。"

学军和学农对视了一下：国王这个词儿虽然陌生，但还是可以考虑的，可王后跟我们有啥关系呢?

林栋看出两人的警惕，忍不住笑了起来，算是和两兄弟说定了。

8

《野天鹅》演出的那天，街道的露天礼堂里早早就挤满了人。说是礼堂，其实就是一个院子，这个院子前面有个舞台，平时有什么演唱活动，这里都会挤满人，比如说"红五月"歌咏比赛。

街道上号召大家参加的活动都会在这里举行。

四周的墙并不是很高，稍超过一个人的个子，平时在这里演露天电影的时候，人们会挤在一起，可今天人多得有点少见。有不知从什么地方挤来的孩子都爬上了墙头，街道上的几位奶奶哄了半天，他们也不愿意下来。对面楼上的人找来了望远镜，他们坐在阳台上扇着蒲扇欣赏。这部戏让大家感到很新鲜，这么多年没有看过童话剧了，就连一些大人也凑热闹挤过来观看。

剧场的前排放置了几把软椅子，是街道的大妈们弄来的。今天来了一群外宾，谁也弄不明白他们是哪里来的，谁请的。这些黄头发蓝眼睛的孩子不认生，很快就同小演员们玩到一块了。

林栋妈妈临时决定，让他们其中的两三位加入到演出中来，正好演大雁和演小鸟的群众演员来不了。两个外国小孩一戴上鸟的头饰，立刻开心起来，虽然语言不通，但很快领悟了自己的角色。他们对剧情并不陌生。这时候大幕缓缓地拉开了，略带噪音的麦克风响起来，里面演奏着一段钢琴曲——为了今天的演出杨老师特意编写了几段过场的音乐。爱华和天鹅在自己角色不上场的时候来客串钢琴师。街道里有一架很旧的钢琴，有几个键不响了，好多音不准，但还是被阿姨们请人抬进来为今天的演出助阵。

此时台上的灯亮了，小公主艾丽莎走进教堂的墓地，一束蓝色的光照在她身上。林栋趴在木架上，将一块蓝色的布包在聚光灯前。一个吸血鬼从黑暗中走出来，他的脸庞惨白，纤细悠长的指甲指着艾丽莎："小姑娘，你深更半夜到这荒凉的墓地来干什么？"而艾丽莎不能讲话，因为只要一开口，她的话语就会变成中咒的利剑，刺向哥哥们的心口。她的目光是那么善良，连吸血鬼都不忍心伤害她。她低着头缓缓地从吸血鬼面前走过，手里举着那束让手长泡的荨麻。吸血鬼们开始明白了她想要的是什么，纷纷让开路，领头的吸血鬼还引领着艾丽莎来到墓地的深处，找到了一片最茂密的荨麻地。小艾丽莎曾见过一个仙女，仙女告诉她，只有长在最阴暗的墓地深处的荨麻才适合做成破解咒语的荨麻背心，而变成天鹅的哥哥们只有穿上这些背心才有可能恢复原形，但小艾丽莎必须遵守一个承诺：在编织这些衣服的时候，不能讲出一个字，只要有一次细微的发音，施在哥哥们身上的咒语就永远无法解开，他们将化为烟，无法再活在这个世上。小艾丽莎答应了仙女，在哥哥们变回人之前，坚守承诺紧闭着嘴唇，无论什么情况下都不会发出一点声音……

坐在前排有三位穿干部服的人，他们是市里儿童剧院的院长、导演和主演，此时他们正聚精会神地看着。音乐响起来，身后传来了几个孩子的无伴奏合唱，那声音轻柔而忧伤。小雪的爸爸梁胄拿着指挥棒指挥着一群孩子低吟起来。厂区大院的大人们都很信任他，他从厂区大院的孩子中挑出几个嗓音好音色全的孩子，组成了这个"小工人合唱团"。

开始的时候，林栋妈妈并没理会梁胄的热忱。哪里知道每次排演完，梁胄都会站在半路上拦住林栋妈妈，不停地苦苦请求。后来小雪也来说情，她就答应下来。现在这些孩子多声部阴郁的哼唱，让人的心揪了起来。

台上，大主教走出宫殿。大主教开始劝说年轻的王子："新娘艾丽莎是个巫婆，她会给王国和臣民带来灾难，所以最好的办

291

野天鹅

法就是当众把艾丽莎烧死。"

学军、学农在剧中客串了好几个角色，因为他们个子高，可以一个是狠心的王后，一个是糊涂的国王，一会儿又变成了大主教和伤心脆弱的王子。

十一个王子夜里来敲打城堡的门，他们来救自己心爱的妹妹。

"开门——"林栋站在剧场观众群里，用纸喇叭大声喊。

"开门，开门！"场内的小观众大声地喊起来，就连那几个外国小孩子也跟着喊起来，虽然他们并不明白这个词的意思。

"走开，小孩儿，再嚷嚷就要放箭了。"这声音很响，也很凶。这个腮帮子上粘着一大团棉花的宫殿守门人是大壮的爸爸巨壮，他也是唯一友情出演的大人演员。他的话立刻遭到孩子们的反对。大壮抓起一个事先团好的纸团，朝着他扔过去，接下来，许多孩子都拾起纸团朝这个讨厌的大胡子抛过去。

"别打了。"大胡子说，"我不干了，我跑了。"

林栋吹起了口哨，孩子们开始起哄，羞臊那个不讲理的守门人。

天亮了，十一个王子变回了天鹅，开始在城堡上空盘旋，他们"啾啾"叫着，迎着押着妹妹的缓缓驶来的刑车。城里的居民朝艾丽莎扔垃圾，大声地责骂她，他们把她当成了女巫。此时扮演小公主的雨晴紧紧闭着嘴，她理解妈妈讲解的剧情，只要一开口，哥哥们会立刻魂飞魄散，为了哥哥为了自己的亲人，她必须闭紧牙关，无论发生什么样事情她都得自己承受。

"只要你说清楚，我还会相信你，开口讲话吧！"王子苦苦地哀求着。

小公主摇摇头，现在她心里想的只有将哥哥们救出。

囚车上的艾丽莎依旧织着荨麻背心，她还有一件没有织完，艾丽莎知道自己很快会被处死，她必须抓紧时间为哥哥织好这些解除咒语的衣服。

"这个该死的巫婆，临死还编织她的妖物，大家将她编织的妖物撕碎吧。"舞台上的居民恶毒地咒骂着，威胁着。

"住手！"林栋大声喊起来。

"NO！NO！住手！住手！"台下的孩子们大声叫起来，墙上的孩子叫起来，附近楼上的孩子放下望远镜用筷子敲着木栏大声叫起来。孩子们的喊声果然让那些刽子手停了下来，他们呆呆地站在一边，面露恐惧，然后大主教冲上台，将国王的命令扔在地上，命令刽子手行刑。

大家都屏住了呼吸，大壮他爸出演的刽子手慢慢举起那山一样巨大的斧子，在空中慢慢地落下。艾丽莎将十一件荨麻衣抛向空中，衣服在空中飘动着，最后一件少了一只袖子。天鹅从空中掠过，"啾啾"地鸣叫，扇动着宽大的翅膀，从观众身后向上空飞翔。一只，两只，三只……十一只天鹅在狭小的剧场里盘旋着，他们摆着羽翼，舒展着洁白的身体，从黑暗中滑向明亮的舞台，从孩子们的欢呼中滑过，滑向那熊熊燃烧的火堆。他们像一片片闪光的云，排着整齐的队列，降落在舞台上。这是阿亮的杰作，他和洪师傅一起构思了这个场景，为了演出他们制作出十一只巨大的天鹅，像真的天鹅一样，然后在舞台和大院里的一根电线杆上系了一根长长的铅丝。林栋爬上电线杆，将这些天鹅放飞下来，它们像从天上降下来一样。小小剧场里沸腾起来，孩子们

野天鹅

尖叫着，敲打着凳子手舞足蹈欢呼雀跃。外国小孩也加入进来。大壮带着孩子冲上舞台，他拽住他的老爸，其他的孩子也来帮他，大家一起将"守门人"拉到台下。然后把那个纸做的大斧头撕成一块一块的。十一只天鹅变成了十一位王子，那个最小的王子因为穿的荨麻衣少了一只袖子，依然保留着一只翅膀。此时用来处死艾丽莎的火堆上，熊熊的火焰都变成了跳动的玫瑰花。艾丽莎换上皇后的长裙，登上了马车。

"我现在可以讲话了，我是无辜的。判我的罪，都是陷害！我向大家宣布，我要和我亲爱的哥哥们生活在一起，再也不分开了。"新的王后这样说。

舞台上响起了音乐，杨老师开始弹奏起来。那个最小的还长着一只翅膀的王子走下来请王后跳舞，他们跳的舞蹈很热烈。这时又有几个女孩子扮成王子的样子加入了舞蹈，这些小雪舞蹈队的伙伴都来加入这次特殊的演出。台下的合唱队也高声唱起来：

啊，十一只美丽的天鹅

变回了英俊的王子

善良温柔的艾丽莎

终于能够说出心里话

让火焰变成了玫瑰

我们欢呼，我们跳舞

幸福地向大家讲述

她痛苦、幸福的故事

台下，儿童剧院的导演和院长紧紧握住林栋妈妈的手："我们希望你到我们这里来。"

"真的，我们一定要上演这部戏。"女主演说。

演出不知是怎么结束的，人们围着剧场久久不愿散去。林栋一家人很早就睡了，实际上他们是困倒了，这些天的紧张工作让他们倒在枕头上一下子就进入了梦乡。

9

林栋最后一个爬上那辆敞篷车，学农把他拽了上去。离开这座城市之前部队的几个孩子要了辆军队的敞篷车，他们要到深山里最后拉练一次。

林栋长个了，可同学农他们这些部队的孩子站在一起还显得矮一头。

雨晴跑过来，将一个叠得整整齐齐的布包递给林栋，学农一把抢过来，问："啥玩意，打开看看。"说着将布包拆开了。

那是一件用旧毛线织成的新毛衣。妈妈的一件旧毛坎肩一直扔在家里的衣柜里，雨晴自从学会了编织毛衣后，总有些技痒，所以就把这件旧衣服翻新了一下。

"哟——雨晴的手真巧啊。"学农抖搂开那件旧得发灰的毛衣，不顾林栋的拼抢，三下两下穿在自己身上，"雨晴，你怎么织的，居然少织了一只袖子。"学农大声地喊。

野天鹅

"毛线不够了，穿在里面，外边看不见的。"雨晴不以为意认真地说。林栋的脸上有点挂不住了，他瞪起眼睛和学农扭在一起，说啥也要抢回这件叫人当话柄的衣服。

学农招架着，大声呼喊其他的同学来营救，他们像玩篮球一样相互传递着那件毛衣。汽车启动了，谁都没有站稳，齐刷刷地倒进了车厢里。敞篷车喷着黑烟开走了，大家听到学农大声挤对林栋："哟嘿，新毛衣，名牌，天鹅牌。"

不知从什么时候开始，以红楼为圆心向外扩散了几公里，各个楼群里开始流行起独袖衬衣。

胖崽成了这片的新孩子头，他的当选让厂区大院的大壮很不服气。这个腮帮子上开始长软毛的家伙又蹲班了，本该到高三报到的他，依然还留在高二（3）班。他平时没有什么事，所以总在街上闲逛。今天，大家修理了厂区大院的一个孩子，光天化日之下，他居然抢走了红楼孩子刚换来的洋火。大壮要约大家谈谈，在胖崽的率领下，红楼的孩子们在楼前严阵以待。这里面唯独少了雨晴，自从上学后，雨晴很少参与胖崽的事。

夕阳下，厂区大院的孩子显得格外精神，他们身上一水的炼钢工作服，为了同红楼孩子的右边半袖区分开，他们将左侧的袖子统统剪掉。

双方隔着楼前的小街怒视，谁也不先开口。在这场无声的较量中，大家都拼命瞪大眼睛，谁先眨眼就表示示弱。天鹅终于顶不住了，眼皮先眨了一下。厂区大院的孩子们立刻来了精神，他们吵吵着让交出凶手。

大壮从锃亮的自行车上跨下来支好车。这辆原本属于林栋的爱车，被大壮爸爸收拾得很干净，还装上了崭新的摩电灯和摩托上才用的电喇叭。现在成了父子二人轮流使用的"坐骑"。

他咳嗽了一声，厂区大院的孩子立刻停止了乱叫。大壮腆着肚子溜过小街，走到胖崽的面前，鼻子对鼻子地瞪着他。他穿着一身笔挺的藏蓝色将军呢中山装，左边的袖子被从根齐刷刷地剪去："你找死啊？"

"离我远点，口气太重。"胖崽晃动着脑袋，他天生的斜眼在这场目光冷战中占了不少便宜。

"我……"大壮举起了没有袖子的左臂，粗壮的肌肉线条分明，上面用圆珠笔画了一只胖天鹅，那个"抽"字绷在嘴里没喷出来。

"大壮，你爸喊你回家吃饭。"厂区大院的一个孩子满头大汗地边跑边喊着。

"你们等着，我去去就来，有种的别跑。"大壮恶狠狠地丢下几个字。

"不回来的是狗。"胖崽看见走远的大壮，大声喊起来。红楼的孩子跟着一起笑起来。

厂区大院的孩子有点尴尬，可他们还是站在原地没动。

大壮消失后几分钟，楼上传来摔碗的声音："小兔崽子，敢把我的中山服剪成坎肩，想死了吧你？"

"别打了，再也不敢了，哎哟……"

接下来是一阵猛烈的碰撞声，大壮撕心裂肺求饶着，在家里他肯定疯狂地逃窜着，企图在狭小的空间里开辟出一条逃生的路。可惜他太不走运了,现在刚下午四点,离他妈下班还有一个小时。

不知哪边的孩子捏着鼻子喊了声:"我再也不敢了,救命啊,别打了。"

胖崽的队伍沸腾起来,狂叫着冲向厂区大院的孩子。他们先是一愣,然后开始四散奔逃。红楼的孩子们拽住几个没逃脱的,扒掉他们身上的衣服,挥舞着在街上欢跑。

明媚的阳光洒在街道上,凄厉的哀号夹杂着纵情的欢叫,追逐和被追的人,笑得眼里都冒出了星星……

艺考中的比试

1

一年过去了，红楼的孩子度过了特别紧张的复习期。

今天，艺术学院的考试楼里乌压压挤满了人。来自附近几个城市的艺考的孩子现在也都聚在这儿。总的说来，大家有喜有忧，当孩子们走进考场的时候，家长会一下变得紧张起来，那些在门外踱来踱去的大人，一点也不比考场内的孩子轻松。一批考生考完，助考官会走出来喊下一批考生的名字。孩子们走出来多数脸色凝重，一言不发地朝父母走去。他们会发现同考场的考友中有不少的业务水准是自己很难达到的。很多孩子的乐器还没有吹完一段，考试就结束了。对于他们来说几年的苦练在考场上的几十秒钟里就见了分晓。

天鹤是早上站在门外待考的，他今天换了一身崭新的学生装，还特意穿了一双皮鞋。对他来说在这里并不紧张，因为这座楼他从小不知来过多少次，甚至考场的布局他都很清楚。

曲目他就更不紧张了，今天要弹的曲目他已经练了很多遍，从小练到现在，即使上台演出，他觉得也会差不多。

台阶上站满了考钢琴的孩子，有的家长打开曲谱让孩子在膝盖上再熟悉一下。看得出每个考生的老师都下了大功夫，他们指

301

点了最微小的细节，哪怕是最细小的停顿，轻重缓急，哪怕是琴手喘一口气，都被精心地排练过。这样的考试是一种砂锅捣蒜似的演奏，所有的机变都是事先设计好的，演奏不过是把这些事先编排好的程序不出错地完美演绎一遍而已。

天鹤看着他们紧张的脸，自己就越来越不紧张了。爱华是在考前三十分钟到的，他跑了一头大汗，肩上背着的包不停拍打着屁股。

"爱华。"天鹤喊住了他。在所有练钢琴的孩子当中，天鹤最佩服爱华，他有一股子别人没有的柔韧性，这种柔韧让他能感悟到音乐中最细微的地方，也让他变得近似疯狂地努力。天鹤从没有见过像爱华这么疯的人，他就像是个琴疯子。这孩子可以坐在钢琴前十个小时不断敲击黑白键。

爱华可不是笨练傻练。一般的人练过三个小时，神经基本上就麻木了，大脑会关闭一半。爱华可不是，他的神经会被自己重重敲响的琴音激活，他会一次比一次亢奋地把一种音乐情感和状态发泄出来。天鹤和红楼的孩子挤对爱华的方法是，说他练起琴来像故事里的那只北极熊，猎人会将带刀刃的血冰棍留给它，而它在舔冰棍的时候，自己的舌头就会被划破流血。正是这种血腥刺激了它的饥饿感，而它会愈加疯狂地舔那冰棍。

爱华的激情是用不完的，平时你会听到他一次又一次激情四射地磨炼乐曲的一段。有几次大人们从他门前走过，不自觉就会嘀咕：这孩子真行！可一个小时回来时，发现他仍在一丝不苟地打磨着那小小的乐段。于是大人们说："这孩子将来了不得。"

爱华的激昂和天鹤的沉稳，形成红楼孩子中两种不同的风

格。杨老师在教授他俩时，会根据两人不同的特点，要求一点也
不会马虎。杨老师让天鹤的稳重中多一点激情，爱华的活泼中多
一些沉稳。在准备考学的这半年里，杨老师并没有对任何一个孩
子有所偏向，她相信这两个孩子都是最好的，就像她视如生命的
左手和右手。

爱华在考试前两个月突然消失了。他不再找杨老师上课，甚
至连招呼也没打一下，就从所有人的眼睛里消失了。现在他一头
大汗地站在天鹤面前，像平时那样腼腆地笑了笑。天鹤知道，这
笑容背后有一股子气，每当爱华信心十足，不把别人的弹奏放在
眼里时，他就会露出这样嘴角有点斜的微笑来。

大家走进了大厅，天鹤和爱华分别分在不同的两组里。考官
朝大家笑了一笑，然后将几张全新的五线谱放在琴架上。考试的
第一部分让大部分考生傻了眼，教官让考生抽出一个新曲谱然后
坐下弹出来。对于多数孩子来说，这种即兴的演奏让他们很不适
应，平时自己弹琴的毛病和读谱的弱势一下子就显露出来了。

天鹤和爱华不是这样。杨老师经常让他们看着生疏的谱子很
快地弹出来，所以两人在琴凳上坐定时很淡定，他们带着表情弹
出这些曲谱。教官并没有让他们弹很多，就让两人到下一关去了。

第二部分是乐理考试，有音乐理论知识，还有视唱练耳。对
两个孩子来说这也不算难，他们跟着易山老师学过半年的视唱，
现在基本上可以听到琴音就能准确地复述下来，并知晓和声的进
程变化。在这一关大多数的孩子止步了，他们头上挂着汗，很吃
力地猜着听到的音，有很多人索性胡唱或放弃了。

接下来的第三关也是最重要的一环，考场里，钢琴系的所有

野天鹅

老师都坐在那儿。天鹤和爱华拍了一下手，然后都情绪饱满地走了进去。天鹤坐在三角琴前，他抬头看了看考官，大家朝他微笑，示意他开始。他可以感觉到这个凳子还带着温度，这些琴键还留有前面考生的指纹，他很喜欢这样的气氛，那感觉就像参加一场音乐会，或者是面对众多专家的一次音乐大赛。天鹤很轻松地完成了指定曲目的弹奏，那些工整的指法和技巧，都很好地发挥了出来。接下来他开始弹自选曲目，肖邦的《雨滴》。这首曲子并不难，杨老师特意为天鹤选择了它。杨老师说肖邦柔美略带感伤的乐曲风格很适合天鹤，只是天鹤现在还没能体会到曲谱中那些悠悠淡雅中，柔弱得几乎可以让人心醉的情感细节，那些流畅的音符中微小的轻触，完美旋律中的一丝幽怨。这些都被杨老师解释得很清楚，天鹤把它们变成了自己的音乐。他最后的收尾很完美，他自己都觉得这次演奏比他平时弹得要好。

　　从小的时候起，天鹤就接受着严格的，近乎无瑕的音乐训练。杨老师从很小就开始让他练琴，作为钢琴世家，天鹤的练习在更为严密的监督下进行的。杨老师和刘老师，对待其他的学生都很和善，可对待自己的儿子有着异乎寻常的严格。记得刚开始学琴的时候，天鹤也会像其他孩子那样，很快就不能集中精力了。杨老师规定天鹤不完成预定曲目，或者达不到预定效果，就不能吃任何东西。为了让他感到公平，杨老师也会陪着他挨饿。年龄大一点，杨老师的要求更严格。对一首曲子她会反复用几种不同的风格示范，然后叫天鹤练得达到杨老师的要求。天鹤的基本功非常扎实，他所有练过的谱子弹奏起来都很完美。他跟着妈妈练过许多很偏但很锻炼演奏技巧的指法，也弹过几百首大大小小的曲子。后来，他真的有些厌倦了，音乐特别是钢琴声激不起他的兴奋。他很羡慕厂区大院的孩子，整日无忧无虑，到处捉虫子和养猫、养狗，也羡慕林栋和雨晴，可以在周末钓来大鱼饱餐一顿，有一段时候，他都想放弃了。可随着艺校考试的接近，他逐渐恢复了一点"斗志"，他觉得自己除了练琴，基本上干不了别的，所以艺校一定要考上。

2

爱华是随后上场的。他先弹奏了李斯特的一段钢琴曲，然后开始弹奏德彪西的一首乐曲——《棕发女郎》。这首曲子他闭门准备了两个月。爸爸对他讲，如果想考中就要在曲目上选别人选不到的。说也奇怪，平时没有交流的父子，在考前变得很亲密，两个人交谈了很久，爱华几乎感觉到儿时那样的亲情。那时父亲会拉着刚会走路的他走过大街，用脚踢一只挡道的老猫，并不断吹口哨逗他，还曾将一只孤单的绒线猫头鹰送给他，编一些吓唬小孩子的故事讲给他听。爱华那时总是害怕这些东拼西凑的故事，可又喜欢爸爸不断地把接下来的情节讲给他。后来这一切都没有了。爱华在家里最常见的动作就是面壁，他们之间没有语言，甚至连身体语言都没有。

考试前两个月，爸爸找来了一位佟老师，可以说这是他为爱华这些年做的一件很重要的事。爸爸说：要想考过，肯定不能同天鹤弹一样的曲子！这个佟老师不是钢琴老师，他是个乐理老

野天鹅

师。爱华在众多曲子中选中了德彪西，佟老师也这么想，他觉得
规矩而沉稳的古典音乐并不能把爱华的特点发挥出来。爱华听到
这首曲子的唱片时，一下子就迷住了。他喜欢德彪西，喜欢他的
《大海》，还有那如白银洒满大地的《月光》，还有拉威尔的《水
中嬉戏》和《海上孤舟》。爱华更多地喜欢他们音乐中稠密而错
落的感觉。德彪西的音乐让爱华感觉到妈妈故乡大海的喧嚣和光
彩的弥散，他会觉得这样舒缓的娓娓道来，太像妈妈讲话的声
调，爱华没有去过妈妈的家乡，他知道那是在海边，他听到德彪
西的音乐，一下子就想起了那里。在他的脑子里海边的月光是黏
稠的，如炼乳一样铺洒在沙滩上的，月光下的海浪是柔软的，不
断地洗刷沙滩留下断断续续的海沫，这一切让他想起妈妈的舞
蹈。时间隔了那么久，他觉得很多影像是模糊的，也是清晰的。
妈妈那些舞动的姿态，就像德彪西的音乐那样，让他感觉得到，
浮现出明晰的印象，但又不是实在得可以看清楚的。练惯了贝多
芬和莫扎特的激昂亮丽音乐的爱华，从一种嘹亮的雄壮中回归到
内心的柔软亲切，他的感觉一下子就找到了。

佟老师给他讲了很多，他并没有着急弹琴。现在对于爱华来
说，所有的技巧都必须服从先找到演奏这样音乐的感觉。佟老师
为爱华讲和声，讲和弦进程。示范古典音乐中的乐理特色，然后
一点点过渡到"印象派"。他拿来很厚的一沓唱片，在柳芸的唱
机上播放给爱华听。

佟老师在那个特殊年代，从委托行收集了不少唱片资料，这
些资料都是从有名的艺术家和图书馆里来到委托行的。作为一个
内行，佟老师知道这些资料的价值。他让爱华感觉"印象派"式

306

天鹤的琴声很厚重也很自信，他有条不紊地演奏着，沉稳的曲风和稳重的演奏风格让在坐的孩子和大人都很认同。

的旋律推进，那种松散的复节奏行进，让旋律有些踌躇不前，也正是这样的乐音逡巡，形成了一种模糊的感觉。全音音阶的平衡感削弱了传统演奏的调式重点，和弦的丰富和进程的弱化，带来了更丰富特殊的音乐色彩。

佟老师还找来一本画册，这本印象派的画册是朋友从国外给他买来的。

他让爱华看莫奈、雷诺阿和西斯莱的画，这让爱华一下子对德彪西的音乐有了更感性的理解。爱华很喜欢那些光，那些用随心感悟的色彩条纹拼绘出来的明亮的感觉，光线的氤氲和现实环境中景物对光的反射，呈现出某种变幻不定的光色效果。爱华喜欢画油画，他平时也跟着刘老师学过一些。刘老师教过两个红楼的孩子，一个是雨晴，她喜欢画线条，画各种各样的连环画的人物。而爱华喜欢色彩，他曾在家里放钢琴的屋子里，画了一幅色彩簇聚在一起的画，那幅油画抵触的色调很刺眼，爱华的后妈看到后皱着眉，后来很少来爱华的琴屋。而对于爱华，印象派的画他心里是亲近的，他能够懂得。

爱华在弹奏着，轻柔地弹奏着，没有练出轻重，就无法弹出这样的柔。没有过那种激情四射的弹奏，是无法把这种恬静的柔美充分表现出来的。

爱华坐在琴前，如月光沐浴，如听到大海细语，他的节奏会随着这样的幻想，一点点地流淌出来。同其他孩子的曲目比起来，这首曲子的节奏更难把握，他需要在一种浸淫在音乐的色彩中稍稍迟顿一下，再清晰不失柔美地将音弹出来，为了练这首曲子，爱华听了几位世界级钢琴大师的演奏。

野天鹅

爱华就这样把自己关在那间爸爸托人找到的琴房里，日夜守着钢琴和唱机。他买了一筐鸡蛋，平时错过食堂饭点的时候就吃煮鸡蛋。这两个月的精心品味让爱华有了一点弹奏印象派音乐的感觉。在别的同伙还在力求钢琴最正统的训练时，他开始试着把古典音乐用不一样的曲子弹出来。

爱华弹奏完了以后，老师有点迟疑，对这些老师来说，他们可能也很难弹好这首曲谱。这个孩子年龄这么小能领悟到它，是件很不易的事情。演奏开始前没有人认为他能作为第一赢得老师的青睐，可他确实弹得让所有老师都不由得站了起来，他们惊喜的泪珠从眼镜后面滚落下来。如果不是因为是考官，几位老师一定会为他鼓掌的。这个孩子的体内有一种无法驯服的桀骜力量，他用自己的理解，把这首世界名曲演奏出充满柔美又不失活泼的生命活力。爱华想起了妈妈，他在襁褓中就浸润在音乐中。他对这首乐曲的领悟是别人无法体会的，冥冥之中他似乎得到了妈妈的感召。

考试结束后，爱华一个人去了一趟妈妈的墓地，在那里放上了一束花，还有一份乐谱。他一个人孤零零地坐在那儿，对他来说他完成了一件心事，完成了妈妈的一个心愿。

两个月后，学校发榜了。红楼的孩子都是第一时间得到了消息，而爱华稍微晚了一点。杨老师见到他的时候拥抱了他一下，然后高兴地说："爱华，你被录取了。"爱华兴奋地望着杨老师，心里忽然又掠过一点阴郁。他走出杨老师家的时候，看见垂着头的天鹤正站在楼道里。

"祝贺你。"天鹤伸出一只手，爱华抽搐了一下。他的心里也不知为什么冰冷下来，这个同自己一起练琴的孩子，因为这次考试同自己陌生起来。爱华有点内疚，他不知道该怎么去安慰他。他回过身悄悄地走开了。对于天鹤来说，安静也许可以治愈他的疼痛。

暑假过后，爱华就要上艺校了，天鹤有些失落，他很长时间不见任何人，红楼的孩子一看见他他就跑开了。这种失落感让他一下子同大家变得陌生。随着开学日期的临近，几乎每个孩子都接到了艺校的录取通知书，唯独天鹤和林栋兄妹不在这个行列。天鹤形单影只地游离在热闹而开心的人群之外。直到离开学只有一个星期，天鹤收到另一座城市的艺校录取通知书。虽然那座城市很遥远，他可能适应不了那里夏天又热又潮的气候，但天鹤还是接受了。对于他来说，也许远离了爸爸妈妈倒可以更认真地去练琴了。他认为自己是个有潜力的钢琴师，一个不会输给任何人的最优秀的琴手。

阿明如愿考进了艺校，而阿亮却再也无缘艺校的大门。他想去学做木偶或学做道具，被洪师傅拒绝了。这个老师傅觉得阿亮的音乐天赋远远超过他的木工手艺，尽管他已经是很有创造力的小有名气的木匠了。

林栋妈妈找来一个钢琴调音师，是她的一个朋友，让阿亮跟着学了几天。他开始学调音，居然调得比师傅还准。后来阿亮也进了艺校，他的专业不是拉琴，而是调音师。

提琴大师

1

　　小雪的爸爸梁胄这些天非常忙碌，他从院办那里听说，提琴大师马聪莹就要来校访问教学了。作为系主任的助理，梁胄可以看到马大师的行程，他琢磨着在马大师到学校的几天里，他能找出一点时间同马大师私人走动一下。

　　对于学校所有的老师来说，马大师的到访是值得期待的。这是十几年来第一个享有国际声誉的音乐家来到学校。与世界隔断了那么久，对于搞艺术的教师来说他们很希望看看、听听国外一流的古典乐到底什么样子。

　　马大师到达机场的那天，梁胄一大清早就整装齐备，为了这几天的活动，他特意把长长的头发修剪得短一些，穿上妻子烫好的一身开领的中山装。因为这座城市里很久没有花店了，梁胄特意在礼品店买了一束假花，吩咐店里写上领导的名字，还定制了巨大的红色横幅，在这天早上悬挂在学校门口。

　　从地球另一边飞来的班机晚了两个小时，梁胄和另外两个领导的腿都站麻了。两个领导找到休息室闲坐打发时间，唯独梁胄笔直地站在大厅出口中央，怀里的花束沾满汗水，他保持着高涨而谦卑的微笑，那样子就像出来的人随时会与他上演一场好友久别重逢的场面。实际上马大师跟他一点也不认识，他们只是在越洋电话中讲过两句话。快到中午的时候，飞机终于降落了。

马聪莹是倒数第二个走出大门的，他带着自己的提琴，还有一些重要的乐谱。装运的工人比较粗心，他们将马大师的箱子摔裂了一道缝，马大师不得不在机场找来绳子和胶布，把箱子勉强合上了。

梁胄第一个看见了他，然后两位学校的领导热情地接过他手中的行李。对马大师来说，这次旅行的一开始就让他有了一种紧张的感觉。

马大师到达之后的前两三天并没有什么艺术交流活动。先是领导接见，然后去城市最著名的古迹参观，随后去了市内最大的集市。这几天梁胄一直陪伴着他，很周到也很细心。马大师见了两个音乐界的朋友，在这个离别十几年的城市里独自走了走，他试着回想十几年前街道的样子。这里确实有很大的改变，有的街道名字已经改掉了，还有一些老建筑从这座城市里彻底地消失了。

这次来他特意带了一首自己新作的总谱，他觉得自己再次梦中一样回到这座城市，感慨万千，有失去，有唤回，也有杂融着许多模糊的记忆和清晰想象的逼真的景象，都会在自己的这首小提琴协奏曲中流溢出来。只是现在他需要身处这个城市里，把切身的感觉加入他的演奏中。

2

马大师的音乐会全场爆满。小小的礼堂里挤满了艺术家，有的人是坐着火车赶来的。那些花白头发的老先生，也早早等在场地里，艺校的老师拥挤进来，把礼堂每一寸的空间都挤满了。马大师穿着中山装，微笑地走上台，他深深地向台下那么多同行前辈深鞠了一躬，对于他来说，有点激动。这是他十几年来第一次在这个城市演奏，也是作为一名艺术家站在这里的舞台上。他开始拉琴的时候，一个戴着红领巾的姑娘，将花送给了他，马大师接花的时候，琴谱掉在了地上，他不顾这样小小的失误，拥抱住那个女孩，在她的额头上亲吻了一下。

这个小小的窘态让大家笑了起来，马大师重新坐好，准备他的乐谱，这些天他同小雪已经很熟悉了，他非常喜欢这个聪明、漂亮、善解人意的小姑娘。马大师觉得小雪会比梁胄更有出息，她的身上有一点孩子的简单，心也不像她的爸爸，总是见不到底。

马大师开始演奏了。他拉了一段门德尔松的《小提琴协奏曲》，然后又演奏了维尼亚夫斯基的《D小调第二小提琴协奏曲》第二乐章。

在大家感叹他精妙的琴技时，他又演奏了帕格尼尼《D大调第一号小提琴协奏曲》的第三乐章，他轻灵不失重心的指法把诙谐的旋律演奏得充满热情和幽默。在杨老师的钢琴伴奏下，马大师的琴声带来了一份庄重的古典气氛，这种音乐的气度不仅仅是技巧上，更多的是一种气场，让音乐一下子进入那种一丝不苟的

野天鹅

严谨与和谐。

马大师最后演出的曲子是他的作品《梦乡》，刚才还沉浸在耳熟能详旋律中的艺术家们，现在开始感到一种艰涩的陌生感。是的，这是马大师花费心血写的一首乐曲，他从这座城市的一首儿歌开始拉，拉得很抒情也很细腻，这让在场的人们不由得会心一笑，可接下来，马大师的弓弦紧束，音乐变得奇崛而跳落起来，旋律失去了和谐和调性，曲子变得支离破碎。这样的音乐大家第一次听到，感觉听上去很不舒服，很多长辈音乐家甚至不免紧皱眉头，马大师不停地拉着，他的旋律中不断出现尖利的跳跃，急转而下折断式的回转，还有一点点悲怆的气氛，这让大家一下子都怔住了。乐曲演奏结束几秒钟后，大家才反应过来。人群中梁胄带头鼓起掌，大家礼貌式地跟随鼓掌，不是因为不喜欢，是这样全新的音乐让听惯了另一种音乐的艺术家们需要有一点时间慢慢消化。

阿亮同师傅被叫到主任办公室，他们有了一项光荣的任务——把礼堂里那架十几年没用过的三角钢琴调好。马大师的第一场演奏本来应该用这架琴的，因为多年没用，几个师傅都调不好，所以只好从钢琴系抽了一台立式钢琴让杨老师来用。

听说第二场演奏市领导要来，电视台也要转播，所以领导说一定要让马大师满意。师傅把阿亮带到礼堂里就走了，老实说，这孩子的耳朵贼准，准到比音叉还要准。中午的时候，师傅回家睡个小觉，留阿亮一个人慢慢调音。为了款待他，师傅特意从食堂打了一份红烧肉和西红柿鸡蛋，放在阿亮面前。

阿亮打开琴盖，默默地干起活来。说实在话，他特别喜欢这架琴，这琴是德国的，所有的键琴和钢弦都带有一点木料的香味和金属的味道。可这架琴太脏了。每一寸的琴箱内部都留有厚厚的浊渍，还有老鼠屎，毡垫上还有沾满污浊的虫子洞。

阿亮小心地用一把硬刷子来清扫，琴是不能用金属划的，所以清除污渍特别费劲。阿亮找来一大瓶医用油精，涂在上面，然后用小刷子一点点刷。这样的工作进行了四个小时，钢琴里面开始锃亮了，他现在开始调音。同师傅学了这么久，阿亮有自己的发现，对于那些很久失调的琴，不能一下子把琴弦拧到位。就像一位久不锻炼的人，你使劲抻他的筋他会受不了一样。琴弦在调整时要反反复复地拧紧、放松几次，然后调到精准的位置。

阿亮就这样反复给琴弦做着体操，顺便也吹起了口哨。在红楼的孩子们当中，阿亮是最沉默的一个，他从不同大家谈论音乐，别人练琴的时候他总是躲开，可当他自己一个人的时候，他就吹口哨，什么都吹，一吹起来，他就放松了。阿亮吹起了一首民歌《浏阳河》，这是他挺喜欢的一个小调，因为这曲子让他欢快，他喜欢在曲子转弯的地方，故意绊在那儿，就是不过去。这个点上的几个音符颠三倒四，产生了一种幽默诙谐感，让他觉得特别有乐子。

阿亮吹到这儿玩了一会，觉得没意思了。这个简单的游戏显然不能满足他一身臭汗手忙脚乱的工作节奏，于是他就顺口变了个曲调，这首旋律就是马大师昨天演奏的《梦乡》。阿亮的口哨极为飘逸地扯拽着这个旋律，对他来说，过耳不忘是太简单的一件事，更重要的是他要在这个旋律上加上自己的心情。于是马大师的旋律变得没有那么太学识气太拒人千里之外了。阿亮在他最撕

裂最不和谐的地方，加上了断续的震音。低调音的钢琴单调的敲
键，同他嘴里的哨音一下子会合在一起了，有时他会轻拍琴箱，
打出一点点秧歌的节奏，同马大师沉重无泪的乐调形成了一个小
小反差的声部配合。可能是觉得马大师的曲子不太阳光，阿亮在
好几处都使用了他独创的翻跟头回旋重复法，给曲子带来一点幽
默，冲抵那种郁淤的沉闷。在接下来的进程中，阿亮索性将马大
师的音乐连接到《浏阳河》的主旋律上，给这首曲子很大众喜闻
乐见似的回归到快乐上，然后阿亮就按着马大师的风格胡乱编写
了一段音乐，给了它一个肯定的结尾。学艺术的孩子多有这种对
音乐的洁癖，每当听到没有完结或者进程谬误的曲子，他们多会
用自己的方式把它结束掉。这种感觉就像出门关好煤气和闭上灯
一样让人感觉安全，阿亮这么做也算是对这位音乐大师作品的一
种敬佩吧。他调着音，手拍着琴箱，脚打着拍子把活干完了，然
后很不舒服地看了看琴凳，对于一位优秀的木匠来说，眼睛同样不
能容忍一粒沙子，他找来一根长长的钉子，把琴凳放倒，然后极为
嘈杂地叮叮当当把钉子砸进去，那个板凳现在结结实实，两个人站
上去也不会趴窝。阿亮看一看红烧肉也凉了，他叹了口气，准备吃
饭的时候猛抬头看见了马大师。他在台下显然已经站很久了，马大
师目不转睛地望着他，那样子就像是听他演奏的观众一样。

3

　　马大师拜访了阿亮的爸爸，他看见同阿亮长得一样的阿明，
心里有很多的感叹。这是个提琴的世家。他同阿亮爸爸聊了很

久，他们谈到小提琴曲，谈到国内外音乐的现状，两人聊得很投缘。

他有一个突发之想，希望阿亮爸爸能答应。他对阿亮的音乐天赋非常欣赏，就像很小他就能拉小提琴，演奏别的孩子无法演奏的曲目一样。他让阿亮张开手，看着那根短一截的中指，看着手掌上磨出的同他年龄不相称的黄硬的老茧，马大师沉默了。所以他特别希望阿亮爸爸能答应他的这个请求。

马大师的第二次演出如期进行，这次来的观众比上次还要多，礼堂的前几排坐满了各个艺术团体的首席小提琴家。马大师把那些经典的曲目又演了一遍，当轮到《梦乡》的时候，他忽然停了下来。马大师说：《梦乡》是他花了几年写的曲子，在国外的时候，他一直在梦里想象这个他出生的城市，来的时候，他也确实认为自己把这个作品表达清晰了。可到了故地之后，他感觉有许多事和情境比他想象的更活生生，更能激活他的人生五味的感慨，特别是遇到一个天才的音乐少年后，他觉得自己的这部小提琴曲还有很多内容可以再写进音乐里。所以他只好等待把这个曲子重新写出来。

《梦乡》这个曲子在拉琴的大人们中引起了不小的轰动。那些提琴手感到它的演奏难度有许多与传统曲目不协调的地方，作曲的老师分析了它的乐谱，像解析数学难题一样一筹莫展。但当他们反复试奏这个曲谱时，发现这首曲谱确实有许多让人眼界大开的地方。

马大师为大家演出最后一首乐曲，那是一首由民歌改编的《草原上的牧歌》。

野天鹅

对他来说，这样的演奏太容易了，而对于观众来说，这压轴之作更像是大餐之后的一道甜点。马大师悠闲地拉着，让那优美的旋律在礼堂里悠悠地响起来，然后他放下提琴，伸手请出另一位琴手。

阿明走出来演奏着，这是爸爸改编的那首曲子，对他来说闭着眼也能拉出来，他举着琴，让琴声带着自己的思绪在礼堂里飞一会儿。这是一首他全家在一起拉的曲子，他喜欢那种彼此一问一答，又彼此演奏自己乐段的和谐，阿明拉到最欢快的乐章前，很开心地放下了琴。

马大师又挥了挥手，请出另一位琴手，阿亮有点怯生生地走出来，他的出现让大家惊叹了一下。舞台上居然有两个长得一模一样的琴师。阿亮拉得很欢快，他的弓在琴弦上跳动着，就像闪亮的音符把它一下又一下地弹起。他的手不停地拨动，自如得就像原来的那个少年。这首曲子大概是刻在他的大脑里了，虽然隔这么久，依旧只需一个冲动就唤醒了。

马大师和阿明的琴声跟了上来，他们为阿亮伴奏，替他将小小的漏洞补上，并把最出色的时间留给他。阿亮的脸微微红了，他激昂的琴姿让他很得意，他完全进入了一种激情演奏的状态。三个人最后一齐把曲子演奏完。

马大师带着兄弟俩向观众鞠了个躬。他说："我特别有幸的是遇到这两个孩子，一对很有才华的琴师。特别是弟弟阿亮，他会成为我的弟子，我想只要他肯努力，就一定能成为一名优秀的音乐家。"

是马大师说服阿亮爸爸让儿子演奏的，对阿亮来说，这么多年没摸琴，他的水平也只能是孩子时的，但演奏这首乐曲他是可以胜任的。马大师为阿亮找来了一个假指皮套，这是他练琴时用的，套在阿亮的断指上，它就可以演奏了。阿亮为此练习了几十个小时，在这样的练习中找到了一点自信。马大师觉得，考虑到阿亮的年龄和身体原因，他不太可能成为一个演奏家。但他对音乐有超乎常人的领悟力，甚至有一些连马大师也弄不明白的音乐想象力，他想把这个孩子培养成一个指挥和作曲家。不过这只是个想法而已，如果真的朝这个方向努力，阿亮需要花费比别人更多的努力，还要加上很多客观因素。不管怎么样，马大师想尝试一下。毕竟阿亮的音乐基础让他可以用琴来试奏乐谱。其他的技能在这个年龄开始学习也不算晚。

一周后马大师离开了，他的这次旅行有很多收获。小雪在一个月之后收到来自地球另一边马大师的一个包裹，里面有一封信，和一沓唱片。马大师将柴可夫斯基舞剧的音乐当作生日礼物送给了这个可爱的姑娘。他在信里说：相信小雪会成为出色的舞蹈家。

梁胄在短短的两周里同马大师建立起很好的私人关系，他们无话不谈，甚至有点兄弟的感觉。梁胄一直希望马大师能把小雪带到国外，或者帮助他联系一下出国进修、交流的事情。对此马大师答应了他的请求，表示要看机会。

阿亮也收到了一封信，里面有一张马大师的演出照片，还有一张英文报纸上报道的那次演出。马大师对阿亮说：你要好好练琴，希望我们见面的时间越早越好。对于像阿亮这样的孩子出国学习是件很难的事，比登上月亮还要难，可现在已经有了个好的开始，像马大师说的，美国人讲的，好的开始是成功的一半。

秋

天

秋 天

　　这年的秋天来得很快，许多事情在发生着变化。林栋先是送走了学军和学农，他们分开的时候都很伤心。部队大院整体搬走的前一个星期，学军接到了参军的通知。林栋去送他，也不知道他要去的部队是什么兵种。

　　一辆军车早就等在那里了。学军穿上了军装，只是帽子上没有徽章，领口也没有领章。他和几个同学，还有军队大院的另外几个孩子一起上了卡车。学军的父亲一直站在家门口望着儿子，他并没有像学军妈妈那样拉住这个孩子不停地叨叨。学军把他的一根枣木齐眉棍送给了弟弟，然后把自己收藏的一大堆书给了林栋。

　　"你去哪儿当兵？"林栋问。

　　"不知道。"学军诡秘地笑着，做了个鬼脸，"也许是侦察兵，也许是海军，这要等到了新兵连才知道。以后我会给你写信，还有我弟。"学军指了指学农说。

　　车子走的时候拉下了帘子，那些带着帆布车厢的卡车很静地开出了军队大门。林栋现在还记得那天的情景，他和学农想追着车跑两步，可是被学军的爸爸武世界团长叫住了。他们站在院子

野天鹅

里很久，直到风把大梧桐树叶吹到他们的脚下。学军去了一个谁都不清楚的地方，后来的信件中他从来不提自己干什么，可林栋觉得学军干的工作一定很神秘，也很重要，可能是一种保密工作。

没过多久，林栋又送走了学农和他一家人。这个部队大院真的撤走了，说是搬到北边的另一所城市。学农在走之前邀全班的同学看了几场电影，大院在撤走前在礼堂里放映了几部外国战争片。同学们心情都很沉重，他们中很多人不会再继续读书了，有的会接替父母在工厂的位置，有的是不愿意再读下去了。林栋还在读高中，可身边的同学他基本上都不认识了。

信中林栋得知学农也转入当地的一所重点学校，还成了班上的文体委员。他有时会想起学军带着他俩练刺杀的情景。现在木枪和两套护具还放在房子里，而拼杀的叫喊声已越来越远了。

林栋妈妈的剧本改成了真正的儿童剧，在城市里上演了，没有多久就开始风靡整座城市。那些观看了红楼与厂区大院孩子们演出的观众，把这部戏说得神乎其神，一下子整个城市的孩子们都知道了它，他们开始在街头巷尾不断地议论它。专业演员演的戏比孩子们演的水平高多了，只是可惜省略了不少林栋他们细心的创意。像空中飞舞的天鹅，大人们换成了幻灯片，这样影像投射到屏幕上，更加清晰，还有就是省去了小雪和雨晴最后的舞蹈，保留了那段人声无词合唱。

新上演的《野天鹅》在城市里最大的剧场演出，获得了巨大的成功，可小孩再也不能登上舞台，不能大声叫喊着边看戏边掺和到演出里去了。这部儿童剧上了电视，编剧的名字改成了电视台的导演，他说这个童话剧是他历经几年心血，呕心沥血打磨改编出来的。

最大的变化是梁胄，大人们开始同他讲话，也开始很亲切地对待小雪了。

梁胄的表现赢得了大人们的原谅，这是一个很大的改变。初秋的时候，他开始在电视台活跃起来，城里有个少年合唱团请他去出任指挥。这个合唱团要在国庆节同来自十几个国家的少年合唱团在北京参加一个合唱节。它代表着这座城市，也是第一个开始演唱国外歌曲的合唱队。

准备工作非常繁忙，市电视台一直关注着这支合唱队，梁胄的指挥让这些孩子一天天地进步着。直到有一天，大家的心都提到了嗓子眼，梁胄又受伤了，伤得不轻，差点有生命危险。当时他正指挥着外国作曲家施特劳斯的《春之声》圆舞曲，当孩子们渐入高潮的时候，他过度陶醉在美妙的音乐里，习惯性地踩空，再次从指挥台上摔到乐池里不省人事。

这件事上了新闻头条，梁胄再次成了新闻人物，他的事迹传遍了整座城市。没过多久电视画面又出现拄着拐的梁指挥，虽然伤重，他还是希望能在十一国庆节前把这支合唱队带出来。整座城市都在谈论他的敬业，人们为艺术而感动，为艺术给人带来的美好感情感动着。

时间匆匆地流过，大家都很忙碌，林栋也不例外，他进入高中后开始认真地看书了。他听说在不久以后，有可能恢复大学考试。学农来信说，他所在的学校已经开始正规地学习了。他的哥哥学军听到了这个消息，他已经是很优秀的士兵，他准备在部队里好好干上两年然后去考军校。

野天鹅

　　小雪的消息比谁都晚，她考上了北京的舞校。这也可能是红楼里第一个考入北京的孩子。

　　秋天来到的时候，好消息就像流动的云朵一样，一次又一次地装点了城市的天空，为这个秋意浓浓的黄金季节带来了祥和的气氛。后来有人说，天鹅飞回来了，这事千真万确，有不少人都看见了。于是大家约好了去看一下。过了这么久，一定是又有一家天鹅飞来了。

　　梁胄还在进行着他的指挥工作。他腿上的石膏还没有拆掉，行动起来还不太方便。现在他拄着拐，拐杖已经成了他生活中离不开的一个物件。每次排演完，人们都会看到他艰难地弯下腰，这时孩子们会习惯地连忙将拐杖递给他。梁胄会习惯地掏出手帕，擦掉头上的汗珠，然后微笑着谢谢孩子们的细心。

　　现在梁胄缓缓走在路上，他离公共汽车站还有一段路，对他来说用拐杖走完这条路有些难度。他现在要从这里赶回家吃饭。车喇叭响起来，公交车飞快地驶过梁胄的身旁，尘土扬在他的身上。梁胄皱皱眉，望着从身边驶过的公交车。这一定是个刚开车的新司机还没有过完开快车的瘾。这辆车停在梁胄前面几十米的车站，似乎没有等待一下带伤的老人的意思。

　　"等一等。"梁胄大喊了一声，他的声音洪亮而且粗壮，中午这个时间，公交车有可能二十分钟也不会有一趟，他必须喊一声让司机听见，但汽车并没有多停的意思。一个拿着鸡笼的大妈，延缓了汽车启动的速度，她慢吞吞地走下车，边走边唠叨着什么，像是同司机讨价还价。梁胄看见司机似乎就要启动汽车。他把拐杖举过头顶，扛在了肩上，然后深吸一口气，双腿迈开，快速冲向那扇门。

起初他的腿不太习惯，那个巨大石膏的阻力，让他的奔跑看上去有点跛脚，但飞奔中他很快就适应了。梁胄飞快地跑着，那样子很像是个短跑运动员。前些年倒霉的时候，作为唯一留校的教员，他教过的几个学生并没有忘记"关照"他。他们让他只穿裤衩，在篮球操场往返跑，在皮带和大声恫吓的督促下，梁胄充足的爆发力和奔跑的速度就这样练成了。那些人直到他倒在太阳下才终止了这个让人失去兴趣的游戏。还有，在下乡的时间里，他也曾被逼着背着铺盖卷扛着劳动工具，在田野里狂奔，这些磨炼出他准军人的跑姿和速度。他狂野的奔驰姿态会让任何一位班长感到自豪，为他叫好。

梁胄扛着拐冲上车，喘着气准备买票。司机愣愣望着他，有点忘记自己的工作。他心里一定感到有点内疚，居然逼得一位身残志坚的大伯矫健如箭，灵活得像一只猴子，这么干确实有点不厚道。这一切并没有让梁胄感到不安，他熟练地掏出月票让司机看清楚，他并没有埋怨年轻司机的意思。

他从口袋里掏出手帕，细细擦着眼镜，然后转过头柔声柔气断断续续地对司机说了声："谢谢。"

梁胄擦好眼镜戴好，一眼看见了眼前的小雪，还有她的舞伴们，还有林栋和红楼大部分孩子。他惊愕了一刹那，脸色由惨白瞬间恢复成血色，他淡定而客气地朝大家点点头，然后像平常一样露出两排和蔼的牙齿。这一刹那孩子们捧腹哗然大笑。

爱华和天鹤笑得捂着肚子坐在了地上。他们的笑声感染了车

野天鹅

上的每个人，大家不由得加入大笑的行列。

"我还以为扛着的是支枪，在追赶大部队呢。"

不知是谁说的，这话引起了第二轮大笑。天鹤的小肚笑抽筋了，他使劲把自己挂在扶手上荡着，希望这法子可以止笑，把笑得急促打结的肠子拽开。

"你们都在。"梁胄很亲切，"真好。"

小雪脸色惨白，她把脸转向窗外。

"小雪，"梁胄说，"你们这是去哪儿啊。"

"爱华，你们去哪儿?"

"孩子们，你们去什么地方?"

"去，看，天，鹅。"挂在扶手上的天鹤的声音变了声。他后来解释说，在那一瞬间他觉得自己长大了，他把这四个字，挨个从喉管里完整地拽出来了。

"好啊，天鹅回来了，我也听说了，真好，我们应该去看看天鹅。"梁胄自言自语不停地说着，看上去他是认真的。

车子驶向郊外，在三岔河口停了下来。这里聚了很多人，远处有一排栅栏，是用新鲜竹子制成的。这些不知道是谁做的，林栋前天来还不曾见到。现在人们都站在栅栏外，向芦苇丛里瞭望着。每个走近的人小声地说："嘘——别闹了，天鹅，正休息呢。"

大家停住脚步，从远处静静地望着。那是一对白色的天鹅，它们安置好自己的巢，在那里观望着。风吹过来，芦苇变成了浪花，四周都是鸟儿的鸣叫，三岔河河水的响声传了过来。蓝天白云下面，那两只天鹅宁静地卧在苇草上，成了一道美丽的风景。

一只飞奔在美善镜像中的猎豹

郭 艳

评论

　　郭艳（笔名简艾），安徽舒城人，中国社会科学院文学博士，文学评论家，文联第十届全委会委员，鲁迅文学院教研部主任、研究员。已在学术报刊及文学期刊上发表论文、随笔、小说等百万字。出版批评专著《像鸟儿一样轻，而不是羽毛：80后青年写作与代际考察》《边地想象与地域言说——鲁院文学现场批评小集》，出版长篇小说《小霓裳》《青铜鼠人》等。长期负责鲁院的教学组织管理工作，主持鲁院高研班的研讨，推进形成独特的"鲁院风格研讨"和中外交流的重要平台"鲁院论坛"。参加各类全国性文学评奖，主持和参与了多个中国作协重点扶植项目，在文学刊物推出批评专栏文章，是当下文学现场活跃的批评家之一。

一只飞奔在美善镜像中的猎豹

　　翌平作为年轻的儿童文学老作家，一直以来保持着旺盛的创作实践和很高的创作水准，是一位有着美善阳刚创作理念和极强文本意识的作家。《野天鹅》是他近期的重要作品，这是一部充溢着爱与伦理之美的成长小说，是近年儿童文学创作的重要收获之一。

　　小说以个体经验之名摹写时代少年的阳刚坚韧，在少年成长中直击历史纵深处的幽暗与光亮。小说以独特的方式进入特定的社会历史文化语境，以现代性视角赋予中国少年男女心灵镜像以生长性、丰富性和复杂性的特质。作者以自己的创作实绩提升儿童文学人物形象的时代气息、历史深度和人性内涵，从而建构属于一个时代少男少女的成长史。

　　《野天鹅》构建了三个维度的小说叙事空间。第一个维度是少男少女的内心成长世界，阳刚率真的少男林栋们如猎豹一般在物质匮乏的大地上奔跑，美丽柔韧的小雪们如花一般在灰色的土壤上悄然绽放。兄妹之情、兄弟之谊和懵懂青涩的感情一起默默生长，各类富有滋养性的情感在年轻的内心折射出对于未来的期许。第二个维度是交流与倾听的世界。文本中少年男女们是灵动的，在日常生活经验中不断穿梭行走，红楼、工厂和军队大院子弟们各自用不同的行为方式言说着对于自我、他者和世界的想象与理解，在对于这个世界的好奇、打量、参与、困扰和纠结中，他们最终能够在道义和情义的伦理维度上抵达中国式的交流与倾听。第三维度是爱与美善的世界。作为一个象征性的符码，野天鹅出现、被射杀、重新被发现……林栋妈妈回红楼之后排练《野天鹅》童话剧，这些形成相互呼应的文本情境，将小说叙事从故事经验层面推向爱与美善的艺术境界，生活、人和人性内在的丰富性被音乐、舞蹈和诗歌点亮，从而让少年男女内心世界的成长外化到现实时空，赋予这种内在的生长性以艺术的力量和光亮。

　　这部成长小说处理了一个非常难以处理的问题：在一个特殊的年代，少年如何生长以及能够如何生长？小说塑造了如猎豹般的少年林栋和如精灵般的少女小雪，无疑是对这个问题非常有意味的回答。在政治化的年代，因为小雪父亲梁指挥的告密行径，使得红楼的精神情感世界形成了一个心照不宣的壁垒，梁指挥的女儿小雪无疑是被排斥和被厌弃的。梁指挥的卑劣行为直接导致林栋独自带着妹妹过着艰难的生活，小说从侧面描写特殊政治年代成人世界的种种矛盾冲突，通过微妙而敏感的心理摹写映射出这种社会创伤对少年男女内心造成的伤害。故事正是在两个有着误解、嫌隙甚至于怨愤的少男少女之间展开。文本的叙事却不局限于此，而是在此之外又延展出关于兄妹、朋友和邻里等多条情感线索，从而让少年林栋的成长空间直接从校园和家庭中逸出，延伸到社会生活的各个层面，小说文本也抵达了让少年的磨难与成长相互砥砺，怨愤纠结与爱善友情彼此渗透。

小说主人公少年林栋粗粝、结实又温厚细腻，是特殊年代向光生长的励志少年形象。在林栋身上体现出了作者对于成长的建构性理解：生活的磨难赋予人的不都是苦难，而更多的是意志、乐观、解决问题的能力、爱的能力和善的可能……当然被怨愤所激，也有着尚武好勇的义气之举。而小雪则像精灵一样，美丽、轻盈和柔韧。在充满敌意的环境中，以自己的善意和自尊自爱获得了友情和力量。与此同时，小说中的少年男女个性迥异，爱好不同，但是都有着一颗纯净而透亮的心。《野天鹅》从少年男女的内心深处真诚地体认罪恶、宽恕、和解与良知，以一颗颗赤子之心去理解历史和人性的复杂，用童真和善良去抚摸受伤的身体和灵魂。当看到孩子们再三问林栋"我们是不是太过分了?!"的时候，无疑，读者会被某种东西所击中！这种基于最基本常识和良知的问话，在那个特殊的时代是难的。当我们被仇恨、怨愤和所谓的"正确"蒙蔽了双眼的时候，回归常识是难的，因而也是可贵的。正是因为少年男女们良善的心性，才会有着他们在特殊年代里心灵世界的默默沟通、交流与和解。中国人是世俗而乐天的，时时悲天悯人，然而却少有宽恕的道德心理模式。当我们面对人与人之间的怨愤，尤其这种怨愤来自于某种直接的背叛与伤害的时候，报复乃至报仇的行径往往要远远高于以德报怨，更遑论宽恕。然而一群天真质朴的少年男女承载着社会与时代赋予的所有重量，却依然保有美善的勇气，向善而行，向着光亮生长。无疑，这才是中国式现代人格所应该具备的心性修养和

野天鹅

品格特质。

这部长篇小说有着类似于音乐的乐章节奏，每一个乐章在关于爱的主旨中会聚，又在各自的声部中充分呈现人物个体的精神情感和命运特征。在一个政治化、斗争化和矛盾化的历史语境中，在诡异乖张甚至秩序混乱的成人世界的阴影下，小说赋予一代少年清晰的内心世界，讲述精神贫乏的时代少男少女心灵镜像的成长性，少年世界如何能够向善而生，向光而长。由此，翌平的小说对于当下的创作具有相当大的现实意义。

一、好勇尚武而适度有节制，阳刚却非暴力。《野天鹅》中的男孩三人组好勇尚武，当成人世界的某些区域陷入混乱和盲目的时候，他们在少年世界中以体魄和勇力来维持公道和自己的尊严，保护自己的成长。针对当下游戏和类型文学作品的暴力倾向，翌平作品中这种基于中国武术侠义精神的好勇尚武有着构建中国少年骨密度和坚韧性的意义。

二、生活经验和艺术体验同构的文本追求。翌平小说有着写实风格的时代底色，比如林栋和自行车之间的叙述折射出中国人二十世纪五十至七十年代特有的对于器物的感受，那种拥有一辆自行车的自豪感和骑着自己组装的自行车的快意是一代人的真实体验，作者通过少年和"自行车"意象让一个时代的黑白记忆温馨呈现。还有诸如钓鱼、约架、求人帮忙让雨晴上学等等，非常扎实地再现了历史情境中的生活真实。与此同时，翌平又非常擅长将艺术的审美融于日常经验中，小雪的林中舞蹈、《野天鹅》的排练、琴童们入神的弹奏等等，如梦幻中的星星点缀在俗世日常之中。由此翌平在写实的坚实底色之上，却能够行走在更为丰满蕴藉的审美镜像中，艺术的审美性使得翌平的小说显示出独特的文学性追求。

三、现代性视角中伦理之美的叙述与阐释。翌平文本中的少男少女无疑具备着平等、自尊的现代性人格特征，红楼、厂区大院和军队大院子弟有着不同政治经济生活方式、精神趣味和情感特征，尤其在一个特殊的年代，社会的隐疾和创痛以时代的重压让人和人性在幽暗区域徘徊。《野天鹅》却以中国式伦理风俗和道义情感浸润了特定时代少年男女的心灵世界，从而在民间情义和伦理道德层面获得了美善的意义。例如男孩们的打架和约架背后是少年们对于正义、是非和民间道义的肯定。在理解、接纳和保护小雪的过程中，那种基于道义和情义的民间性依然让人与人之间充溢着伦理的善。对于爱华的保护和友爱更带着扶弱济困的侠义色彩。出生于红楼的林栋正是在这些民间情义的滋养下实践着自己倔强的向上生长。在一个政治化的年代，红楼的少年男女们带着知识分子出身的烙印，却通过民间性来抵达对于世界的理解和接纳。从某种程度上来说，小说正是在这个维度上有了对于那个时代最独特的发现：在幽深晦暗的历史景深中，中国人最坚韧和珍贵的精神内核依然是中国式的美善伦理观照。

扫码聆听《野天鹅》